주먹 망원경

주먹 망원경

박종휘 연작소설

arte

살아 있는 것들의 가장 아름다운 생(生)의 증거

　'사랑'은 신이 인간에게 준 가장 큰 선물이며 시대와 장르를 불문하고 인간의 모든 창작물에서 빠질 수 없는 소재 중 하나이다. 그런데도 사랑의 의미는 사용하는 사람마다 온도 차가 있다. 나라마다도 마찬가지다. 우리말 사전에서 '사랑'이라는 단어를 찾아보면 '아끼고 소중히 여기는 마음', 영어사전에서 'love'는 'a feeling of strong or constant affection for a person(사람에 대한 강하고 계속된 애착의 느낌)', 중국어 '愛'는 '사람이나 사물에 대해 느껴지는 깊고 두꺼운 감정'으로 설명하고 있다. 일본어에서는 단어의 의미 대신 '부모가 자식에게 느끼는 애착'이라는 활용 예문을 사용하기도 했다.

　어쨌든 '사랑'이라는 말은 그 종류와 의미가 다양하지만 아름답고 위대한 것임은 틀림없다. 같은 감정에 빠진 세명의 주인공을 통해 '사랑'의 공통된 정의가 무엇인지를 써 보고 싶었다. 좀 더 솔직히 표현한다면, 등장 인물에게 상당 비중의 선택권을 주면서 그들을 통해 그것을 찾아보고 싶었다는 말이 더 맞을 것이다. 그러나 화자를 바꿔 나간 3부의 연작을 끝마쳐야 하는 시점에 이르러서도 '사랑의 정의'는 여전히 난해하다. 다만 '사랑'은 정의를 내릴 수 있는 대상이 아니라 '살아 있는 것들의 가장 아름다운 생(生)의 증거'라는 한 가지 결론만 조심스럽게 내리고 나머지는 독자의 몫으로 남겨 둔다.

부족한 글에 과분한 꽃과 열매를 달아 주신 김종회 교수님께 머리 숙여 감사드리며 좋은 책으로 만들어 주신 아르테 관계자들께도 깊은 감사의 마음을 전한다. 쓰고 싶어글을 쓸 수 있는 이 현실에 감사하며 앞으로도 자유로운 영혼으로 계속해서 글을 쓰고 문학을 사랑할 것이다. 내나라, 내 이웃, 내 가족, 그리고 친구와 동료, 사랑할 수 있어서 행복하다.

2023년 봄
박종휘

차례

오목눈이의 눈물

1

오전 수업을 마치고 미술실로 들어가니 테레핀 향이 콧속으로 훅 들어온다. 언제나 느끼듯 싫지 않은 냄새다. 투명한 햇살이 쏟아지는 교정을 바라보면서 기지개를 켜는데 교내 방송의 스위치가 켜지는 소리와 함께 'My Heart Will Go On'의 전주곡이 울려 퍼졌다. 턱을 받치고 들을 채비를 하는데 음악을 낮추고 에코를 잔뜩 높인 마이크 음이 나왔다. 곧이어 이름을 밝히지 않은 교우의 애절한 사연이 있었다며, 선생님 사랑합니다! 하고 호기심을 유도했다. 오디오로 전환하면서 짧은 웃음소리가 새어 나오고 다시 멜로디가 흘렀다. 어느 녀석이 날 두고 놀리는 건 아닌가 하는 생각도 들었지만 그냥 넘어갔다. 멜로디에 맞춰 살짝 몸을 흔들고 있는데 문이 빠끔히 열리면서 송희숙 선생님이 들어섰다. 나를 항상 챙겨 주는 이모나 큰언니 같은 국어 선생님이다. 내 몸짓을 봤는지 눈웃음을 지으며 애창곡 듣는 중이냐고 물었다.

"애창곡은 못 되고 애청곡은 되지요."

송 선생님이 문을 짚고 선 채로 숟가락 뜨는 흉내를 낸다. 창문을 닫고 감미로운 팬플루트의 여운을 뒤로한 채 송 선생님을 따라나섰다. 복도에서 마주친 학생들이 꾸뻑 인사를 하고는 앞서가는 친구를 부르면서 쫓아간다. 점심시간은 언제나 부산스럽고 시끌벅적하지만 나는 이런 활기차고 순수한 아이들이 좋다.

책상을 두들겨대는 환영식을 시작으로 반 학생들과 이리저리 부대껴온 날도 벌써 석 달째로 접어든다. 고등학교 1학년이라지만 아저씨처럼 굵직해진 목소리나 코밑에 새까만 수염이 까뭇까뭇 삐져나와 있는 모습을 접할 때면 애정을 쏟아야 하는 대상이라기보다 경계해야 할 사내 녀석들로 보인 적이 한두 번이 아니다. 교사가 된 지 3년 만에 처음으로 담임을 맡게 돼 다소 긴장했기 때문이었는지도 모른다. 어찌 됐건 고등학교 시절의 교사로 인해 크든 작든 삶의 여정에 영향을 받을 수도 있는 성장기의 학생들인 건 분명하다. 언감생심 잊지 못할 은사를 꿈꿀 수야 없는 일이고 괜찮은 선생님 정도로나마 기억되고 싶다. 학생들은 담임이 여선생인 데다 수학이나 영어 교사가 아니라는 점에서 반기는 분위기였다. 그 밖의 학교생활은 처음 부임했을 때나 지금이나 미술 선생이라는 열외 교사의 소외감도 없진 않지만 미술실을 전용으로 사용할 수 있다는 좋은 점도 있다.

어려서부터 그림을 좋아했던 나는 학창 시절에 받을 수 있는 웬만한 상은 빠뜨리지 않고 다 받아 왔다. 아버지는 대청마루에 상장을 걸 때마다 유학이라도 보내 줄 것처럼 말했었다. 그러나 아버지가 돌아가신 후 상황은 급박하게 변했다. 유학은 고사하고 미대 입학조차 꿈도 꿀 수 없었다. 그러다가 뜻밖에 지역 향토 사학재단 미술 분야 특기 장학생으로 선발되어 적지 않은 장학금을 받는 행운을 얻었다. 상장과 장학금 봉투를 들여다보던 엄마는 공부하라고 준 돈을 살림에 보탤 수는 없다며 졸업은 알아서 하라는 다짐과 함께 무리한 결정을 내렸다.

집안 형편을 잘 아는 큰언니는 미대에 간다고 다 천경자라도 될 줄 아느냐며 냉소를 퍼부었고 작은언니 또한 동생 생각도 해야 하지 않냐며 안타까워했지만 대학에 합격하자 큰언니가 제일 먼저 적금 통장을 들고 새마을금고를 찾아갔고 작은언니도 어디서 났는지 모를 얼마 안 되는 돈을 등록금에 보태라고 내놓았다. 대학 생활은 졸업할 때까지 현실에 쫓기느라 학과 공부 외에 다른 것은 거의 해 보지 못했고 진로도 화가로 성공하기보다 당장에 돈을 벌 수 있는 교사가 되어 대학 나온 딸 노릇을 해야 했다. 그렇게 해서 나는 H 대학교를 졸업하고 미술 교사가 되었다.

학사일정에 따른 사생대회를 위해 반으로 나눈 1학년 학생들을 데리고 교감 선생님과 함께 태릉으로 향했다. 교복은 입되 겉에 다른 옷을 걸쳐도 된다고 했더니 원색 점퍼에 선글라스를 윗주머니에 꽂고 나타나는 등 소풍 분위기를 선도하는 바람잡이들이 태반이었다. 태릉 어귀 소나무 숲에 들어서자 커다란 조명 장비가 로봇 머리처럼 세워져 있고 메가폰을 잡은 감독, 카메라맨, 요란하게 분장한 배우들이 부산스럽게 촬영 준비를 하는 모습이 보였다.

"김태희다!"

시선들이 일제히 촬영장 쪽으로 쏠린다. 쫓기는 마음으로 공지사항을 말해 주고 해산을 알리자 우르르 달려갔다. 일부는 철쭉을 색색으로 조경한 태극 문양의 능 쪽 언덕으로 올라가고, 더러는 우왕좌왕하다가 뒤늦게 자리를 찾아 나서기도 했다. 휴일이 아니어선지 상춘객도 뜸하고 소나무 그늘은 썰렁한 느낌마저 들었다. 연신 시계를 들여다보던 교감 선생님도 시간 맞춰 오겠다며 자리를 빠져나갔다. 벤치에 앉아 풍경을 감상하고 있다가 습관적으로 학생들을 찾아 나섰다. 어디로들 갔는지 대부분 종적을 감췄고 몇몇 학생들만 시야에 들어왔다. 문정왕후릉 전각 앞에 보이는 한 학생을 향해 천천히 걸음을 옮겼다. 우리 반이자 미술부원인 정호였다. 소나무 그늘을 벗어나 아닌 듯 빨라진 발길 위로 햇살에 담긴 철쭉 향이 날아든다.

아버지가 세상을 떠난 날 심한 위경련을 일으킨 후부터 나는 같은 증세가 간헐적으로 이어졌다. 그럴 때면 배를 쥐어짜면서 온 방 안을 데굴데굴 구르다가 병원에 업혀 가

주사를 맞고 두세 시간이 지나서야 입가에 하얗게 말라붙은 침이며 눈물 자국을 닦곤 했다. 서울에 온 이후에도 몇 차례 고생한 적이 있지만 교사 생활을 하면서부터는 증세가 나타나지 않았다.

그런데 한 달 전쯤 수업을 마치고 미술실에 남아 그림을 그리던 날이었다. 종례 때부터 불편하던 위가 서서히 아파 오는데 쉽게 물러갈 증세가 아니었다. 아니나 다를까. 잠시 후 명치끝에서부터 갈고리로 긁는 것 같은 위경련이 몰아쳤다. 양손으로 배를 감싼 채 쭈그려 앉았다가 이내 바닥에 쓰러졌다. 노란 허공에 반딧불이 둥둥 떠다녔다. 출입문으로 기어가 문짝을 두드렸으나 아무도 나타나지 않았다. 간신히 문을 열고 복도를 쳐다봐도 적막하기만 했다.

정신이 혼미해지는 순간 한 학생이 달려와 왜 그러느냐고 소리쳤다. 그리고 곧바로 나를 둘러업고 정문 밖으로 달려갔다. 놀란 경비 아저씨가 무슨 일이냐고 묻는 소리도 들리고 미끄러져 가는 나를 추켜 업으면서 헉헉거리는 숨소리도 들렸다. 민망하기도 하고 넘어지기라도 하면 어쩌나 걱정도 되었지만 어쩔 수 없었다. 정문에서 한참 떨어진 내과병원에 도착했을 때 학생은 내 옷이 눅눅해질 만큼 땀을 흘리고 있었다. 그제야 정호라는 것을 알게 되었다. 진통제를 맞았는데도 경련은 쉽게 멈추지 않았다. 그러다가 깜빡 든 잠에서 깨어났는데 맞은편 의자에서 벌떡 일어서는 정호가 눈에 들어왔다. 주사를 맞기 전에 이제 괜찮으니 그만 가라고 했는데도 그때까지 침대 옆에서 지켜보고 있었던 것이다. 왜 가지 않았냐면서 교복 등허리가 지저분해졌을 거라고 했더니 땀냄새 날까 봐 걱정됐었다고 딴소릴 했다.

병원 밖으로 나와서는 양손을 흔들어 택시를 세우더니 나를 태운 다음 자신도 앞자리에 탔다. 굳이 내리라고 할 수도 없었다. 내가 고맙다고 하자 정호는 책을 가지러 왔다가 나를 보게 된 과정을 설명했다. 집에 도착해 정호가 먼저 내려서 나를 부축하려 내민 손을 잡고 땅바닥을 쳐다보는데 흙이 잔뜩 달라붙은 양말이 보였다. 깜짝 놀라 운동화가 왜 없냐고 묻자 신을 여유가 없었다고 했다. 슬리퍼라도 신겨 보낼 생각으로 그냥 가려는 걸 집으로 끌고 올라갔다. 현관에 멋쩍게 서 있는 정호를 끌어 소파에 앉히려는데 바닥에 빨간 핏자국이 콕콕 찍혔다. 주저앉혀 벌겋게 물든 양말을 벗기고 발바닥을 봤더니 오른쪽 뒤꿈치에서 피가 새어 나오고 있었다. 간호사한테라도 말하지 그랬냐며 구급함을 꺼내 소독한 다음 붕대를 감아 주었다. 이후 복도에서든 미술실에서든 정호를 보면 한마디라도 더 말을 시키곤 했었다.

"봐도 돼?"

옆자리에 앉아 들여다보자 정호의 얼굴이 새빨개졌다. 여인의 얼굴 데생인데 칭찬할 만한 수준은 아니었다. 머리 모양새도 그렇고 그 자리에서 볼 수 있는 여인은 나일 가능성이 높았지만 알은체하지는 않았다.

"이거 제출할 거 아니에요."

"크로스 해칭이 좋은데?"

정호는 거북해진 손놀림으로 묵묵히 드로잉을 계속했다. 한참을 들여다보자 얼굴 윤곽까지만 그리고 더 이상의 묘사는 하지 않은 채 공간 마무리를 해 나갔다.

"이목구비는 왜 안 그려?"

"다른 느낌이 될까 봐 자신이 없어요."

"양쪽을 동시에 그려 나가면서 표현해 봐. 어떤 느낌 인데?"

"사랑스러운 느낌요."

대상을 나도 알고 있을지 모르는 상황에서 하는 대답치고는 상당히 당돌했다. 아무 대꾸도 하지 않자 민망했는지 그림으로 느낌을 표현하는 것은 너무 어렵다고 어물어물 둘러댔다.

"누구나 마찬가지야."

정호는 짧게 내 눈을 몇 차례 쳐다보다가 은근슬쩍 화판을 한쪽으로 내려놓았다.

"선생님, 주먹 망원경 아세요?"

어린아이들이 주먹을 둥글게 말아 양쪽 눈에 대고 보는 흉내를 냈더니 정호는 그게 아니라면서 양손 주먹을 하나로 길게 맞대어 해적 망원경처럼 만들어 보여 줬다.

"주먹 가운데에 이렇게 구멍을 만들어서 보는 거예요."

믿기지 않는 심정으로 따라서 해 봤다. 정호 말대로 망원경 같은 효과는 아니지만 작은 구멍 속에 보이는 맞은편 전각 처마가 선명하게 보였다. 내가 신기해하자 정호는 자기가 만든 발명품이라고 뻐기고는 뭔가 계속 말하고 싶어 했다.

"그림을 못 그려 미술부에서 쫓겨날까 봐 걱정이에요."

"누군 붓 쥐고 태어났니? 처음부터 잘 그리는 사람이 어디 있어?"

어깨를 토닥여 주고 자리에서 일어났다. 몇 발짝인가 가다가 좀 더 얘길 해 줄걸 그랬나 하는 생각이 들어 웃어 주기라도 할 요량으로 뒤를 돌아다봤다. 정호는 조금 전 내게 가르쳐 준 주먹 망원경으로 나를 바라보다가 손을 흔들고는 화판을 무릎 위에 올려놓았다. 나도 가볍게 손을 흔들어 주고 내려왔다.

사생대회 후 정호가 불쑥 미술부를 탈퇴했다. 그림을 못 그려 자존심도 상하고, 성적이 떨어져 다른 공부에 열중하는 편이 나을 것 같다는 것이 이유였다. 뜻밖이긴 했지만 성적이 부진한 것도 사실이라 바로 받아들였다. 그러나 날이 갈수록 공부에 집중하지 못하고 전에 없던 결석을 하는 등 학교생활이 성실하지 못할뿐더러 행동거지도 어딘가 의기소침해졌다. 전처럼 크게 웃는 모습도 보이지 않았고 교실에서 혼자 엎드려 있을 때도 더러 있었다.

사춘기로 보기에는 늦은 나이지만 그럴 수도 있겠거니 하고 넘어갔으나 바람직하지 않은 태도는 쉽게 끝나지 않았다. 급기야 연락도 없이 며칠째 무단결석까지 했다. 일하는 아주머니는 아침 일찍 나갔는데 이상하다고만 했다. 외교관인 아버지의 수준으로 보아 어머니가 없는 점 외에 가정환경에 문제가 있어 보이지도 않았으며 내가 알고 있는 한 나쁜 일에 연루될 성품도 아니다.

퇴근 후 집을 방문해 볼까 하다가 먼저 평소 가깝게 지내던 학생들을 시켜 찾아가 보도록 했더니 집은 효창운동장 근처인데 정호는 없더라고 했다. 전전긍긍하고 있는데 정호를 봤다는 학생이 나타났다. 정호와는 그다지 가깝게 지내지 않는 조남수가 신설동역에서 봤다는 것이다. 저녁 아홉 시쯤에 나와 매번 같은 자리에 있더라며 가 보면 알 거라고 했다. 뜻밖의 말에 전단지를 돌리는 거냐, 장사라도 하는 거냐 물었지만 머리만 긁적였다. 내가 직접 가 보겠다고 하자 자청해서 함께 가겠다고 했다.

"변장하고 가셔야 할걸요?"

나를 보면 도망갈지 모른다는 얘기다. 갈수록 의아했지만 남수 말대로 평소 잘 입지 않던 청바지에 둥근 챙 모자와 선글라스로 안면을 가리고 조금 일찍 신설동역으로 향했다. 역에서 만난 남수는 출구를 가리키면서 정호가 계단 중간에 앉아 있을 거라고 했다. 상의 끝에 남수를 반대편에서 기다리도록 하고 나는 다른 출구로 나갔다가 정호가 있다는 계단 위에서 아래쪽으로 내려갔다. 그러나 남수가 말한 자리에는 정호 대신 한 여자가 쭈그려 앉은 채 무릎 속에 머리를 반쯤 밀어 넣고 있었다. 고개를 갸우뚱하면서 지나치는데 국방색 모자에 허름한 점퍼를 걸친 남자가 까만 비닐봉지를 들고 올라오고 있었다.

단번에 정호임을 알아차렸다. 모른 척 스쳐 지나가는 동안 가슴이 쿵쿵 뛰었다. 몇 계단 내려가다가 뒤돌아봤더니 정호는 조금 전 보았던 여자와 몸이 닿을 정도로 가까이 자리를 잡고 앉아 있었다. 어이가 없으면서도 나를 보면 어떡하나 하는 심정이었다. 가던 대로 계단을 내려가 뒤쪽 출구로 서둘러 나갔다가 다시 돌아왔다. 둘은 조금 전 자세 그대로였다. 입을 꽉 닫고 눈에 힘을 준 채 다시 내려가면서 보니 정호의 등이 규칙적으로 움직였다. 노숙자로 보이는 아주머니는 무릎에 얼굴을 받치고 볼을 천천히 움직여가며 정호가 가져온 것으로 보이는 만두를 먹고 있었다.

푸석푸석한 머리에 검은색 치마, 주황색 셔츠, 때가 잔뜩 낀 목도리, 그리고 곁에는 옷가지가 들어 있을 것으로 보이는 둥글넓적한 보따리 하나, 무릎 밑으로는 두꺼운 양말과 울긋불긋한 신발이 보였다. 돈 그릇이 없는 걸 보면 거지는 아니다. 꼼짝하지 않고 앉아 먹고 있는 자세로 보아서는 노숙자라기보다 정신 이상자로 보였다. 거리가 가까워지는데 여자 몸에서 나는 비린낸지 감지 않은 머리 냄샌지 불쾌한 냄새가 코로 스며들었다. 정호가 단무지를 집어 건네주자 여자가 까만 손을 내밀어 받는다. 도저히 이해할 수 없는 광경이었다.

'너 지금 뭐 하는 짓이야? 학교도 안 오고.'

입 밖으로 나가지는 않았으나 나는 이미 소리치고 있었다. 어깨를 잡아 흔들면서 야단을 친 다음 당장 끌고 가고 싶은 생각이 솟구쳤지만 꾹 참고 지나쳤다. 다시 한 바퀴를 돌아 계단 꼭대기에서 둘을 내려다봤다. 어떻게 해야할지 결론을 내리지 못하고 한참을 서성거렸다. 그런데 이상한 노릇이었다. 시간이 지나면서 정호의 행동은 아무나 할 수 없는 따뜻한 마음일 수 있다는 생각이 들었다. 나 같으면 천만금을 준다 해도 할 수 없는 일이다. 생각에 잠겨 있는데 남수가 어슬렁어슬렁 걸어왔다. 남수의 팔을 끌어 출구 자리를 벗어났다.

"봤어. 네가 왜 말하지 않았는지 이해도 했고."

쭈뼛거리는 남수를 집으로 보내고 혼자 남았다. 지하철이 도착해 사람들이 우르르 올라오면서 짜증스럽게 그들을 바라볼 때마다 얼굴이 화끈거렸다. 정호는 사람들의 시선을 의식하지 못하는 건지 알고도 그냥 있는 건지 전혀 개의치 않았다. 잠시 뭔가 나쁜 목적으로 여자를 꾀어내고 있는 건 아닌가 하는 생각도 들었지만 그럴 리는 없다 여기고 계속 기다렸다. 만두를 다 먹었는지 정호가 계속해서 뭔가 말을 하고 여자는 고갯짓만 했다.

열 시를 훌쩍 넘겨 열한 시가 되어 가자 정호가 자리에서 일어나 계단을 내려간다. 여자는 처음 봤을 때와 똑같은 자세로 돌아갔다. 거리를 두고 뒤에 서 있다가 지하철을 따라 탔다. 자리가 많이 비어 있는데도 정호는 출입문 옆에 몸을 기대고 서 있었다. 다가가 조용히 팔을 잡았다.

"우리 저쪽에 앉자."

깜짝 놀라는 정호의 팔을 이끌어 나란히 자리에 앉으면서 씽긋 웃어 보였다. 세 정거장 이상을 가도록 입을 꾹 다물고 있던 정호가 기어들어 가는 소리로 죄송하다고 말했다. 집으로 가는 거냐고 긴장을 풀어 주듯 물었더니 그렇다고만 짧게 대답하고 다시 입을 닫았다. 서울역을 지나고 남영역 안내방송이 나오자 정호가 내려야 한다며 먼저 일어섰다. 집까지는 걸어서 가냐면서 나도 같이 일어서자 눈을 휘둥그레 떴다.

"잠깐 걸으면서 얘기 좀 하고 싶어서, 괜찮지?"

지하철 출구를 나와 굴다리 밑을 지나는데 위쪽에서 탱크가 지나가는 것 같은 요란한 소리가 들렸다. 내가 움찔하자 정호는 바짝 다가서서 십여 발자국 이상을 나란히 걸었다. 큰길로 나가서는 걸음걸이가 안정을 찾은 듯 보였다. 어딜 가는 중이었냐고 묻기도 하고 손을 들어 자기네 집 방향을 가리키기도 했다. 건널목을 건너 이어지는 골목은 어둡고 한산했다.

"너, 아까 선생님한테 왜 죄송하다고 했어?"

"무단결석한 거요."

목소리가 한결 밝아져 있었다.

"중요한 건 너지."

그러면서 자연스레 팔을 꼈다가 손을 잡자 주춤주춤 손가락을 오므렸다. 덩치에 비해 손이 어린아이처럼 부드러웠다. 걷는 동안 나의 고등학교 시절 이야기를 들려줬더니 제법 흥미롭게 들었다. 얼마 가지 않아 한산한 효창운동장

길이 나왔다. 눈에 띄는 벤치를 가리키면서 잠깐 앉아 애기하자고 했더니 난처한 표정을 지었다. 그러고는 너무 늦었다며 내일 학교에 가겠다고 나를 안심시킨 후 택시를 향해 손을 잡아끌었다.

"그리고 저 학교에서 처벌해도 괜찮으니까 걱정 마세요."

"그런 일은 절대로 없어."

시간이 늦은 것도 사실이고 마음 씀씀이도 올발라 보여 정호가 이끄는 대로 택시에 올랐다. 내일 보자는 나를 향해 꾸뻑 인사를 하고서도 정호는 한참이나 그 자리에 서 있었다.

다음 날 정호는 약속대로 등교했다. 마음 같아서는 가볍게 주의로 끝내고 싶었지만 교감 선생님께 훈계를 약속했을 뿐만 아니라 담임으로서도 그냥 넘어갈 수는 없는 일이다. 종례 중간에 눈을 한번 마주쳤을 뿐인데 정호는 친구들을 향해 손을 흔들고는 자리에 그대로 남았다. 한껏 밝은 얼굴로 미술실에 데려가 열어 둔 유리창을 반쯤 닫고 먼저 자리에 앉았다. 정호도 앞자리에 비스듬하게 따라 앉았다.

"여기 오랜만에 오니까 좋지?"

"미술부도 아닌데요, 뭐."

정호가 퉁명스레 대답했다. 그림은 다음에 해도 된다며 진도 떨어진 부분은 따라갈 만하냐고 부드럽게 말문을 열었다. 정호는 노트를 빌려 간다고만 대답하고 입을 다물었다. 말을 좀 더 시킬 요량으로 어제 보니까 동네가 조용해서 공부하긴 좋겠더라고 다시 운을 떼었다.

"선생님 속 안 썩일 테니까 너무 신경 쓰지 마세요."

"선생님하고 얘기하는 거 싫어?"

"아니요."

사람은 다 누군가에게 털어놓고 얘기하면서 상의하고 싶을 때가 있기 마련인데 오늘 내가 그 역할을 해 주고 싶은 거라고 접근하자 대답은 하지 않고 목덜미를 연신 훔치는데 진땀이 흐르고 있었다.

"그래 좋아. 앞으로 학교생활 잘하면 되지 뭐. 그럴 거지?"

나무토막처럼 굳어 있던 정호는 고개를 끄덕이더니 나와 눈이 마주치자 얼른 외면했다.

"선생님이랑 저녁 먹으러 갈래?"

똥그란 눈으로 바라보는 정호에게 곧바로 취향을 물어 학교에서 조금 떨어진 중국집에 들어가 탕수육과 사이다를 시켰다. 음식이 나오는 동안 정호는 내 컵에 물을 따라 주기도 하며 제법 여유를 부렸다.

"탕수육을 맛있게 먹는 방법 아세요?"

"그야 뭐, 소스를 이렇게 듬뿍 찍어 먹는 거지."

내가 보란 듯이 시범을 보여 주자 정호는 웃음을 터뜨리면서 포크를 집어 들었다.

"아니요. 입술로 맛을 보면서 먹는 거예요. 이렇게요."

그러면서 튀김에 소스를 듬뿍 발라 입에 넣고는 혓바닥으로 연신 입술을 적셔 가며 오물오물 먹었다. 입 주변이 금방 노랗게 번들거렸다. 눈을 찡그리면서 그건 너무 게걸스럽게 먹는 거 아니냐고 웃었더니 한술 더 떠 쩝쩝거리는 소리까지 냈다. 전에 어떤 아주머니를 보고 따라 해 보니까 정말 맛있더라는 것이다.

"선생님은 아무리 맛있어도 그렇게 먹지는 못하겠다."

"꿈만 같아요. 선생님이랑 이렇게 탕수육을 먹는 것이."

정호는 내가 궁금했던 내용을 물을 틈도 주지 않고 자기가 좋아하는 영화나 음악 얘기를 주저리주저리 늘어놨다.

"형제가 없어 심심할 때도 있겠다."

지하철 얘기를 물어보려고 은근슬쩍 꺼낸 말이다.

"아니요. 저는 혼자 있을 때가 제일 좋은데요."

눈을 크게 뜨고 혼자서 뭘 하냐고 물었더니 비밀이라고 얼버무리면서 재미있어했다. 그러면서도 내가 함께 시간을 보내는 이유를 잊게 할 정도로 즐거워했다. 끝내 지하철 건에 관해서는 묻지도 못한 채 자리에서 일어섰다. 혼자 있을 때가 좋다고 했던 것에 반해 정호의 아쉬워하는 마음이 그대로 전해졌다.

헤어져 버스정류장으로 가는 동안에도 내가 걸음을 멈추면 달려오기라도 할 것처럼 돌아다보며 손을 흔들었다. 뜬금없이 어린 시절 민영이가 작은아버지를 따라가면서 연신 뒤돌아보던 생각이 나 짠한 느낌이 들었다. 그런 일이 있고 난 후 정호는 약속대로 정상적인 학교생활을 했고 나는 담임으로서 학생지도를 잘했다는 뿌듯함을 느꼈다.

2

나와 저녁을 먹은 후 열흘을 넘기지 못하고 정호가 또다시 사흘째 결석을 했다. 아주머니가 핑계를 붙여 연락은 했지만 적지 않은 실망감과 배신감을 느꼈다. 그 말을 들은 준규 씨는 대번에 정신이 이상한 학생 아니냐고 했다. 어쩜 그렇게 함부로 말할 수 있냐며 불쾌한 표정을 지었더니 담임의 마음을 이해하지 못했다고 사과하면서도 학생지도에 너무 집착하지 말고 부모에게 연락하라고 충고했다. 맞는 말이었다. 그의 말대로 신설동역에서 또 정호를 발견하면 망설일 것 없이 현장에서 이유를 묻고 아버지에게 연락해야겠다고 마음먹었다.

나는 유성에서 새마을금고 이사장을 지낼 만큼 유지 소리를 듣던 아버지, 남편과 자식밖에 모르는 엄마, 두 언니, 그리고 남동생과 함께 남부러울 것 없이 살았었다. 그러다가 중학교 2학년 때 아버지가 고질병이던 심장판막증 수술을 받은 후 갑자기 돌아가시면서 졸지에 가난의 구렁텅이에 빠지게 되었다. 기실 우리 집 형편이 어려워지기 시작한 것은 정치 바람이 들어 전 재산을 날리고 쫓겨 다니는 작은아버지를 아버지가 무리하게 돌보는 데서 비롯되었다. 아버지가 돌아가신 후 형편이 그 정도까지일 줄은 상상도 못 했던 엄마는 사 남매를 굶기지 않으려고 국숫집을 운영하며 늘 허덕여야만 했다.

H 대학교 회화과에 합격하고 언니들이 돈을 보탰지만 마감일이 다 되도록 등록금은 맞춰지지 않았고 엄마는 이렇다저렇다 말도 없이 나간 후 연락이 없었다. 이불을 뒤집어쓴 채 훌쩍거리고 있는데 은행 마감 시간이 한 시간이나 지난 후 엄마가 숨을 몰아쉬며 나타나 해진 돈 봉투를 방바닥에 내려놓았다. 작은언니가 재빨리 고지서에 적혀 있는 번호로 전화를 걸어 건네줬다. 직원은 다급했던 내 마음과는 달리 여덟 시만 넘기지 말고 교무처로 오라고 대수롭지 않게 말했다. 조금 더 늦더라도 기다려 달라고 신신당부하고는 곧바로 가방을 끌어안고 집을 나섰다. 열차를 타고 서울에 도착해 언니의 충고대로 택시를 탔다.

신호에 걸릴 때마다 가슴을 졸이며 정문이 보이는 곳까지 갔으나 유흥가로 이어지는 길목에서 도로가 꽉 막혀 차는 꼼짝하지 않았다. 시간은 이미 여덟 시 이십 분을 넘기고 있었다. 택시기사의 조언에 따라 차에서 내려 뛰기 시작했다. 찬바람이 몰아쳤지만 가방을 든 손이 미끄러울 만큼 손바닥에 땀이 흥건했다. 인파를 빠져나와 정문이 보일 때쯤 누군가가 내 뒤를 좇아왔다. 돌아봤더니 젊은 남자가 뛰어오면서 손을 흔들었다.

"등록금 내러 가요?"

그가 다가와 박자를 맞춰 뛰면서 물었다. 나처럼 등록시간에 쫓겨 달려오는 것으로 여기면서 내심 잘 되었다고 생각했다. 정문을 지나는데 챙겨 주기라도 하는 듯 등록금 빠뜨리지 않았느냐고 다시 물어 가방 속에 있다고 하자 씩 웃었다. 누가 봐도 우리는 동행이었다. 앞서거니 뒤서거니 운동장을 가로질러 가자 멀리 실내가 환히 비치는 건물이 나타났다. 한시름 놓으면서 속도를 줄이는데 남자가 몸이 스칠 만큼 가까이 붙었다. 별다른 생각 없이 몸을 조금 피하자 갑자기 내 가방끈을 잡아 손목에 감으면서 낚아채려 들었다. 왜 이러느냐고 소리치며 가방을 움켜잡고 주저앉았다. 남자는 손목에 감은 가방끈을 세차게 당기다가 장난이라도 하듯 내 팔을 휙 비틀었다. 나는 악 소리도 내지 못하고 가방을 빼앗겼다.

주변에 보이는 거라곤 우뚝 선 럭비 골대와 까맣게 줄지어 있는 나무들뿐이었다. 남자는 가방끈을 말아 쥐고 운동장을 되돌아 정문 밖으로 달렸다. 소매치기라고 외쳤지만 입안에서만 맴돌 뿐 소리가 만들어지지 않았다. 헉헉거리며 쫓아갔으나 따라잡는 것은 불가능했다. 남자는 복사집 간판이 보이는 골목 쪽으로 메뚜기처럼 뛰어 달아났다. 가슴을 붙잡고 정신 나간 사람처럼 허둥대자 행인 몇 사람이 가던 길을 멈추고 쳐다봤다. 간신히 소매치기라고 내뱉으며 손으로 가리켰으나 아무도 대신 달려가지는 않았다.

"저 사람 좀 잡아 주세요. 소, 소매치기예요."

그때 한 청년이 골목길 모퉁이를 돌고 있는 소매치기를 향해 쏜살같이 달려갔다. 있는 힘을 다해 청년의 뒤를 쫓아갔다. 한참 앞에서 뛰어가던 청년이 골목길로 들어갔다. 내가 따라 들어갔을 때 골목 안은 소매치기도 청년도 보이지 않았고 노란 가로등 혼자 맥없이 길을 내려다보고 있었다. 가벼워진 손을 물끄러미 바라보고 있자니 벼랑이라도 있으면 당장 뛰어내리고 싶은 충동이 일었다. 방향도 없이 왔다 갔다 하고 있는데 청년이 다가와 숨을 몰아쉬며 돈이 얼마나 되느냐고 물었다. 대전에서 왔는데 등록금을 뺏겼다고, 누군지도 모르는 그 청년에게 매달리듯 하소연했다.

청년은, "나쁜 새끼!"라고 내뱉더니 일단 함께 교무처로 가자고 했다.

"돈도 없는데 가면 뭐해요."

나는 체면도 뭐도 없이 계속 훌쩍거렸다.

"밑져야 본전인데 그래도 사정을 말하고 시간부터 벌어놔야죠."

경찰서에는 그다음에 신고하자는 것이다. 교무처 직원은 친절했으나 돈 없이 해결할 수 있는 일은 아니었다. 자신이 봐줄 수 있는 최대한의 조치는 다음 날 오전 중에 찾아오면 등록을 받아 주겠다는 것이 고작이었다. 곁에 있던 청년이 대뜸, 애초에 그렇게 말해 줬으면 이렇게 허겁지겁 달려오지는 않았을 거 아니냐며 화를 냈다. 직원은 특별한 경우라 예비자 확정을 미루면서까지 배려해 주는데 싫으면 그만두라고 성질을 부렸다. 청년은 대전이 이웃 동네도 아닌데 시간을 조금만 더 여유 있게 주었어도 이런 일은 없었을 거 아니냐며 얼굴이 벌게질 만큼 열변을 토했다. 눈앞이 캄캄하고 허탈한 심정 속에서도 청년이 남 같지 않았다. 고개를 떨어뜨리고 어둑어둑한 정문을 향해 걸어가는데 경찰관이 빠른 걸음으로 다가오고 있었다.

"학생, 혹시 조금 전에 소매치기당하지 않았어요?"

순찰 도중 한 남자가 모퉁이를 꺾어 가방을 길가 쓰레기통에 집어넣고 있는 광경을 보면서 소매치기인 것을 알았고 곧바로 쫓아가 막다른 골목에서 남의 집 담을 넘어 도망치려는 소매치기를 붙잡아 봉투 안에 든 고지서를 보고 서둘러 찾아왔다는 것이다. 파출소에 가자 수갑을 차고 한쪽에 있던 소매치기가 잽싸게 고개를 돌렸다.

"야, 이 자식아! 너는 동생도 없냐?"

청년은 소매치기를 향해 소리치면서 다가갔다. 경찰이 막지 않았다면 한바탕 주먹을 휘둘렀을 것이다. 움츠리고 앉아 있던 소매치기는 흠칫 놀라 팔로 얼굴을 가리고 청년을 쳐다봤다. 경찰이 알아서 할 테니 조용히 해 달라는데도 청년은 몇 차례 더 소리치고 나서야 입을 다물었다. 진술을 마치고 돈을 받아 가방에 넣는데 눈물이 펑펑 쏟아졌다. 짧은 시간 동안 지옥과 천국을 넘나든 셈이었다. 등록을 마치고 함께 버스에 탔다. 어쨌거나 등록금을 내게 되어 다행이라며 청년이 활짝 웃었다. 서울이라는 곳은 별일이 많은 데라며 명함도 한 장 꺼내 줬다. '백준규, K 대학교 철학과 조교'라고 적혀 있었다. 서울역에 도착해 버스에서 내리자 차창 밖으로 손을 흔들어 줬다. 내가 만난 사람 중 가장 고마운 남자였다.

입학 후 아르바이트를 해야 했지만 막막하기만 했다. 일 자리를 원하는 지방 학생이면 누구나 염두에 두는 부잣집 입주 가정교사는 병아리 미대생한테 자리가 있을 리 만무했다. 어쩌다 만화작가 작업실에서 조수로 일하겠느냐는 제안도 있었으나 거의 무료로 일하면서 배우는 수준이었다. 하는 수 없이 식당, 마트, 카페 등에서 닥치는 대로 일했고 실제로 방 보증금 외에 집에서 돈을 타다 쓰지는 않았다. 처음엔 기숙사를 이용했으나 아르바이트 때문에 불편한 점이 많아 아파트의 문간방을 빌려 자취를 시작했다. 조심스럽긴 해도 나만의 공간이 좋았다. 집주인은 여섯 살 짜리 아이가 있는 삼십 대 후반의 부부로 내게 관심을 두지 않았다. 주방을 함께 사용하기로 허락받아 가끔 부딪히는 경우가 있었는데 웃는 얼굴로 자리를 비켜 주면서도 뭘 만드는지 쳐다보거나 자기네 음식 한번 먹어 보겠냐고 물어보는 법이 없었다.

다급하다 보니 용기가 생겼다. 난생처음으로 차 봉지가

가득 담긴 가방을 들고 팔러 다니는 일을 시작했다. 기적처럼 가방이 가벼워질 만큼 팔린 적도 있지만 온종일 돌아다니기만 하고 공을 친 적도 한두 번이 아니었다. 어느 날, 이제껏 말 한마디 나누어 본 적 없는 남자가 다가와 어느 쪽으로 갈 거냐고 물었다. 나갔다 하면 가방을 탈탈 털고 들어와 사장이 신분증도 맡아 두지 않고 물건을 내주는 사람이었다. 아직 정하지 않았다고 하자 오늘 장사도 가르쳐 주고 자기가 다 팔아 줄 테니 따라오라고 했다. 주춤하긴 했지만 자신 있어 하는 그 말의 유혹은 대단했다. 초보 주부가 부러운 듯이 나를 쳐다봤다.

결국 다른 때보다 배나 더 되는 차를 담아 들고 따라가게 되었다. 그자는 거들먹거리는 걸음으로 앞장서 가다가 빨리 쫓아오라고 고갯짓을 하곤 했다. 지하철을 타고 영등포역에서 내리더니 능숙한 솜씨로 몇 군데 차를 팔아 줬다. 속으로 감탄하면서 한참을 쫓아가는데 쇳덩어리가 겹겹이 쌓여 있는 철재 상가가 나타났다. 안에서는 파란 레이저를 끊임없이 쏘거나 불똥을 튀기고 고막을 찢는 쇳소리를 내면서 철재를 절단하고 있었다. 화공약품 냄새, 벌건 녹, 쇳가루가 질펀하게 깔린 길바닥, 사람들의 복장이며 우락부락한 생김새 등 거리의 풍경은 서부영화의 결투 장소처럼 거칠었다. 행인도 뜸했다. 어디로 가느냐고 조심스레 묻자 내 속을 알고 있는 듯 으스댔다.

"장사는 원래 이런 데서 하는 거야. 여기에 누가 차를 팔러 오겠어?"

무슨 말인지 알겠느냐는 듯 나를 쳐다보다가 혼자 고개를 주억거리며 말을 이었다.

"다시 말하면 경쟁자가 없다 그 말이지."

이 동네에서 물건을 팔겠다는 얘기다. 순간 아차 싶었다. 이대로 도망쳐 버릴까도 생각했지만 가방 때문에 그럴 수도 없었다. 그자는 낌새를 알아차렸는지 자기 가방을 왼쪽 어깨에 짊어지고 오른손으로 내 가방을 같이 들었다. 까만 털이 수북한 손이 맞닿는 순간 전신이 오싹했다. 얼떨결에 고맙다고 하자 보기보다 힘을 못 쓴다며 핀잔을 주기도 했다. 맞닿은 손가락을 당기고 불안한 심정으로 몇 발자국 가는데 길이 금세 한가해지고 푸른 이끼가 붙어 있는 벽돌 건물 사이로 조붓한 골목이 보였다. 젊은 아가씨 둘이 서서 담배를 피우고 있는 모습도 잠깐 보였다.

정신이 번쩍 들었다. 그자는 자연스럽게 골목 안으로 들어가려 했다. 앞뒤에 지나가는 사람 하나 없고 저만큼 떨어진 곳에 아이스크림 냉장고와 담배 간판이 매달린 구멍가게 하나만 눈에 띄었다. 걸음을 멈추고 최대한 여유 있는 표정으로 우유라도 사 마시고 가자고 했다. 그자가 가방 든 손을 놓고 가게 쪽을 바라봤다. 재빨리 가방을 들고 뛰다시피 가게 안으로 들어갔다. 뒤에서 빠른 걸음으로 쫓아오는 소리가 들렸다.

"왜 그래? 도망이라도 치는 사람처럼."

급히 문짝을 닫으면서 주인아주머니에게 사정했다.

"아주머니, 저 사람 이상한 사람이에요. 저 못 데려가게 좀 해 주세요."

말이 끝나기도 전에 다가온 그자가 가게 문짝을 천천히 열었다.

"그만해. 별것도 아닌 걸 가지고."

전혀 관계없는 말이다. 아주머니는 판단이 서지 않는 표정이었다. 나는 문짝을 붙잡은 채 아주머니를 향해 고개를 짧게 흔들었다. 그자가 문을 강제로 열려고 하지는 않았지만 휴대전화를 꺼내기 위해 손을 놓았다가는 대번에 달려들어 낚아챌 것만 같았다.

"알았어. 내가 미안해."

이번에도 전혀 엉뚱한 소리였다. 아주머니가 우리를 번갈아 쳐다보면서 어리둥절해하는 사이 그자는 보이지 않게 힘을 주어 내가 붙잡고 있는 문을 열고 안으로 들어왔다. 나는 아주머니 뒤로 몸을 피했다.

"뭔지는 몰라도 이 아가씨가 싫다고 하잖아요."

"남의 일에 괜히 신경 쓸 것 없어요."

기분 나쁜 표정으로 말끝에 힘을 주며 으름장을 놓았다. 아주머니는 한발 물러서 지켜볼 태세를 취했다. 그자가, 가자! 하면서 내 손을 덥석 잡았다. 부드러운 몸놀림과 달리 붙잡은 손에는 감당하기 어려운 힘이 들어가 있었다. 그냥 가겠다며 있는 힘껏 손을 뿌리치는데 맞은편 방바닥에 까만 전화기가 보였다. 무작정 뛰어들어가 수화기를 들어 112를 돌렸다.

"경찰서죠? 여기 이상한 사람이 강제로 끌고 가려고 해요."

더 다가오면 팔을 물어뜯기라도 할 참이었다. 그자는 화가 난 듯 서 있다가 아주머니를 향해 씩 웃어 보이고 슬그머니 밖으로 나갔다. 가슴을 쓸어내리며 방에서 나가자 아주머니가 빤히 바라봤다. 도저히 가게 밖으로 나갈 용기가 나지 않아 서성이고 있는데 아주머니가 문을 열고 나가더니 그자가 간 쪽을 쳐다보고 들어왔다. 그러고는, 아까 전화가 안 걸렸을 텐데, 하면서 같이 쓰는 전화라 9번을 돌려야 한다고 했다. 나는 그냥 걸린 척했다고 말했다.

"그 사람이 안 보이긴 하지만 누구 가족 없어? 이리 데리러 오라고 하지."

그러잖아도 혼자 밖으로 나가 어두컴컴한 골목길을 걸어갈 용기가 도저히 나지 않았던 참이었다. 그렇다고 아무 일도 없는 상황에서 112에 전화를 걸어 나를 데려다 달랠 수도 없었다. 우선 떠오르는 대로 집주인 여자에게 전화를 걸었다. 아저씨를 찾자 무슨 일이냐고 묻는 주인 여자의 음성을 듣는 순간 안 되는 일임을 직감했다.

"누군가에게 끌려갈 뻔하다가 가게에 들어와 숨어 있는 데요. 혹시 아저씨 계시면 죄송하지만 여기로 좀 와 주실 수 없을까요?"

주인 여자는 거북스럽게, 아저씨는 아직 들어오지 않았고 자기는 애 밥 먹이고 있다고 대답했다. 미안하다고 말한 후 곧바로 전화를 끊었다. 이러지도 저러지도 못하고

서 있다가 아주머니에게 우유 한 팩을 달라고 하자 우유를 꺼내 주면서 딱하다는 표정을 지었다.

"여기는 동네가 험해서 별일이 많은 데야."

순간, 그동안 까맣게 잊고 있던 청년 생각이 났다. 청년도 버스에서 명함을 주면서 서울이라는 곳은 별일이 많은 데라고 말했었다. 곧바로 지갑을 꺼내 찾아봤더니 명함이 그대로 있었다. 그는 내 이름을 듣고 전화기에 표정이 보일 만큼 반가워했다. 염치 불고하고 집주인에게 말했던 대로 부탁하자 대번에 위치부터 물었다. 한 시간이 조금 못되어 가게 유리창 밖에서 기웃거리는 그의 모습이 보였다. 그때의 반갑고 고마웠던 심정은 평생 잊을 수 없을 것이다. 얘기를 들은 그는 그런 말을 믿고 따라나선다는 게 말이 되냐고 심하게 나무랐고 나는 한마디 대꾸도 못 했다. 그날 집까지 가는 동안 세상 태어나 처음으로 멋있고 든든한 남자의 보호를 받으며 데이트하는 짜릿한 기분을 느꼈다.

다음 날 그자를 보면 이판사판 따져 봐야겠다고 단단히 마음먹고 공장에 가서 기다렸지만 나타나지 않았다. 낌새를 보니 사장도 물건값 때문에 걱정스레 기다리는 것 같았다. 그 후 공장에 나가지 않아 그자가 어떻게 되었는지는 모른다. 하지만 세월이 흐른 후에도 어쩌다 그 일이 머릿속에 떠오르면 등줄기가 오싹해지곤 했다.

이후 준규 씨를 자연스럽게 만났으며 오빠, 동생이라는 호칭으로 서로를 부르다가 그가 다니는 K 대학교 도서관 뒤뜰에서 키스한 다음 특별한 언약 없이 장래를 약속한 사이가 되었다. 그와는 가까우면서도 매사 흉허물 없는 사이는 아니었다. 등록금 마련이 힘들었을 때 상황을 눈치챈 그가 대신 내 준 적이 있는데 좀 무리를 해서 바로 갚자, 돈을 돈으로 갚지 않는 게 더 인간적인 경우도 있는 거라고 달갑지 않아 했었다.

언젠가 한번 내가 둘 중 하나는 선생 말고 다른 역동적인 일을 하는 게 어떻겠냐고 물어본 적이 있다. 미래의 꿈도 그려 볼 겸 어리광 삼아 했던 말이다. 그는 에둘러 말하지 말고 하고 싶은 말을 해 보라며 곱지 않은 눈길을 보냈다. 즐거워하는 직업을 가지면 좋겠다는 생각으로 그냥 한 말이라고 해명했는데도 교수가 따분한 직업이냐며 한동안 표정이 굳어 있었다. 나중에 알았지만 그즈음 그는 교수가 되기 위해 갖은 노력을 기울였다고 한다.

그의 부모님은 장위동에서 '백학집'이라는 오리고기 식당을 운영했다. 경찰직 공무원이던 아버지가 퇴직 후 시작했다는데 이름처럼 고풍스러운 분위기는 아니어도 그런대로 규모가 있었다. 준규 씨 권유로 손님 많은 저녁 시간에 아르바이트하면서 자연스럽게 인사하게 되었고 두 분 다 고지식할 만큼 정직한 성품이었다. 우리 집에서도 준규 씨를 좋게 보았으며 민영이는 얼마 지나지 않아서부터 매형이라고 부르며 따랐다.

3

종례를 마치고 교무실로 들어가자 교감 선생님이 소파에 앉아 있다가 나를 불러 세웠다.

"선생님 반 한정호 아버님이세요. 처음 뵙죠?"

얼른 일어나 맞이하는 정호 아버지는 하얀 와이셔츠에 진남색 재킷 정장을 입었고 옆에 서류 가방 하나가 있었다. 정중하고 단정한 외교관 분위기다. 명함에는 '주유엔

대한민국대표부 서기관 한영빈'이라고 되어 있었다. 정호에게 무슨 사고라도 생긴 건 아닌지 덜컥했으나 그의 태도로 보아 그건 아닌 듯했다.

인사를 나눈 후 교감 선생님의 권유대로 상담실로 들어갔다. 그가 먼저 정호가 학교생활에 성실하지 못해 죄송하다고 말해 나 역시 담임으로서 능력이 부족한 것 같다고 하자 자식의 성품 교육은 전적으로 부모의 책임이라며 거듭 사과로 일관했다. 아주머니 말을 듣고도 바로 연락하지 못한 건 공적인 일에 바빴기 때문이기도 하지만 뭔가 대책을 세운 다음 오느라 그랬다며 이해를 구했다. 정호가 우울증이 있어 보이는 데다 영양실조가 겹쳐 며칠 입원시켰다가 현재는 영월 고모 집에 휴양 차 보냈다는 것이다.

우울증이니 영양실조니 하는 상황이었다는 사실이 이해 가지 않았지만 혹시 연관 있을지 모른다는 생각에 지하철 건에 관해서 설명했다. 그는 심각하게 듣더니 가방을 열어 그림 한 장을 꺼내 혹시 이런 얼굴 아니더냐고 물었다. 사생대회 때 본 것처럼 눈, 코, 입이 그려져 있지 않은 여자의 그림이었다. 보는 순간 당혹스러웠으나 어차피 나라고 단정 지을 근거도 없는 터라 아니라고만 하고 다른 말은 하지 않았다. 그는 가방 속에서 같은 그림 십여 장을 더 꺼냈다. 놀랍기도 하고 께름칙하기 짝이 없었지만 나를 그린 게 맞는지 다시 확인도 해 볼 겸 한 장 한 장 꼼꼼히 살펴봤다. 또래 여학생은 분명 아니었으며 잘 그리고 못 그리고를 떠나 온 정성을 다해 그린 느낌이 들었다.

그러다가 어느 그림 한 장을 보는 순간 얼굴이 후끈 달아올랐다. 귀 뒤 조금 아래에 조그맣고 까만 혹 하나가 그려져 있는데 한눈에 봐도 위치며 크기가 나만 아는 내 혹이 분명했다. 나머지 그림은 더 볼 필요도 없었다.

"혹시 누군지 아시겠습니까?"

"아무래도 저를 그린 것 같네요."

나는 민망함과 불쾌한 기분에 반사적으로 언짢은 표정을 지었다.

"뒤늦게 모성을 찾고 있는 것 같습니다."

조심스럽게 물었던 정호 아버지가 무거운 고갯짓을 하며 변명조로 말했다.

"정호가 어머니와는 언제……?"

"엄마 배 속에 있을 땝니다."

그 말이 무슨 뜻인지 이해되지 않아 주춤거렸더니 모터

보트에 받히는 사고로 죽은 엄마 배 속에서 태어났다고 설명했다. 생각지 못했던 말에 가슴이 먹먹해졌다. 물끄러미 쳐다보며 내가 탄 차를 향해 손을 흔들던 정호의 모습이 떠올랐다. 출산을 두 달 앞두고 일광욕 겸해서 덕소에 물놀이를 갔다가 보트에 받히는 순간 본능적으로 배를 감싸며 머리를 숙여 그렇게 되었다는 것이다. 병원에 도착했을 때 산모는 이미 숨을 거두었는데 배 속의 아이는 심장이 뛰고 있었다고 했다. 그는 오랜 시간 가슴을 짓누르고 있던 일이라 새삼스러울 것도 없다며 씁쓸하게 웃었다. 결국 6개월 동안이나 인큐베이터 신세를 진 다음 세상 밖으로 나왔다며 처음에는 정상적인 아이가 되지 못하면 어쩌나 걱정했는데 다행히 괜찮았고 충격을 받을 때 약간 불안해하는 증상이 있다고만 덧붙였다.

내가 아무 말도 못 하고 있자 그가 화제를 바꿨다.

"아비 눈이라 그런지 모르지만 그래도 심성은 착합니다. 아닌가요?"

"그럼요. 제가 누구보다 잘 압니다."

그는 즐겁지 않은 푸념만 늘어놓아 미안하다면서도 이야기를 이어 갔다. 그러다 보니 자극을 주지 않기 위해 웬

만하면 뜻을 들어주었고 야단을 쳐야 할 일에도 부드럽게 돌려서 말해 준다고 했다. 내가 정호도 엄마 일을 알고 있냐고 물었다.

"한동안은 엄마가 뭔지도 모르고 자랐었는데 얼마 지나지 않아 묻더군요."

그는 잠깐 말을 끊었다가 다시 이었다.

"엄마가 뭐냐고……."

나는 하마터면 흑! 하고 울음이 나올 뻔했다. 정호 아버지의 말이 멀리서 울리듯 들려왔다. 처음에는 아빠랑 같은 사람이라고 얼버무렸었는데 이내 자기는 왜 엄마가 없냐고 숱하게 묻는 통에 하늘나라로 올라가 별이 되었다고 했다는 것이다. 내가 차마 말을 잇지 못하자 그는 표정을 바꿔 이모저모 감사하다고 정중하게 표현한 다음 미국은 9월이 신학기니까 상황을 봐서 맨해튼 인근의 고등학교로 입학시킬 계획인데 정호가 싫다면 그대로 놔둘 거라고 했다. 얘기를 대충 마무리하고 무거운 마음으로 정호 아버지를 배웅했다.

교무실로 가던 송 선생님이 눈을 크게 뜨며 관심을 보였다. 조언도 들을 겸 퇴근 후 시간을 내 충정로 '향나무집'이라는 식당에 가서 저녁을 안주 삼아 동동주를 마셨다. 화제는 당연히 정호였다. 송 선생님은 정호가 유학을 가는 편이 모두에게 좋을 것 같다고 결론지었다.

"정호가 현 선생님을 이성으로 여기고 있는 게 확실해."

"본능적으로 모성을 그리워하는 거예요."

정호 아버지도 같은 말을 했다며 얼굴을 찌푸려도 송 선생님은 고개를 가로저었다.

"사랑하는 마음은 같은 거야. 엄마가 아니니까 이성인 거지."

학생이 선생님을 짝사랑하는 일은 흔한 일이고 아름다운 추억일 수도 있지만 자칫 집착으로 발전하는 경우도 있어 문제라는 것이다. 그러면서 남의 알 품어 주는 오목눈이라도 되느냐며 냉철하게 판단하라고 강하게 충고했다.

"얼마 전에 진학상담 여선생을 짝사랑하다가 살해한 사건도 있었잖아."

"선생님! 무슨 그런 말씀을 다 하세요?"

내가 질겁해서 소리치자 송 선생님은 그냥 예를 든 것뿐이라며 그렇게 빨리 시집이나 가라고 웃어넘겼다. 정호를 염려하던 내 마음은 어느덧 불안감으로 바뀌어 갔다. 유학

을 떠난다면 그나마 다행이겠지만 정호가 받아들일지는
미지수다. 내가 말이 없어지자 송 선생님은 괜한 얘기를
꺼내 착한 정호를 끔찍한 사건에 연결시킨 못된 선생이 되
고 말았다며 분위기를 바꾸려 했다. 동동주 한 병을 더 시
켜 남김없이 마셨는데도 마음은 좀처럼 편해지지 않았다.
나를 둘러업고 병원으로 달리던 정호의 모습이 다시 떠올
랐다.

조회에 들어갔는데 정호가 일어서서 인사를 했다. 들은
대로라면 정호는 지금쯤 영월 고모 집에 있어야 한다.
"어떻게 왔어? 아버님께 얘기 다 들었다. 몸은 괜찮아?"
정호의 표정이 바로 굳어졌고 나 또한 마음과 달리 냉랭
하게 표현되고 있었다는 사실에 적잖이 놀랐다. 편치 않은
마음으로 오전 수업을 마치고 송 선생님과 점심을 먹으면
서 아침에 있었던 일을 얘기했다. 송 선생님은 전날의 일
이 마음에 걸렸는지 담임이 생활 태도가 올바르지 않은 학
생에게 곱지 않은 시선이 가는 건 당연하다고 역성을 들
어 줬다. 일부러 해 주는 말인 줄 알면서도 다소 마음이 놓
였다.

점심시간이 지나기 전에 정호의 마음도 풀어 줘야겠다는 생각으로 교실로 향했다. 창밖의 뿌연 하늘을 배경으로 책상 위에 혼자 엎드려 있는 정호의 모습이 눈에 들어왔다. 홀가분해졌던 마음이 금세 무거워졌다. 얘기 좀 하자면서 불안해하는 정호를 데리고 상담실로 들어갔다. 의자에 마주 앉자 정호는 고개를 푹 숙인 채 눈물인지 콧물인지를 떨어뜨리고 재빨리 훔쳤다. 나는 순간적으로 송 선생님과 함께한 중상모략에 가까운 대화를 들킨 것 같아 당황스러웠다.

"정호야, 왜 그러는데?"

"속 썩이고 미운 짓만 해서 죄송해요."

"선생님은 너를 미워하지 않아."

일부러 아픈 것도 아니었잖냐며 이제라도 건강 챙기고 열심히 공부하면 된다고 최대한 부드럽게 말했다. 돌아가신 아버지 얘길 하면서 정호 아버지를 부러워하는 말도 했다. 정호의 얼굴이 조금씩 밝아져 갔다. 그 밖에 수학, 영어 등 주요 과목의 진도 보충 방법에 관한 얘기를 들려주고 상담실을 나섰다. 그림, 유학, 엄마 이야기는 일절 꺼내지 않았다. 다소나마 밝아진 정호를 보내고 나니 마음이 한결 편해졌다. 다시 며칠이 지나도록 정호는 별 탈 없이 학교 생활을 했다. 다른 말이 없는 것으로 보아 유학은 가지 않기로 한 것 같았지만 걱정하지는 않았다. 대처하기에 따라 나에게나 정호에게나 좋은 추억이 될 수도 있을 것이다.

  퇴근 후 준규 씨와 만나기로 한 약속이 대학생들의 교내 철야 시위 때문에 없던 일이 되었다. 일찍 들어가 집 안 정리라도 할 생각으로 학교를 나섰다. 혜화동로터리 빵집에 들러 식빵 하나를 사서 들고나오는데 날씨가 영 심상치 않았다. 가로수의 이파리가 안간힘을 쓰면서 가지에 매달려 흔들거리고 길바닥의 신문지가 연 뜨듯 난다. 발걸음을 재촉해 성당이 보이는 골목을 지나는데 번쩍하는 번개와 함께 천둥소리가 울리더니 비가 쏟아지기 시작했다. 파닥파닥 내려치는 빗방울이나 흙냄새 뛰어 오르는 기세로 보아 그냥 지나가는 비가 아니었다.

  앞에 보이는 문방구로 뛰어들어가 우산을 사 들고 고갯길을 올라갔다. 언덕 신세를 언제나 면하나 생각하면서 걸음을 재촉하는데 불어오는 바람에 우산이 뒤로 휙 당겨졌다. 우산대와 빵 봉투를 움켜쥐고 올라가는 언덕길은 오가는 사람 하나 없이 으스스하기까지 했다. 올려다보이는 언덕 위의 누런 건물이 거무스름한 하늘을 힘겹게 받치고 서 있었다. 보폭을 줄이고 종종걸음으로 집을 향해 가는데 저만큼 떨어진 전신주 옆 나무 밑에 비를 고스란히 맞으며 서 있는 학생의 모습이 보였다. 다가가 우산을 받쳐 줘야 하나 어쩌나 망설여졌지만 하필이면 이 빗속에 왜 밖에서 비를 맞고 있느냐는 궁금증과 함께 불안한 생각이 밀려들었다.

거리가 가까워지면서 그 학생이 정호일지 모른다는 우려가 점차 현실로 다가왔다. 송 선생님의 끔찍한 말이 귓속으로 날아들었다. 집 못미처에 있는 다른 골목으로 빠질까, 아예 발걸음을 되돌릴까 생각해 봤지만 그건 학생을 보고 도망치는 여선생의 뒷모습을 보여 주는 꼴이 될 뿐만 아니라 반사적으로 달려와 덮치는 충동을 유발할 위험도 있다. 나는 결국 비 때문에 주변을 볼 여유가 없는 사람이 되어 우산을 깊이 내려쓰고 빠르게 걸어가는 쪽을 택했다. 우산 끝으로 비에 젖을 대로 젖어 두꺼운 갑옷이 되어 있는 바지 아랫부분과 신발이 지나갔다. 상의와 얼굴은 안 봐도 뻔했다. 흠뻑 젖은 정호의 신발이 잠깐 움직이다가 그대로 서는 것 같기도 했다. 나를 알아본 건지 아닌지는 그다지 중요하지 않았다.

삼층 계단을 올라가는데 다리가 후들거리고 심장이 터질 듯 방망이질을 했다. 누군가가 당장 뒷머리를 낚아챌 것만 같았다. 사람은 짧은 순간에도 수많은 생각을 할 수 있다는 사실을 실감하며 떨리는 손으로 현관문을 열려는 순간 포장지에 싸인 액자 하나가 벽 쪽으로 세워져 있는 것이 보였다. 준규 씨가 보낸 것으로 여기고 아무 생각 없이 들고 들어갔다. 우산과 액자를 내려놓고 문을 걸어 잠근 다음 소파 위에 털퍼덕 앉아 숨을 고르다가 베란다 창문으로 밖을 내다봤다. 주황색 가로등이 쏟아지는 빗줄기를 생중계하듯 보여 주고 있었다. 언덕배기 빗물이 전신주 바닥을 휘감으면서 흘러가고 뿌리를 드러낸 아까시나무 밑둥치는 나무를 기어오르는 구렁이처럼 은은한 빛을 튕긴다. 정호는 그대로 서 있었다.

"무모해도 분수가 있지, 저녁 시간에 여선생님 집은 뭐 하러 와?"

연거푸 억지 안도의 숨을 내쉬며 중얼거렸다. 천둥 번개가 내려치면서 보여 주는 파란 세상을 외면하고 아무 일도 없었던 것처럼 거실 소파에 앉았다가 현관에 있던 액자를 들고 왔다. 포장을 뜯어봤더니 굳이 액자에 담을 만한 수준이 아닌 해바라기 그림이었다. 의아해하면서 내려놓는데 메모지 한 장이 툭 떨어진다.

'선생님, 아프지 마시고 항상 행복하세요.'

후다닥 일어나 베란다로 나가 봤다. 정호는 고개를 떨어뜨린 채 천천히 빗길을 내려가고 있었다. 눈물을 줄줄 흘리고 있는 모습이 눈에 선했다. 투명한 인큐베이터 속 빨간 아기가 정호 위에 겹쳐지면서 내가 최악의 비겁한 행동을 선택했다는 죄책감이 쿵, 하고 머리 위로 떨어졌다. 퉁기듯 신발장에 있는 큰 우산을 꺼내 들고 쿵쾅거리며 밖으로 나가 저만큼 앞에 가고 있는 정호를 부르면서 달려갔다. 정호가 걸음을 멈추고 고개를 돌렸다. 아무 말도 하지 않은 채 우산 속으로 당겨 안으면서 끝없이 등을 토닥였다.

"정호야, 선생님이 미안해. 내가 너를 보고도 그냥 지나쳤어."

"저 내일 미국으로 떠나요. 그동안 속만 썩여 드려서 죄송해요."

"메모를 보고 알았어. 내일?"

"예, 그래도 저는 선생님을 절대로 잊지는 못할 거예요."

나는 흠뻑 젖은 정호와 볼을 맞댔다. 맞닿은 얼굴 사이로 흐르는 따뜻한 눈물의 촉감이 고스란히 느껴졌다. 볼을 떼고 한 손으로 다시 정호의 얼굴을 어루만지며 들여다보듯 바라봤다. 촉촉한 물기 속 검은 눈동자가 깊고 드넓은 호수가 되어 나를 띄웠다. 있는 힘껏 다시 끌어안고 한참을 그대로 있었다.

우산을 받아 들고 몇 발자국 가다가 한차례 돌아본 다음 빗길을 내려간 정호는 다음 날 학교에 오지 않은 채 미국으로 떠났다. 아버지 대신 고모가 몇 가지 서류를 받아 가면서 정중하게 인사를 했을 뿐이다. 정호의 잔상은 생각보다 진하고 오래갔으나 당시의 내 감정이 어떤 형태였는지는 명확하지 않다. 얼마 뒤 준규 씨에게 정호의 유학 얘길 했더니 애물단지가 떠나 후련하겠다고만 할 뿐 다른 말은 하지 않았다. 정호의 소식이 궁금했으나 따로 알아볼 방법도 없고 그렇다고 전화를 걸어 물어볼 수도 없었다. 이후 정호에 대한 기억은 지워지지 않는 세포가 되어 머릿속 한 곳에 고스란히 자리 잡혔다.

이듬해 미술인의 모임인 '심연(深淵)'에 가입해 틈틈이 작품 활동을 시작했다. 휴일에는 동호인들과 가까운 교외로 나가기도 하고 때론 멀리 외지고 아름다운 풍경을 찾아가기도 했다. 준규 씨와 함께 가기도 했는데 이런저런 일을 도와주면서 그림을 그리는 내 옆에 앉아 지켜보는 것을 좋아했다. 내 그림은 대상을 찾는 것도 남다르고 과감한 채색도 좋다는 둥 칭찬을 아끼지 않았다. 그때마다 나는 머쓱해져 콩깍지 눈으로 봐서 그렇지, 화가마다 같은 방향을 보면서도 다른 구도를 잡고 채색기법도 다른 거라는 식으로 설명해 주곤 했다.

우리는 누가 봐도 다정한 사이였지만 호칭 그대로 오빠와 동생 같은 분위기의 연인이었다. 어쨌든 나는 힘들거나 외로울 땐 언제나 그를 찾았고 준규 씨 또한 나를 위해 해 줄 수 있는 것은 뭐든 다 해 주었다. 그러면서도 내게 뭔가를 요구하는 법이 없었다. 애오라지 내가 먼저 요청하기를 기다릴 뿐이었다. 그러다 보니 나는 그를 위해 해 줄 일이 하나도 없었고 때로는 연인이 아니라 진짜 오빠 같은 착각이 들기도 했다. 준규 씨는 누구에게든 먼저 결례하거나 책잡히는 일을 하지 않았다. 그런 만큼 상대방이 잘못을 저지를 때는 쉽사리 용서하지 않는, 다소 까다로운 면도 있다. 동호인 화가가 나에게 야한 농담을 했다가 그로부터 뺨을 맞기도 했고 유흥가 길가에서 일부러 휘청거려 내 가슴에 부딪힌 사내의 멱살을 잡고 당장에 목 졸라 죽일 듯이 흔들어댄 적도 있었다. 숨을 쉬지 못한 채 간신히 양손을 들어 싹싹 비는 바람에 놓아주긴 했지만 내가 말리지 않았더라면 무슨 일이 벌어졌을지도 모른다.

4

방학을 앞둔 데다가, 크리스마스이브에 마지막 시간이다 보니 학습 분위기가 제대로 잡힐 리가 없다. 그것도 반은 놀면서 때우는 미술 시간이다. 나도 예외는 아니었다. 분위기에 맞게 서로를 상대로 컨투어 드로잉 실습을 시켰더니 교실은 금세 왁자지껄한 놀이터가 되었다.

"선생님, 모델이 너무 못생겨서 안 되겠어요."

"얘는 비대칭이라 도저히 그릴 수가 없어요."

교탁을 두드리며 주의를 주고 간신히 드로잉을 시작시킨 다음 교실 뒷자리에 서서 창밖으로 눈을 돌렸다. 찡 소리가 들릴 만큼 조용한 운동장 너머 파란 하늘은 겨울답지 않게 드높고 포근해 보였다. 듬성듬성 하얀 구름이 여유롭게 떠다니고 운동장 한편의 나무 위에 소복하게 쌓인 눈은 원래부터 거기에 있었던 양 편안하게 자리 잡은 채 반짝거린다. 퇴근 시간에 맞춰 학교 근처로 오기로 한 준규 씨를 만나면 고즈넉한 분위기의 종묘나 비원 같은 곳에라도 가서 앙상한 겨울나무라도 보자고 할 참이다.

풍경을 따라 무심코 시선을 옮기고 있는데 정문 경비실 안에서 한 남자가 나와 교정 한쪽 보도블록 길을 걸어오는 모습이 보였다. 남자는 사방을 둘러보면서 철봉 뒤까지 걸어오다가 젖지 않은 벤치를 골라 자리에 앉았다. 적막한 겨울 풍경 속 남자에게 어딘가 마네의 '피리 부는 소년' 같은 신비감이 느껴졌다. 그는 마치 나를 바라보기라도 하는 것처럼 교실을 향해 시선을 고정했다. 정호? 그러고 보니 멀리서 걸어올 때부터 체구나 걸음걸이가 정호와 비슷했던 것 같았다. 정호는 반에서 두 번째로 키가 컸고 걸음걸이는 고등학생답지 않게 반듯했었다. 다시 살펴보니 옆얼굴에서는 더더욱 분명한 정호의 분위기가 보였다. 얼른 교실 안쪽으로 몸을 돌렸다. 그럴 일이 아니라고 생각하면서도 가슴이 두근거렸다.

교실을 왔다 갔다 하면서 감정을 추스른 다음 교단에 올라서 하얘진 머리로 학생들을 둘러봤다. 일찍 끝내주려나 하는 눈빛으로 일제히 나를 쳐다봤지만 내 시선은 바로 벤치로 되돌아갔다. 다시 뒷자리 창가에 가서 팔짱을 끼고 벤치를 바라봤다. 방향이 바뀌자 정호의 윤곽이 또렷하게 보였다. 정호는 자리에서 일어나 주머니에서 손을 빼고 천천히 걸어 조금 더 가깝게 다가왔다. 머리를 길러 단정히 가르마를 탄 모습은 문득문득 생각났던 것보다도 한결 어른스러웠다. 빗속에서의 마지막 장면이 떠오르면서 얼굴이 화끈 달아올랐다. 정호는 중간쯤에서 되돌아가 다시 같은 자리에 앉았다.

"선생님, 다 그렸어요. 빨리 끝내주세요."

"크리스마스이브잖아요."

수업 시간이 끝나가자 교실이 시끌벅적해졌다. 나도 모르게 허둥대지는 마음으로 종례까지 마쳤지만 교무실을 나서기 전에 어떻게 할지를 정해야 한다. 지금쯤 학교 앞서점에서는 준규 씨가 책을 뒤적거리며 나를 기다리고 있을 것이다. 건성으로 책상을 정리하고 있는데 다른 선생님들이 자리에서 일어서면서 손을 번쩍번쩍 든다.

"퇴근 안 하세요?"

"해야지요. 먼저 들어가세요."

바쁜 척 인사를 나누고 쓸데없이 서랍을 여닫으며 생각에 빠졌다. 따지고 보면 생각하고 뭐고 할 거리도 없다. 선생님을 찾아온 제자와 만나 얘기하며 걷는 것이 흠이 될 일은 아니다. 반갑게 인사를 받은 다음 이런저런 궁금한 내용을 묻고 들으며 교문 밖까지 걸어가다가, 약속이 있어 먼저 가야 한다고 말한 후 준규 씨가 기다리고 있는 서점으로 들어가면 그만이다. 가방을 들었다가 다시 내려놓았다.

'준규 씨와 맞닥뜨리면 뭐라고 말하지?'

그런들 뭐가 문제인가. 가벼운 마음으로 소개하면 될 것이다. 애써 홀가분한 마음을 강요하면서 코트를 걸치고 교무실을 나섰다. 그러나 나는 어느덧 중앙 현관을 지나쳐 미술실로 향하고 있었다. 테레핀 향이 후각을 자극하면서 새로운 감정을 들쑤셨다. 그러면 정호는?

어쩌면 나를 만나기 위해 미국에서 여기까지 날아왔을 수도 있는 아이를 그냥 그대로 보낸다는 말인가? 창가로 걸어가 정호가 앉아 있을 벤치를 찾았다. 학생들이 우르르 나가면서 시야를 가리다가 모습을 드러낸 벤치는 고흐의 미완성 작품처럼 덩그러니 홀로 자리를 지키고 있었다. 급히 사방을 둘러보고 있는데 등 뒤에서 문소리가 났다.

"선생님 안녕하셨어요?"

정호가 더할 나위 없이 밝은 얼굴을 하고 미술실로 들어서면서 정중하게 고개를 숙여 인사했다. 당혹스러우면서도 얼굴을 마주하는 순간 조금 전 나 혼자서 너무 앞선 상상을 했던 건 아니었나 하는 민망함에서 벗어나는 상쾌한 기분도 들었다. 눈을 있는 대로 크게 뜨고 정호야! 하고 호들갑스럽게 부르며 맞이했다. 그리고 연거푸 질문을 뿜어 냈다.

"잘 있었어? 언제 왔어? 혼자? 학교는 잘 다니고? 그런데 어떻게 왔어? 미국에는 겨울방학이 없지 않아?"

정호는 그때마다 상기된 얼굴로 짧게, 짧게 대답했다. 오늘 서울에 도착하자마자 바로 학교로 달려온 것이다. 처음과 달리 정호의 표정이 점점 굳어지고 목소리도 잦아들었다. 나는 정호가 크리스마스이브에 오로지 나를 만나기 위해 귀국했고, 그동안 나를 벗어나려고 미국으로 유학을 떠난 계획은 실패였다는 사실을 깨달았다. 정호의 말수가 줄어들면서 나의 호들갑도 주춤해졌다. 불과 몇 초간의 짧은 침묵은 1년 반의 공백을 단숨에 메우고 말았다. 정호가 떠나기 전날 저녁의 일이 바로 어제의 일처럼 되살아났다.

"선생님이랑 시내로 나가서 밥 먹을까?"

전혀 생각지 않았던 제안이었다. 정호는 금세 표정이 바뀌고 두 눈에 생기가 돌았다. 복잡했던 내 마음도 후련해졌다. 얼굴을 스치는 바람은 상쾌할 만큼만 차가웠고 창가에서 바라보던 햇볕이며 구름이며 가지 위에 엎드려 있던 하얀 눈도 말없이 나의 결정을 응원하고 있었다. 경비 아저씨가 반쯤 감긴 눈으로 바라보더니 선생님 만나서 반갑겠다며 알은체했다.

정문 밖 대각선 방향으로 명지서림 간판이 눈에 들어온다. 택시를 타고 싶었지만 빈 차가 눈에 띄지 않아 종점에서 돌려 다시 출발하는 버스에 올라탔다. 한 학생이 나를 보고는 재빨리 일어나 인사하고 다시 앉는다. 우리는 나란히 자리에 앉았다. 이후에도 몇몇 사람들이 더 탔는데 정호를 아는 학생은 반갑게 부르면서 다가오다가 나를 보더니 고개를 꾸벅하고 앞쪽 빈자리로 가서 앉았다. 준규 씨에게 급한 일이 생겨 만나지 못하게 되었다고 서둘러 문자를 보냈다.

좌석이 다 차고 운전기사가 차에 올랐다. 조마조마했던 마음이 어느 정도 가라앉고 차가 막 출발하려고 할 때였다. 닫히는 문을 밀치면서 한 남자가 차에 올라탔다. 준규 씨였다. 나를 보는 그의 얼굴 깊숙이 분노가 서려 있었다.

"어떻게 된 거야?"

그가 가쁜 숨을 몰아쉬며 묻고 나서 정호를 쳐다봤다. 창밖을 바라보고 있던 정호가 자세를 바로 하면서 내 표정을 살폈다. 나는 당황하는 표정을 숨길 수가 없었다. 방금 문자를 보냈다고 얼버무리자 대꾸도 없이 휴대전화를 확인하고 나서는 싸늘한 눈초리로 나를 봤다. 크게 뜬 그의 눈이 이게 급한 일이냐고 묻고 있었다.

"동행인가?"

나한테도 정호한테도 아닌 말투다.

"정호예요. 미국으로 유학 간⋯⋯."

"이 아이야?"

내 말이 끝나기도 전에 되묻는 그의 '아이'라는 호칭이
얹히듯 가슴에 걸린다.

"선생님 아는 사람이야."

정호는 엉거주춤 일어서서 고개를 한번 수그리고 자리
를 양보했다.

"아는 사람?"

그가 힐책하듯 반문하고 자리에 앉아 나를 쳐다보는데
버스가 상가 정거장에 서기 위해 속도를 늦추고 있었다.

"선생님, 저 여기서 내릴게요. 안녕히 가세요. 안녕히 가
십시오."

인사를 마친 정호가 버스 출입문 쪽으로 몸을 돌렸다.

"정호야, 미안해. 선생님이 다른 약속을 깜빡했어. 이따
가 일곱 시에 혜화동 파리바게뜨로 올래?"

어이없어하는 그의 시선을 고스란히 의식하면서 정호와
눈을 마주치고 턱을 위아래로 짧게 흔들었다.

"아니 그럴 거 없어. 너 원래 여기서 내릴 생각은 아니었
잖아. 같이 가자."

정호는 나를 쳐다보다가 별 대답 없이 고개를 꾸뻑하고
서둘러 차에서 내렸다.

우리는 결국 종묘로 향했다. 내가 먼저 어색하게 제안한 것을 준규 씨가 침묵으로 수락한 것이다. 맑고 파랗던 하늘은 어느새 어깨가 무거울 정도로 우중충해져 있었다. 가는 동안 줄곧 각자의 생각에 빠졌다. 그는 이제까지 본 적이 없는 심각한 얼굴을 한 채 입을 굳게 다물었다. 행인들을 핑계로 내가 먼저 그의 팔에 손을 걸었다. 종묘는 전기난로에 불을 쬐고 있던 매표소 직원이 반가워할 만큼 한산했다. 넓디넓은 월대 위에는 하얀 눈이 드문드문 쌓여 있고 어둡고 긴 정전은 적막한 고요로 숙연함을 강요했다. 자박자박 눈 밟히는 소리가 귀청 깊숙이 파고든다. 공신당을 지나 재궁 문을 들어섰다.

"미안해요, 오빠."

"뭐가?"

냉랭하게 쳐다보는 그의 눈동자 속에는 내가 낄 자리가 없었다. 나는 바로 대답하지 않고 땅만 보면서 걸었다. 바닥에 쌓인 눈이 빠드득빠드득 소리를 내면서 대답을 촉구했다.

"다른 것이 있을 게 뭐가 있어요."

"그게 그토록 급하고 중요한 일이었어?"

다혈질인 그가 이 정도로나마 참고 있다는 사실이 신기했다. 나는 또 입을 다물었다. 무엇을 묻고 있는지 알지만 이해시킬 자신이 없었다. 그렇다고 주섬주섬 사실대로 말한들 화만 부추기는 결과가 될 것도 뻔하다. 얼음이 붙어 있는 울퉁불퉁한 돌길에 한쪽 발이 걸려 미끄러지자 그가 얼른 붙잡았다가 다시 놓았다. 정전 외곽을 한 바퀴 돌고 그가 먼저 향대청 한쪽 문지방 위에 앉았다.

"나를 이해시켜 봐. 나도 이해하려고 노력할 테니까."

그가 한발 물러서며 묻는데도 할 말이 떠오르지 않았다. 시간이 흘러가면서 숨을 들이쉬고 내쉬기조차 힘들 만큼 가슴이 옥죄어 왔다.

"지금 서영 선생이 아무 말도 안 한다는 사실이 나를 얼마나 화나게 만드는 줄 알아?"

크게 소리치지는 않았지만 여차하면 뚜벅뚜벅 걸어 나가 허공에 주먹질이라도 할 기세다.

"정호는 죽은 엄마 배 속에서 태어난 아이예요."

그는 잠시 말미를 준 다음, 그런데? 하고 나를 쳐다봤다.

"오늘 서울에 도착하자마자 나를 찾아 학교로 온 거

고요."

"그 아이의 그런 얘긴 나한테 한 적이 없잖아."

미국으로 떠나는 바람에 잊고 있었다고 어설프게 대답
하자 한참이 지나도록 대꾸를 안 하던 그가 조금 전보다
한결 부드러워진 표정으로 나를 봤다.

"무슨 일로 왔어?"

"자세한 건 모르지만 나를 만나러 온 듯해요."

그는 말없이 먼저 자리에서 일어났다. 그의 시선에 쫓겨,
나도 따라 일어섰다. 나란히 걸으면서 정호에 관해 비교적
있는 그대로 얘기했다. 정호의 아버지와 그림 이야기도 했
다. 망설이다가 그림의 주인공이 나였다는 사실을 털어놨
을 때 그가 가던 걸음을 멈추고 나를 쳐다봤다. 내가 어색
해하면서 얘기를 마저 끝내자 그는 양손으로 얼굴을 힘주
어 문지르더니 그렇게 자기가 학생 지도에 너무 집착하지
말라고 말해 주지 않았느냐며 감정을 있는 대로 토해냈다.

"그랬기 때문에 아버지를 따라 미국으로 갔던 거였
어요."

"그래서 오늘 만나 무슨 말을 하려고?"

그 말은 나에게 잊고 있던 숙제를 안겨 주었다. 말마따

나 정호를 만나기 전에 내 의도하는 바가 있어야 한다. 나는 대답하지 않았고 기다리던 그가 앞서갔다. 푸른 소나무를 제치고 허공을 찌르듯 솟아 있는 앙상한 겨울나무 가지 너머로 잿빛 구름이 빠르게 지나간다. 눈이라도 펑펑 쏟아졌으면 싶다. 그의 발걸음이 점점 느려지다가 우뚝 멈췄다.

"내가 그 아이를 만나서 알아듣게 타일러 줄까?"

"안 돼요!"

내 대답이 너무 빨랐는지 그가 고개를 휙 돌려 쳐다봤다.

"그건 내가 풀어야 할 일이잖아요. 미안해요. 그렇게 간단히 떨쳐 버릴 수는 없어서 그래요."

"설마 서영 선생의 마음도 흔들리고 있다는 거야?"

가까스로 부드러워졌던 그가 내 얼굴을 들여다보면서 격앙된 목소리로 물었다. 그의 눈 가장자리가 파르르 떨렸다. 정호는 자극을 받으면 안 된다는 말을 할까 하다가 그만뒀다. 오늘 내가 선택한 일들은 거기까지 생각해서 정한 게 아니었다.

"잘 모르겠어요……."

내 대답은 그가 들을 수 있는 최악의 표현이었을 것이

다. 나는 너무 심각하게 생각하지는 말라고 덧붙였다. 앞뒤가 맞지 않는 말이었지만 달리 표현 방법이 떠오르지 않았다.

"허! 미안하다고 말한 뜻은 결국 이거였네?"

그 말을 끝으로 그는 종묘를 다 돌고 나올 때까지 한마디 말도 하지 않았다. 화가 난 표정을 짓거나 씩씩대면서 발걸음을 빨리하지도 않았다. 진한 잿빛 하늘에서 듬성듬성 눈이 떨어지기 시작했다. 시야가 어두워지자 마음은 숨을 곳이라도 찾은 것처럼 안정되었다. 나는 용기를 내 그의 팔을 붙잡으며 인사동에 가서 뭐 좀 먹자고 했다.

인사동은 팔을 붙잡지 않으면 동행할 수 없을 만큼 사람들로 북적댔다. 우리가 자주 찾았던 집을 지나쳐 낯선 전통술집으로 들어갔다. 시골 마당처럼 꾸며져 있고 조개탄 난로가 후끈 열을 뿜어내는 식당 안은 바깥 풍경과 달리 한산하기 이를 데 없었다. 자리에 앉은 다음에도 그는 음식을 시키는 것 말고는 아무 말도 하지 않았다. 해명이든 변명이든 내가 알아서 수습하기를 기다리는 듯했다.

"우선, 사실대로 말해 줘서 고마워."

한참 만에 내뱉은 그의 감정 담긴 촉구에도 나는 여전

히 할 말이 떠오르지 않았다. 그의 입에서 가는 한숨 소리가 새 나왔다. 그를 바라보고 있기가 힘들고 두려웠다. 그가 들고 있던 컵을 깨질 듯 움켜잡고 있다가 천천히 내려놓았다.

"심각한 건 그 아이가 아니라 서영 선생이라고. 알아?"

생각지도 않았던 눈물이 주르륵 흘러내렸다. 재빨리 닦았으나 나를 본 그의 얼굴에서 증오와 혐오가 뿜어져 나오고 있었다.

"이해할지 모르겠는데 지금의 나에게는 서영 선생이 강자야."

동시에 눈을 마주한 나를 보며 그가 신음하듯 말을 이었다.

"내가 더 못 견디겠으니까 말이야. 정신 차리고 돌아오라고 말하고 싶은 마음이 굴뚝같지만, 이를 악물고 그러진 않을 거야."

종업원이 음식을 내려놓는 동안 그의 말이 중단되었다. 나는 미안하고 할 말이 없는 상황에 쫓기다가 잠시나마 숨을 돌릴 수가 있었다.

"그렇지만 오늘 나에게 쏟아부은 이 치욕은, 앞으로 우리가 어떻게 되든 세월이 얼마나 흐르든, 결코 잊어서는 안 될 거야."

들기에 따라서는 협박이 될 수도 있는 말이겠지만, 화가 나서 하는 말 이상으로 들리지는 않았다. 그는 무거운 침묵 속에 나를 가둔 채 천천히 술을 따라 마셨다. 내가 조금씩 잔을 비울 때마다 내 잔에도 채워줬다. 나는 이마에 와닿는 그의 시선을 느끼면서 꼼짝하지 않고 잔을 조금씩 기울였다. 몇몇 손님들이 들어오는데 코트 위에 눈송이가 희끗희끗 보였다. 그는 내게 더는 신경 쓰지 않는 사람처럼 혼자서 계속 잔을 비우다가 벽에 걸린 시계를 보더니 먼저 일어났다. 나도 따라 일어섰다.

한결 더 어둑어둑해진 하늘에서 하얀 눈송이가 도망치듯 날아다닌다. 답답하던 숨통이 뚫리는 기분이었으나 그의 눈초리에서 도망쳐 눈발 날리는 하늘을 올려다볼 용기가 나지 않았다.

"가!"

인사동 입구에 도착해 그는 싸늘한 한마디를 뿌리고 종로 방향으로 걸어갔다. 나는 '주홍글씨'의 낙인을 자청한 심정이 되어 고개를 숙인 채 안국동 쪽으로 조금 가다가 무슨 이유에선지 모르게 뒤를 돌아다봤다. 그가 사람들이 다 건너도록 건널목에 서 있다가 녹색등이 깜빡거리는 것을 보고서야 발을 떼는 모습이 보였다. 혹시 모르는 나를 기다렸던 것 같았다. 아무 생각 없이 대각선으로 길을 건너 그의 뒤를 따라갔다.

고개를 똑바로 세우고 반듯하게 걸어가던 그가 처마 밑에 각종 붓이 대롱대롱 매달려 있는 화방 뒷골목으로 들어갔다. 예전에 함께 가본 적이 있는 은행 건물 뒤 낮은 담장이 길게 이어지는 좁은 길이다. 예나 지금이나 골목 안은 을씨년스럽고 통행인이 없었다. 앞서가던 그가 갑자기 주저앉을 듯 휘청거리다가 양손으로 얼굴을 감쌌다. 그러고는 술을 과하게 마시고 토할 준비라도 하는 사람처럼 낮은 기와 벽돌담 옆 전신주에 얼굴을 기댔다. 철렁하는 가슴으로 좁은 골목 모퉁이에 붙어 그를 지켜봤다. 흑흑 느껴 우는 소리가 내 귀에까지 날아들었다.

자석에 끌리듯 그를 향해 다가가려 할 때였다. 손바닥으로 얼굴을 닦던 그가 손수건을 꺼내면서 몸을 바로 세웠다. 금방이라도 고개를 돌려 나를 쏘아볼 것만 같았다. 급히 방향을 바꿔 건물과 건물 사이의 샛골목으로 들어가 큰길 쪽으로 걸음을 재촉했다.

"와! 화이트 크리스마스다!"

한창나이의 여자아이들이 지나가면서 손바닥을 하늘로 치켜들고 소리쳤다. 크고 많아진 눈송이가 작은 낙하산처럼 흔들거리며 떨어지고 어딘가에서 크리스마스 캐럴이 적당한 크기로 울려 퍼지는 가운데 왈칵 슬픔이 밀어닥쳤다. 길 건너편에 한 남자가 코트 깃을 바짝 올리고 아주 천천히 걷고 있는 모습이 어른거린다. 걸음걸이로 보아 술이 거나한 듯했다. 조금 전, 사관생도처럼 고개를 똑바로 세우고 걸어가던 준규 씨가 자세를 무너뜨리고 흐느껴 울던 모습이 떠오르면서 헤어날 수 없는 죄책감에 빠져들었다.

지난 여름방학 때였다. 회원들과 야외 스케치를 나가 나무 밑에서 그림을 그리고 있었다. 준규 씨는 언제나처럼 그림을 그리고 있는 내 손과 풍경을 번갈아 쳐다보다가 물을 떠 나르기도 하고 팔레트를 씻어 오기도 하면서 조수 역할을 했다. 한창 그림에 빠져 있는데 그늘의 위치가 바뀌고 나무를 벗어난 햇볕이 얼굴을 정면으로 비치기 시작했다. 그늘을 따라 이동하면 방향이 바뀌어 구도가 달라진

다. 하는 수 없이 챙 모자를 깊숙이 쓴 채 그대로 그리고 있는데 언제 가져왔는지 그가 비상용으로 챙겨 온 대형 우산을 펼쳐 그늘을 만들어 줬다. 덕분에 시원한 그늘 속에서 강바람을 맞으며 그림을 그릴 수 있었다.

다음 날, 누나인 준희 언니와 함께 셋이 저녁을 먹기로 되어 있어 낙원동 아귀찜집에 갔다. 방으로 들어가 상의를 벗으려던 그가 짧은 비명을 지르며 조심조심 팔을 뺐다. 내가 놀라면서 어디 다쳤냐고 하자 준희 언니는 어이없다는 표정을 지었다.

"서영 선생은 멀쩡한데 너만 그런 거잖아."

햇볕에 탄 어깨가 너무 쓰리고 아파 밤새 눕지를 못하다가 아침 일찍 병원에 다녀왔다고 했다. 조금 지난 후에야 이유를 알 수 있었다. 의사가 땡볕 아래서 벌이라도 섰느냐면서 2도 화상이라고 했다는 것이다. 나는 그것도 모르고 중간중간 심부름까지 시켜가면서 시원한 그늘과 강바람을 즐기며 그림을 그렸었다. 셔츠를 조심스럽게 젖히고 어깨를 들여다봤더니 햇볕으로 이렇게 심한 화상도 입을 수 있나 의아하리만큼 상처가 심했다. 팔뚝에서 목에 이르기까지 불에 덴 것처럼 새빨개져 있고 콩나물 대가리만 한

물집 여기저기에 약을 바른 자국이 노랗게 보였다. 나는 황망해져 미안하다는 말도 제대로 못 했다.

"어제는 멀쩡했는데 밤사이 이렇게 되더라고."

그는 조심조심 셔츠를 추켜올리다가 다시 한번 비명을 질렀다. 잠시 후 음식이 나왔는데 그가 고개를 곧추세운 채 젓가락을 수직으로 들어올렸다가 입으로 가져갔다. 준희 언니는 아귀찜을 먹다 말고 큰 소리로 웃어댔다.

"너 지금 그 폼은 사관생도 밥 먹는 자세 아냐?"

그는 애써 자세를 바로 하면서 내 앞접시에 살 많은 아귀찜 조각을 골라 올려 줬었다.

5

끈질기게 이어지는 준규 씨에 관한 생각을 버스에 실어 보내고 혜화동에서 내렸다. 젊은이의 거리답게 학생들로 붐비고 여유롭게 떨어지는 눈송이가 축제 분위기를 더해 주었다. 길 건너에 노란 불빛으로 실내를 은은하게 보여 주고 있는 파리바게뜨가 보였다. 반짝거리고 있는 크리스마스트리 앞에 서자 무거웠던 마음이 조금은 가벼워졌다. 유리창 안쪽을 바라보며 출입문을 향해 걸음을 옮기는데 누군가가 내 팔을 덥석 끼었다. 심장이 멎을 정도로 놀랐으나 손의 주인은 정호였다.

"선생님, 우리 빵 먹지 말고 명동까지 걸어가요."

코끝이 빨개진 정호가 떼를 쓰듯 팔을 잡아끌었다. 활짝 웃는 얼굴 어디에서도 준규 씨와 마주쳤을 때 기죽어 있던 그 모습은 찾아볼 수가 없다.

'복잡한 생각은 하지 마세요. 그냥 즐거운 얘기만 하면서 사람들 속을 걸어요.'

깜빡거리는 두 눈이 속삭였다. 정호는 내가 다른 생각을 할 겨를 없게 미국 생활을 하며 겪었던 일들을 숨 가쁘게 늘어놓았다. 창경궁 담을 끼고 안국동 쪽으로 꺾어졌다. 거리는 온통 짝을 이룬 연인들의 물결이었으며 발을 뗄 때마다 눈 밟히는 소리가 기분 좋게 울렸다. 때때로 정호가 휴대전화를 들어 사진을 찍기도 했다.

"저 지금 무슨 생각을 하고 있는지 아세요? 오기 너무 잘했다는 생각을 했어요. 하마터면 이런 멋진 시간을 놓칠 뻔한 거잖아요. 세상에 서울처럼 정겹고 아름다운 도시가

없어요. 무엇보다 여긴 선생님이 계신 곳이잖아요. 그것만
으로도 저는 서울이 좋아요. 미국에 있는 동안 단 하루도
선생님 생각을 안 한 적이 없거든요. 무슨 생각인 줄 아세
요? 한번 알아맞혀 보세요. 아마 모르실걸요?"

내가 머뭇거릴 틈도 없이 정호는 말을 이어 갔다.

"내가 없어져서 이제 선생님은 홀가분하실까? 아니야,
선생님은 모르시겠지만 내가 곁에 있었더라면 훨씬 더 행
복하셨을 거야, 뭐 그런 거요."

희곡의 대사라도 낭독하듯이 차분한 음성으로 읊조리더
니 금방 키득거렸다.

"왠지 아세요? 저만큼 선생님을 좋아하는 사람은 이 세
상에 없을 테니까요. 그런 생각들이 저를 선생님 앞에 다
시 나타날 수 있도록 용기를 주었던 거예요."

내 대답과 상관없이 마냥 즐겁기만 한 얼굴이었다. 끝날
줄 모르는 정호의 수다는 어느덧 나를 모네의 '눈 내리는
풍경' 속 세상으로 옮겨다 놓았다. 그러면서도 문득문득
조금 전 담벼락에 기대어 흐느끼던 준규 씨의 생각이 스
쳐 지나가곤 했다. 굳은 내 표정을 읽었는지 한참을 떠들
던 정호가 갑자기 입을 다물었다. 눈빛은 왠지 슬퍼 보였

고 머리 위에 소복이 쌓인 눈송이가 외로워 보였다. 머리를 부드럽게 털어 주자 정호는 바로 표정이 바뀌고 발걸음이 날아갈 듯 경쾌해져 만세를 부르듯 갑자기 손을 하늘로 추켜올렸다.

"내 꿈이 이렇게 금방 이루어질 줄은 몰랐어요."

나도 한껏 밝은 마음을 가슴에 불러들이면서 씩씩하게 손을 흔들며 걸었다.

명동이 가까워지자 거리는 형형색색의 네온사인이 빛을 뿜어냈고 어디에서들 나타났는지 수많은 인파로 북적였다. 정호는 교실에서의 내 흉내를 내는 등 온갖 얘기를 끄집어내며 웃어대다가 길가의 즉석 도넛을 사더니 설탕 가루를 입에 잔뜩 묻혀 가면서 먹었다. 할 수 없이 나도 따라 먹었다. 너무 혼자만 말한다고 생각되었는지 정호가 슬그머니 나를 끌어들였다.

"선생님도 저한테 뭐든 물어보세요. 맞힐 테니까요."

"좋아. 그런데 이건 맞히는 게 아니라 대답하는 건데?"

뭐든지 괜찮다는 큰소리에 곧바로 지하철역에서 있었던 일을 물었다.

"선생님은 모르고 계시는 줄 알았었는데 아버지 말을 듣고 알았어요. 그런데 왜 그때 모른 척 지나가셨어요?"

정호가 내 앞에 서서 뒷걸음을 걸으며 내 얼굴을 요리조리 살폈다.

"네가 무슨 의도로 그러고 있는지를 몰라서."

"그 아줌마 눈이 선생님하고 완전 똑같아요."

"뭐라고? 네가 내 눈을 언제 그렇게 자세히 봤어?"

"우연히 보게 됐어요."

"우연을 핑계 삼는 건 그다지 성실한 대답이 아닌 거 같은데?"

나의 대꾸에 정호는 손을 번쩍 추켜들더니 고백하겠다며 틈만 나면 훔쳐봤다고 농담조로 얼버무렸다.

"아직 내 눈이 특이하다고 말하는 사람이 없었는데? 그것도 뻥 아냐?"

"선생님 오른쪽 눈은 약간 갈색이고 왼쪽 눈은 검은색이에요. 저희 아버지 말씀이, 고양이의 눈도 그런 경우가 있는데 엄청 비싸대요."

내가 다가가 머리를 쥐어박으려 하자 희소가치는 원래 비싼 거라고 웃어대면서 내 눈을 다시 들여다봤다. 뭘 쳐다보느냐고 호통쳤지만 사실은 언젠가 큰언니도 나를 화장시켜주다가 눈 색깔이 짝눈이라며 신기해했던 적이 있다. 나는 눈 얘길 중단하고 진짜 이유가 뭐였냐고 다시 물었다. 정호는 뜬금없이 '웰컴투동막골'이라는 영화를 보았느냐 물었다.

"전쟁이 났는지도 몰랐던 순박한 산골 사람들 얘기 잖아."

"그 아주머니가 바로 그런 산골짜기에서 살던 분이었는데 난생처음 남편이랑 서울 구경을 왔다가 어떤 나쁜 사람한테 속아 가진 돈을 몽땅 뺏기고 오갈 데 없게 된 거예요."

별별 억측을 다 했던 나는 부끄러움에 얼굴이 화끈 달아올랐다.

"그래서 지하철에서 노숙하게 됐는데 그 와중에 남편이 편의점에서 물건을 훔쳤다는 누명을 쓰고 붙잡혀 갔다지 뭐예요. 자기는 죄가 없으니까 곧 오게 될 거라며 꼼짝 말고 기다리라고 하면서요. 나중에 알게 됐지만, 당시 옆에 있던 노숙자가 훔쳤는데 편의점 주인이 달려오자 슬그머니 남편 옆에 밀어 놓고 누명을 씌웠던 거래요. CCTV로 확인한 다음 파출소에서는 사과하고 바로 보내 줬고요."

"그래서, 만났어?"

"저랑 같이 이틀 동안 찾아 헤매다가 만났어요."

"어디에 있었는데?"

"경찰서도 가보고 자립원도 가보고 신설동에서 서울역
까지 지하철역을 뒤지고 다녔는데 나중에 보니까 반대편
방향으로 한 정거장 떨어진 제기동역에서 아줌마를 기다
리고 있더라고요. 보자마자 서로 붙잡고 얼마나 우시는지
저도 눈물이 나서 혼났어요."

나는 팔을 뻗어 정호의 얼굴을 살짝 토닥였다. 내친김에
예전에 왜 그렇게 결석을 자주 했느냐고 물었다.

"처음엔 어떻게 해야 선생님한테 사랑받을 수 있나 궁리
하느라 며칠 밤을 뜬눈으로 보냈는데 방법이 안 떠오르더
라고요. 그래서 선생님을 안 보면 어떤 마음이 되나 확인
하고 싶었어요. 그러다가 지하철 아줌마랑 사랑에 빠지게
됐던 거예요."

말을 하다 말고 정호가 킥킥거리며 웃었다.

"농담이고요. 선생님이 저를 어떻게 생각하고 계시는지
알고 싶어 일부러 속을 좀 썩였어요. 그리고 선생님한테
사랑받지 못하면 어떻게 죽을까 궁리하다가 팔당에도 갔

었고요."

"너 정말로……."

떨어지는 눈송이 틈새로 정호의 얼굴이 하얀 눈을 뒤집어쓴 환영처럼 어른거렸다.

"그냥 재미있게 한 말이에요. 너무 진지하게 듣지 마세요."

일방적이고 무책임한 정호의 행동에 부아가 치밀었지만 한편으로는 뒤늦게 어머니에 대한 그리움이 눈을 뜬 것 같아 안쓰럽기도 했다. 준규 씨 말처럼 나야말로 정호에게 무슨 말을 해 줘야 할지를 정해야 한다. 정호는 연신 나를 웃기려고 노력했다.

거리의 축제 분위기는 점점 달아오르고 있었고 명동성당으로 올라가는 길가 가로수마다 화려하게 장식한 등이 반짝거렸다. 산타할아버지 복장을 하고 손을 흔드는 사람도 있고 자선냄비 앞에서 종을 치는 구세군도 있었다. 훈훈한 거리 모습에 어느덧 착잡했던 내 마음도 풀어졌다. 자선냄비에 성금을 내고 언덕길을 지나 명동성당 안으로 들어갔다. 대성당으로 올라가는 계단 옆에는 '예수 성탄 대축일' 미사를 안내하는 시간표가 세워져 있고 다른 한쪽에는 모형 마구간이 만들어져 있었다.

"마구간에 아기 예수가 안 보여요."

"이런 바보! 오늘이 며칠이야?"

내 말에 정호는 자기의 머리를 쥐어박았다. 안내 시간표에 적힌 미사는 열 시로 되어 있는데도 대성당 안은 이미 신도들로 가득 차 있었다. 정호에게 들어가겠느냐 물었더니 바깥쪽으로 팔을 잡아끌었다.

"우리 라이브카페에 가요. 미리 봐 둔 곳이 있어요."

"언제 그런 곳까지 알아 뒀어?"

"선생님이 못 오실 수도 있다는 생각을 하면서 몹시 우울했었거든요."

더 묻지 않고 정호의 손을 잡아 가볍게 흔들었다.

다시 명동 입구를 향해 걸어가는 동안에도 정호의 수다는 지칠 줄 몰랐다. 유네스코 회관 앞을 지날 때 정호가 잠깐 상가에 들르자고 해서 입구에 대형 트리를 장식한 건물로 들어섰는데 사람에 떠밀려 제대로 걷기조차 힘들었다. 에스컬레이터를 타고 올라갈 때였다. 알록달록한 반짝이로 꾸며진 장식 거울에 네다섯 계단 정도 아래쪽의 한 남자가 얼른 고개를 옆으로 돌리는 모습이 보였다. 왠지 신경이 쓰여 이층에서 내리자마자 첫 점포 통로 쪽으로 가서 안 보는 척 곁눈질을 해 가며 남자를 찾았으나 보이지 않았다. 때마침 정호가 곧 돌아오겠다며 근처 다른 가게로 뛰어가고 혼자 남았다. 꽁꽁 얼어붙은 마음이 되어 두리번거리고 있는데 액세서리 가게에서 줄줄이 걸린 목걸이를 구경하고 있는, 조금 전의 그 남자가 눈에 띄었다. 정면에서 보니 준규 씨와는 거리가 멀었는데도 무거워진 마음은 쉽게 돌아서지 않았다.

"제가 안 보이셨어요?"

어느 틈엔지 정호가 다가와 개구쟁이 산타가 들고 있는 모양의 초 하나를 보여 줬다. 곧바로 사람들을 헤치고 다시 밖으로 나왔다. 눈발은 줄었지만 좀 더 커진 눈송이가 춤을 추듯 흔들거리며 떨어졌다. 정호는 여전히 내 손을 꼭 잡고 발을 뗄 때마다 얼굴을 쳐다보며 활짝 웃곤 했다.

명동을 벗어나 을지로 쪽으로 꺾어지자 라이브카페라고 적힌 동그란 아크릴 간판이 보였다. 홀은 실내가 잘 보이지 않을 정도로 어두웠다. 테이블에는 빨간 갓을 씌운 촛불 모양의 작은 등이 켜져 있고 감미로운 음악이 붉은 조명 속으로 스며들고 있었다. 라이브 시간이 아니어선지 전자오르간 앞에 한 남자가 앉아 왕년의 음악다방처럼 신청곡을 틀어 주면서 DJ를 보는 듯했다. 자리를 잡은 다음 정호가 잠시 자리를 비웠다가 이내 돌아왔다.

"세상 단 한 사람에게 열여덟 번째 생일을 축하받고 싶어 미국에서 찾아온 한정호 씨가 그분과 함께 듣고 싶다며 신청한 곡입니다."

DJ의 매끄러운 음성에 깜짝 놀라 정호를 바라봤다. 들떠 있는 정호의 얼굴이 조명보다 더 붉게 물들어 있었다. 아무쪼록 영원히 잊지 못할 행복한 시간 되길 바란다는 매끄러운 멘트와 함께 곧바로 셀린 디온의 'My Heart Will Go On' 전주곡이 울리기 시작했다.

"어쩌면……. 크리스마스이브가 생일이니?"

"365명 중의 한 명은 오늘인데요, 뭐."

플루트의 애잔한 선율이 홀 바닥에 안개처럼 깔리고 음악이 다 끝날 때까지 정호는 눈을 감고 내 손을 마주 잡은 채 꼼짝도 하지 않았다. 나도 숙연해진 마음으로 멜로디에 마음을 적셨다. 음악이 끝나고 DJ의 축하한다는 말과 함께 홀이 떠나갈 듯 울려 퍼지는 팡파르 소리에 흠칫 놀라 정신을 차렸다. 종업원이 때 맞춰 들고 온 샴페인을 터뜨렸다. 홀에 있는 사람들 모두 힘차게 박수를 보내 준 다음 곧바로 원래의 분위기로 돌아갔다. 종업원에게 양해를 구하고 개구쟁이 산타의 초에도 불을 붙였다.

"선생님, 사랑합니다!"

정호가 양손으로 손나팔을 만들어 입에 대고 속삭였다.

"언젠가 학교 방송에 아까 그 노래 신청하면서 사연 들려준 게 혹시 너 아냐?"

정호는 대답 대신 가볍게 손뼉을 치며, 정답입니다! 했다. 도대체 언제부터, 왜 나를 좋아했는지 묻고 싶은 충동을 참고 있는데 정호가 다소 가라앉은 목소리로, 오늘 버스에서 만난 분은 잘 가셨느냐고 예상치 않은 질문을 했다. 유쾌한 내용도 아닐뿐더러 더욱이 정호와 함께 준규 씨에 관한 얘기를 하고 싶지 않아 짧게 그렇다고만 대답했다.

"그분하고 결혼하실 생각이세요?"

딴엔 조심스럽게 물었지만 갑작스러운 질문에 당황스럽기도 하고 직설적으로 물어 오는 태도가 무례하다는 생각도 들었다. 언짢은 기분대로 그럴 예정이라고 말할까 하다가 말미를 두며 왜 묻느냐고 얼버무렸더니 진심으로 알고 싶다고 했다. 그 질문은 어렵사리 현실에서 떠나 있던 나를 순식간에 되돌려 놓는 역할을 했다. 천천히 샴페인 잔을 들어 목을 축인 다음 무슨 심정으로 묻는지는 알겠지만 그보다 훨씬 중요한, 모두가 확실히 알고 있는 몇 가지를 말해 주겠다고 말문을 열었다. 갑자기 변한 말투 때문인지 정호는 아그리파 석고상처럼 꼼짝하지 않고 나를 응시했다. 나는 먼 길을 출발하는 심정으로 이야기를 시작했다.

"어떤 감정이 됐건 나도 네가 좋은 건 사실이야. 그렇지만 우선 너는 네가 가지고 있는 젊음의 가치를 깨달아야 해. 나는 너보다 십 년이나 위야. 그 차이는 젊다 아니다만의 문제가 아니라 사고방식 자체가 달라. 더 빨리 늙는 것도 물론이고. 우리가 이 이상 더 가깝게 지내다 보면 그런 차이 때문에 머지않아 서로를 증오하게 될 거야. 그러면 오늘과 같은 아름다운 추억도, 서로에 대한 그리움도 다 없어져 버리겠지. 정호 너는 너와 어울릴 수 있는 또래의 여자를 만나 즐기고 성장하면서 함께 일궈 나가는 삶을 살아야 해."

한참이 지나도록 정호는 아무런 대꾸도 하지 않고 흔들

리는 촛불만 뚫어지게 바라봤다. 무거운 침묵이 이어지는 동안 정호가 충격을 받으면 어쩌나 하는 걱정이 밀려왔다. 맞은편에 앉아 있는 젊은 커플 넷이 수군거리다가 눈이 마주치자 황황히 시선을 돌렸다.

"지금 하시는 모든 말씀은 저를 염려해서 어른스럽게만 말씀하시는 거잖아요. 대화가 아니라요. 그렇지만 그렇게 말씀하시는 선생님을 이해할 수 있어요. 그리고 뭐라고 하시든 그분과의 약속을 어기면서까지 오늘 저랑 함께 있으신 거나, 좋아한다고 말씀해 주신 것으로 충분해요. 선생님의 마음도 확인했고 제 감정도 고백한 셈이니까요. 그것으로 제 인생의 가치를 전부 보상받은 것으로 여길게요."

"그래, 고맙다. 네가 내 마음을 알아줬으면 좋겠다."

정호의 대답이 석연치 않게 들리는 부분도 있었지만 일단 받아들이는 자세를 취하고 표정을 새롭게 추슬렀다.

"말씀하시지 않은 부분도 충분히 알고 있으니까 너무 신경 쓰지 마세요."

내 속을 알고 있는 듯이 차분하게 말을 마친 정호는 안주머니에서 작은 상자 하나를 꺼내 안에 들어 있는 반지를 보여 준 다음 내 앞으로 천천히 밀었다. 나는 극도로 당황스러웠다. 자세히 보지는 않았지만 빨간 보석이 눈에 띄었었다. 맞은편 커플들은 아예 하던 말을 중단하고 우리를 쳐다봤다.

"끼지 않으셔도 상관없어요. 그냥 오늘 저와 함께 있어 주신 기념으로 받아 주세요. 비싼 것도 아니니까요."

말없이 상자를 닫아 앞으로 밀어 놓고 정호를 바라봤다.

"이런 걸 받을 수는 없어. 차라리 가다가 셀린 디온의 CD를 하나 사 주면 매일은 아니지만 틈나는 대로 네 생각 하면서 들을게."

정호는 아무런 반응도 없이 반지를 다시 주머니에 넣었다. 그러고는 음악 한 곡만 더 듣고 함께 CD 사러 가자고 했다.

"선생님 말씀대로 이제 더는 이런 말을 하지 않을게요."

순순히 내 말을 받아들이는 정호의 태도는 오히려 나를 곤혹스럽게 했다. 내 추측이 너무나 감상적이고 앞서가 있었을지 모르지만, 정호의 표정과 목소리는 흡사 삶을 마감할 계획을 세우고 나에게 작별인사를 하는 것처럼 차분했다.

"너 선생님 마음을 다 안다면서……."

감정을 추스를 수가 없었다. 단지 기념이라는데 반지를 받지 않았던 것도 후회되었다.

"예, 알 수 있어요."

"그러면서 왜 그렇게 선생님을 힘들게 하니?"

"죄송해요, 선생님. 그런 의도는 정말 아니었는데……. 이제 가요."

"아버지께서 나에게 무슨 말씀을 하셨는지 알고 있니?"

"알아요. 하지만 병적인 집착이든 사랑이든, 제가 선생님 생각을 지운다는 것은 불가능할 뿐만 아니라 사는 의미를 찾을 수 없다는 사실을 두 분은 이해하지 못하실 거예요."

"그건 네 추상적인 판단이지."

"아니에요. 미국에 있으면서 확실히 깨달았어요. 선생님을 잊고 산다는 건 숨을 쉬지 않고 있는 것보다도 더 지독한 고통이라는 것을요."

"그런 기분은 누구나 들 수 있고 세월이 지나면 가라앉게 되어 있어."

"그 말씀은 더 하지 말아 주세요. 아무리 설명해도 마찬가지일 테니까요."

"의도적으로 한 말이 아닌 건 잘 알지만, 지금 나는 네가 하는 말을 듣기가 무척 힘들고 싫다. 그만 나가자."

말을 끝내고 먼저 자리에서 일어서는데 붉고 어둑어둑한 조명 속에 이제까지와는 전혀 다른 정호의 얼굴이 보였다. 몇천 년이 넘도록 무덤 속에 갇혀 있던 진시황의 병마용 같은, 근엄하고 어둡고 비장한 표정이었다.

"그리고, 너 대학에 들어간 다음에 다시 만나자. 그때의 네 마음이 지금과 같다면 오늘과 같은 대화에 허심탄회하게 응해 줄게. 그 대신 연락도 하지 말고 찾아오지도 말고 공부에만 열중하기로 약속해. …… 덥지도 않은데 무슨 땀을 그렇게 흘리니?"

말을 마치면서 손수건을 건네줬다. 나 자신도 전혀 예상치 못한 말이었다. 정호의 눈빛이 금세 샛별처럼 빛났다. 한동안 눈도 깜빡이지 않고 나를 쳐다보다가 떨리는 목소리로 자신이 떼를 써 마지못해 한 말이라면 지금 취소해도 괜찮다고 확인까지 했다. 결코 그런 건 아니라고 하자 정호는 물기가 촉촉한 눈으로 만약에 마음이 바뀌어 그 전에 결혼하게 되어도 이해할 테니 반드시 미리 말해 달라면서 손가락을 내밀었다.

"약속할게."

정호가 한 단계 앞선 해석을 하고 있었지만 상황을 되돌려 언쟁할 수는 없었다.

우리는 다시 밖으로 나갔다. 눈은 앞을 분간할 수 없을 만큼 펑펑 쏟아지고 사람들은 움직이는 눈사람이 되어 하얀 크리스마스이브를 즐기고 있었다. 내 가슴은 정체를 단정할 수 없는, 무거운 감정으로 가득 메워졌다. 하늘을 향해 손을 치켜들고 걸어가던 정호가 장난스럽게 내 앞을 가로막았다.

"선생님, 별마로천문대라고 아세요?"

화보로 소개된 적이 있어 대충은 알고 있는 곳이다. 정호는 내가 그 정도나마 알고 있는 것을 신기해했다. 아버지가 미국으로 가게 돼 초등학교 5학년 때까지 영월 고모 집에서 살았다며 성삼문의 시조에서 나오는 봉래산 제일봉 애기, 단종이 죽은 후 시녀들이 빠져 죽은 낙화암 애기, 천문대는 봉래산 제3봉 정상에 있다는 애기를 신이 난 듯 들려줬다.

"천문대 바로 앞은 절벽이어서 내려다볼 수가 없어요."

흘끔흘끔 쳐다보면서 이어 가는 정호의 수다는 끝이 없

었다. 무슨 말을 하고 싶어 그렇게 영월 얘기를 늘어놓는 거냐고 했더니 눈을 말똥거리며 고개를 들이밀었다.

"우리 별 보러 거기 한번 가요."

정호는 봇물 터진 듯 계속해서 말을 이어 갔다. 아주 어렸을 때 아버지랑 갔었는데 하늘을 가리키며 엄마도 저런 별이 되었다고 해서 사람이 죽으면 그때마다 별이 하나씩 늘어나는 줄로 알았다는 것이다. 울컥해진 마음으로 입술을 지그시 깨물었다. 정호는 담담하게, 그때 망원경으로 무수히 많은 별을 들여다보고 너무 멀리 떨어져 있어 불쌍하다고 생각했었는데 다시 가 보고 싶다고 했다. 나는 조용히 손을 뻗어 정호의 어깨를 감쌌다.

시꺼먼 하늘에서 정호가 말하는 별들이 하얀 눈이 되어 쏟아지고 있었다. 감정을 추스르면서 같이 못 가면 나 혼자서라도 가서 놀아 주고 오겠다고 대답했더니 선생님이 가는데 자기가 못 갈 일이 어디 있느냐고 투덜대다가 우뚝 서서, 고마워요! 하고 소리쳤다. 내가 무심코 엄마가 그리워져서 그러는 거냐고 하자 웃음을 참으면서 나를 쳐다봤다.

"저도 엄마가 그리워 봤으면 좋겠어요."

그러고는 내 손을 붙잡아 흔들면서 앞으로 나아갔다.

"그나마 오늘 처음으로 비슷한 생각이 든 거예요."

나는 차마 정호의 눈을 똑바로 볼 수가 없었다.

정호가 다시 미국으로 돌아간 그해 겨울은 유난히 추웠으며 나를 끝없는 감상과 혼란과 시련 속으로 밀어 넣었다. 준규 씨는 그날 이후 전화를 걸어 오지 않았다. 분명 내가 먼저 전화할 줄 알았을 것이다. 방학 동안의 교육연수를 마치고 학교로 돌아왔지만 마음은 무겁기만 했다. 크리스마스이브의 추억은 시간이 지날수록 거목이 된 등나무처럼 나를 꼼짝 못 하게 휘감고 있었다. 우려했던 문제들도 하나둘 현실이 되어 나타나면서 정호와의 약속을 기정사실로 몰아세우는 역할을 했다.

종례를 마치는데 교감 선생님이 상담실에서 잠깐 보자는 문자를 보내 왔다. 같은 공간에 있으면서 굳이 문자를 보내는 것은 전에 없던 일이다. 편치 않은 심정으로 기다리고 있는데 교감 선생님이 얼굴을 바짝 찡그리고 들어오더니 파일에서 사진 한 장을 꺼내 내 앞으로 쭉 밀었다. 정호와 손을 잡고 즐겁게 걸어가는 모습이다. 당황하는 나를 살펴보고는 다른 사진 몇 장을 더 내밀었다. 내가 웃으면서 정호의 볼을 잡은 장면, 상가에서 팔짱을 끼고 있는 장면, 명동성당에서 마치 키스라도 할 듯 서로를 바라보고 있는 장면, 라이브카페로 들어가는 장면 등이었다. 사진을 찍은 자가 카페 안까지 따라 들어오지는 못한 듯했다.

"이걸 어떻게 해석해야 합니까?"

"담임을 맡았던 학생이 미국에서 찾아왔는데 명동에 나가면 안 됩니까?"

"이 장면은 누가 봐도 연인이잖습니까."

자기한테 보냈기 망정이지 이사장이나 교육감한테 보냈더라면 뭐라 했겠냐는 것이다.

"그 정도 일로 문제가 심각해진다면 제가 학교를 그만두겠습니다."

"이건 현 선생님이 화내실 일이 아닙니다."

교감 선생님은 같은 입장에서 걱정이 되어서 하는 말인 줄을 모르겠냐고 발끈하더니 누가 보냈는지 몰라도 이것으로 끝난다면 다행이지만 그렇지 않을 땐 자기로서도 어쩌지 못한다고 한숨을 내쉬었다. 하는 수 없이 걱정 끼쳐 죄송하다며 고개를 숙였다. 교감 선생님은 알아서 하라는 말로 여운을 남기고 자리에서 일어났다. 마음 같아서는 당장 학교를 그만두고 싶었다. 다행히도 사진을 보낸 자가 더는 다른 행동을 하지 않았고 교감 선생님도 비밀을 지켜줌으로써 어렵사리 사진 사건은 그것으로 마무리되었지만 나는 웃으면서 학교생활을 할 수 없었다.

집에서는 다소 늦은 편인 작은언니가 대전시청에 다니는 남자와 결혼하기로 해 다음 차례인 내 얘기가 자연스레 도마 위에 올랐다. 나는 준규 씨와 멀어져 있는 상황을 말하지 않을 수가 없어 변명 겸 어설프게나마 정호 이야기를 꺼냈다. 내 속을 대번에 꿰뚫어 본 가족들은 한마디로 정신 나간 여자 대하듯 했다. 강력히 부인할 수도 있었지만 더 복잡해지기만 할 것 같아 그러지 않았다. 엄마와 큰언니는 준규 씨랑 가족처럼 살아온 세월이 얼만데 어떻게 하루아침에 변할 수 있냐며 다시 정신을 차린다고 해도 쳐다나 보겠느냐, 우리 형편에 백 교수만 한 사람이 어디 있는 줄 아느냐면서 펄펄 뛰었다. 민영이는 대놓고 화를 내진 않았지만 자기보다도 한참이나 어리잖느냐고 볼멘소리를 했다. 언제나 내 편이던 작은언니도 그래서 설마 그 아이랑 결혼이라도 하겠다는 거냐며 반신반의했다. 입이 열

개라도 할 말이 없게 된 나는 집에 자주 가지도 못하고 서울에서 칩거에 가까운 생활을 했다.

운동장 한쪽의 매화꽃이 지고 보송보송한 초록 열매가 열렸다가 다시 꽃이 피어도 준규 씨로부터는 아무런 연락이 없었다. 그가 차지했던 빈자리는 컸다. 머릿속은 물론 일과에도 커다란 공백이 생겼다. 무슨 일이 생길 때마다 습관적으로 그를 떠올렸다가 맥없이 거둬들이곤 했다. 버팀목이 되었던 마음속의 기둥이 사라진 것이다. 어이없게도 현 상황에 관해 그의 격려를 받고 싶을 때도 있었다. 그런 심정과는 별개로 정호가 보고 싶고 어떻게 지내는지 궁금했다. 편지는 물론 전화도 하지 말라고 강경하게 말했던 것을 후회하기도 했다. 시간이 흐를수록 나는 점점 더 고독해졌으며 그림을 그리는 일마저 의미가 없어졌다.

6

"한정호 고모시라는데?"

철렁하는 마음으로 전화를 받자 인사와 함께 퇴근 후 만날 수 있겠느냐고 물었다. 고모의 제안대로 P 호텔 커피숍에서 만났다. 그녀는 예전에 정호 유학서류 관계로 만났을 때처럼 여전히 차분하고 예의 바른 태도로 나를 대했다.

"정호 엄마 사고 때 나는 가족과 함께 스위스에 있었습니다."

그 말을 시작으로 정호에 대한 자신의 마음을 이해시키기 위해 꽤 긴 시간 동안 설명했다. 학술 관계 일로 초청을 받은 남편을 따라 가족 모두 스위스에서 살고 있었는데 남편이 폐암 선고를 받게 돼 급히 귀국해 치료를 받았으나 끝내 사망했고 이후 아이들은 현지에서 계속 학교에 다니도록 두고 혼자 귀국해 영월에서 살았다고 했다. 그때 정호는 유모의 손에서 자라고 있었는데 아버지가 미국으로 가게 돼 당시 여섯 살이던 정호를 초등학교 5학년 때까지 데리고 살았다는 것이다. 자신이 많이 지쳐 있을 때라 정호가 커다란 위로가 되었으며 지금도 조카라기보다 자식 같은 애정을 느끼고 있다는 말도 덧붙였다.

애기를 듣는 동안 정호의 어린 시절이 그려지면서 새삼 가슴이 찡해 왔다. 그녀는 며칠 전 미국에 가서 정호를 만났는데 자기 대학 들어갈 때까지 선생님도 결혼하지 않기로 약속했다는 말을 해 깜짝 놀라서 왔다며 본론을 꺼냈다. 만나기 전부터 충분히 예상할 수 있는 내용이었다. 나는 그렇게 된 자초지종을 설명하고 싶기도 했지만 까마득하고 착잡한 심정에 그냥 입을 다물고 있었다.

"그 말을 듣고 선생님의 의도가 무척 궁금했습니다."

기다리다 못한 그녀가 한발 다가서 물었다.

"제가 그렇게 말했었습니다."

내 말이 끝나자 눈에 보일 만큼 깊은 한숨을 들이쉬면서 고개를 한쪽으로 돌렸다. 옆으로 보이는 그녀의 눈이 '그 말이 사실이었군요.'라고 말하고 있었다.

"실례되는 질문이지만 선생님 나이가 어떻게 되세요?"

"서른입니다."

나는 아궁이에 머리를 들이민 것처럼 얼굴이 화끈거렸다. 그녀는 새빨개졌을 내 얼굴을 찬찬히 들여다보다가 정호 말대로 결혼까지 생각하고 있냐고 물었다. 그 말은 뜻밖에 나 자신에게 던져진 질문이기도 했다.

"대화에 응하겠다고 말했을 뿐 거기까지는 아직 마음을 정하지 못했습니다."

그녀는 다소 난감한 표정을 지었다. 정호가 다니던 세인

트존스고등학교를 중퇴하고 귀국하게 되면 설악산에서 레스토랑을 차릴 계획으로 지금 요리 공부를 하고 있는데 혹시 알고 있냐고 다시 물었다. 나는 놀라움을 숨기지 못한 채 전혀 모르고 있었다고 대답했다.

"선생님이 경치 좋은 곳에서 그림을 그릴 수 있게 해 드리겠다면서요."

나무라는 듯한 그녀의 말에 나는 뭔가 잘못을 저질러 놓았다는 죄책감이 처음으로 들었다. 그녀는 한동안 안 보는 듯 나를 살피다가 테이블에 놓여 있는 차를 한 모금 마셨다. 나는 아무 말도 하지 못하고 눈꼬리를 타고 흐르는 눈물을 슬그머니 지웠다. 그녀가 가방을 열어 손수건을 꺼내 건네줬다.

"우리 정호를 사랑하시는군요. 하기야, 나도 남편 먼저 보내고 나서 처음에는 외롭고 그리워 못 살 것 같았는데 시간이 지나니까 추억만으로도 견뎌지더군요. 부부가 해로하는 것도 중요하지만 얼마나 사랑하면서 살았느냐가 우선인 셈이지요."

그녀는 당초 하려던 말을 포기하고 다른 선택을 했는지도 모른다. 그 후 가족관계와 몇 가지 내 신상에 관한 내용을 물은 다음, 정호의 어린 시절 얘기를 들려줬다.

한번은 정호를 데리고 성당에 갔었는데 안에 들어가는 걸 싫어해서 근처 개울가로 데려가 어디 가지 말고 돌다리 밑에서 놀고 있으라고 한 적이 있었다고 한다. 미사가 끝나고 그 사실을 까맣게 잊은 채 아무 생각 없이 집에 왔는데 비는 부슬부슬 내리고 저녁이 다 되도록 정호가 보이지 않아 온 동네를 찾아 헤매다가 뒤늦게 생각나 달려갔더니 그때까지도 비를 맞으며 그곳에 있더라는 것이다. 그밖에도 이런저런 얘길 하다가 처음과는 전혀 다른 분위기에서 대화를 마무리했다.

"정호는 아주 단순한 아이예요. 착하고요."

정호의 성품을 말해 주면서 상처 주는 짓은 하지 말라는 당부였다. 함께 호텔 로비 밖으로 나와서는 내 손을 한번 잡아 준 다음 먼저 택시에 올랐다. 그녀와의 대화는 내가 정호에게 제안했던 모호한 약속이, 정호에게는 물론이고 나 자신에게까지 돌이킬 수 없는 단계로 진입하는 명확한 언약이 되고 말았다. 광장에 드리워진 붉은 석양빛이 딴 세상에 와 있는 것처럼 낯설고 새로웠다.

한여름으로 접어든 일요일, 집 안에 틀어박혀 창밖을 우두커니 지켜보다가 오래전 준규 씨가 사다 준 국화 화분에서 심지도 않은 과꽃 한 송이가 여린 꽃대 끝에 피어 하늘거리고 있는 것을 발견했다. 베란다에 방치해 두는 동안 꽃씨가 날아들었거나 국화꽃 뿌리에 붙어 있다가 싹을 틔운 것이리라. 착잡한 마음을 내려놓고 보랏빛 꽃잎을 들여다보고 있는데 준희 언니로부터 전화가 왔다. 멈칫거리는 내게 대뜸 둘이 무슨 일이 있는 거냐고 묻고는 만나서 얘기하자고 했다.

약속 장소에 가기 전부터 무슨 말을 해야 하나 걱정이 밀려왔지만 막상 만나자 생각보다 쉽게 말이 터져 나왔다. 정호의 환경과 종묘에서 있었던 일들을 있는 그대로 털어놨다. 묵묵히 듣고만 있던 준희 언니의 얼굴이 점점 굳어지더니 아차 싶을 정도로 입가에 싸늘한 표정을 지었다. 예상치 못한 말에 크게 충격을 받는 것 같았다.

"나한테 그런 얘기를 털어놓는 이유가 뭐지? 설마 내가 준규의 누나라는 사실을 깜빡한 건 아닐 테고, 서영 선생을 이해해 달라는 거야?"

나는 뭐라 대꾸할 수가 없었다.

"내가 왜 왔는지 말해 줄까? 내 결혼식에 와서 부케를 받아 달라고 하려던 참이었어."

간신히 축하한다는 말을 하고 고개를 떨어뜨리자 준희 언니는 뭔가 받아치려는 표정을 짓다가 입술을 꽉 누르고 다시 말을 이었다.

"준규 지금 뭐 하고 있는지 알아? 화정지구 아파트 공사 장에서 막노동하고 있어."

목소리가 커졌다가 들릴 듯 말 듯 잦아들었다.

"공사장에는 왜요?"

"나는 그저, 서영 선생이 대학 강사를 좋아하지 않는 것 같다는 말을 들은 적도 있고 해서 직장을 바꾸려고 경험 삼아 하는 일인 줄 알았어. 서영 선생이 원하면 똥지게라 도 질 태세였었거든. 그런데 이제 보니까 그게 아니었네."

허탈해진 준희 언니의 심정이 고스란히 내 가슴에 스며 들었다. 나는 체면이고 뭐고 다 때려치우고 소리 내어 울 어 버리고 싶었다.

"처음 얘기했을 때 그냥 이해해 줬으면 이렇게 되지 않 았을 거예요."

"결국 준규 탓이라는 거네?"

준희 언니는 어깨가 들리도록 큰 숨을 들이쉰 다음 바보 같은 자식이 누나가 차이고 병신 된 거로 부족해서 저까지 보태냐며 탄식을 쏟아 냈다. 어차피 하고 싶어 하는 결혼도 아닌데 집어치워야겠다고 허망한 심정을 드러내기도 했다.

"내가 세상에서 제일 혐오하는 인간이 누군 줄 알아? 남자건 여자건 양다리를 걸치는 족속이야. 사람은 누구나 흔들릴 수 있어. 수준만큼 자제할 뿐이지."

이제껏 살면서 그렇게 죄인이 되어 본 적이 없었다. 고개를 들지도 못한 채 찻잔만 바라보고 있는데 준희 언니가 갑자기 궁금한 게 있다며 내 시선을 붙잡았다.

"아까 준규가 서영 선생 마음을 이해해 줬더라면 이렇게 되지 않았을 거라고 말했는데 그랬더라면 어떻게 되었을 것 같아?"

"그건 잘 모르겠지만 저는 이제껏 오빠가 싫은 적은 한 번도 없었어요. 지금도요."

준희 언니는 아무 반응도 하지 않다가 차분하게 자세를 고쳐 앉았다.

"언니라 믿고 다 얘기한 건데 양다리니 수준이니 해 댄

건 잘못된 말이야."

그러고는 햇볕이 쨍그랑 소리를 낼 만큼 맑게 튕기는 창밖으로 시선을 돌렸다.

"가뜩이나 고지식한 주제에 지금쯤 얼마나 속병을 앓고 있을지 눈에 선해."

창밖에는 한낮의 맑은 하늘에 머물 자리를 찾지 못한 하얀 구름이 인왕산 방향으로 쫓기듯 밀려나고 있었다. 구름 한가운데에 준규 씨가 골목길 담벼락에 머리를 대고 흐느껴 울던 모습이 어렴풋이 그려졌다.

"언니, 화정 어디예요?"

"왜? 병 주고 약 주는 짓이라면 안 하는 게 좋아."

준희 언니는 내키지 않는다는 표정을 지으면서도 나를 빤히 쳐다봤다.

"어떻게든 집으로 돌아가도록 노력이라도 해야 할 것 같아서요."

"그럴 거 없어. 괜히 일 만들지 말고 차라리 다시는 얼굴을 안 보는 것으로 해."

별다른 얘기 없이 한참을 더 그대로 있었다. 생각에 빠져 있던 준희 언니가 나를 무덤덤한 눈으로 바라보다가,

둘이 이렇게 끝나게 될 줄은 정말 몰랐다며 먼저 자리에서 일어났다.

준규 씨한테 처음으로 준희 언니를 소개받을 때였다.

"백준희라고 해요. 나 장애인인 거 아시죠?"

앉아만 있던 그녀가 불쑥 손을 내밀며 말했다. 그런 사실을 전혀 모르고 있던 나는 당황스러우면서도 몹시 의아했다. 눈매가 맑고 예리해 보여 인상적인 데다 밝은 얼굴 어디에도 장애인의 느낌이 없었기 때문이다. 준규 씨가 한쪽 발을 조금 전다고 설명해 주었고 그녀는 조금이 아니라 심하지만 괜찮다면서 웃어 보였다.

"그림에는 문외한이지만, '헬레네 클림트의 초상' 같은 분위기네요. 순수하면서도 소신이 강한 느낌이랄까?"

"어머, 제가 정말 좋아하는 화가의 그림이에요. 단발머리 때문인가요?"

몇 마디 나누지 않았는데도 처음부터 친밀감이 느껴졌다. 그녀는 내게, 예쁘고 인기 값 좀 했겠는데 너무 일찍 낚인 거 아니냐며 웃어 주었다. 이후 준규 씨가 술이 거나해진 어느 날 의대를 중퇴한 누나에 관한 가슴 아픈 사연을 들려줬다. 누나에게는 집으로 놀러 와 묵고 갈 만큼 가깝게 지내던 같은 과 남자친구가 있었는데 본과 2년을 마쳤을 때 부잣집 딸에게 양다리를 걸치고 있다는 사실을 알고는 실험실에서 뛰어내리는 소동을 빚었고 그때 회복할 수 없는 척추 장애로 한쪽 다리를 절게 되었다고 했다. 그 후 누나는 학교를 중퇴했으며 남자는 졸업을 1년 남겨두고 인왕산에 등산 갔다가 바위에서 실족해 떨어져 죽었다는 것이다. 자기를 대신해 하늘이 천벌을 내린 거라고 말하는 그의 눈에서 광채가 나는 듯 보였었다. 섬뜩하게 들리기도 했지만 가족을 위하는 성품이 든든해 보이기도 했었다.

가슴에 맺혀서인지 주말까지 기다리기가 힘들었다. 오전뿐인 수업을 마치고 앞자리 선생님에게 종례를 부탁한 다음 밤새 다져 먹은 대로 준규 씨를 찾아 나섰다. 나를 용서해 준다 생각하고 집으로 돌아가라고 애원이라도 할 작정이다. 수색에서 내려 화정 가는 버스로 갈아타고 전화를 걸었다. 하도 오래도록 받지 않아 끊으려던 찰나 귀에 익은 목소리가 들려왔다.

"어쩐 일이야?"

숨을 몰아쉬는 것으로 보아 뭔가 하다가 바쁘게 전화를

받은 듯했다.

"오빠, 나 화정 가는 버스 타고 전화하는 거예요. 어디서 내려야 해요?"

"여길 오려고?"

무뚝뚝한 목소리였으나 특별히 어떤 감정이 들어가 있지는 않았다. 만나서 얘기하겠다는 대답에 오기도 힘들고 지금 오면 기다려야 할 거라면서도 강력하게 오지 말라고는 하지 않았다. 자기가 138동 현장에 있는데 일 끝나면 갈 테니 식당에서 기다리라고 했다. 우리에게 무슨 일이 있었다는 게 믿어지지 않을 정도로 자연스러운 대화였다.

정거장에서 내려 공사장까지 가는 진흙탕 길에서는 몇 번이나 신발이 벗겨질 뻔했다. 게다가 흙이며 자재를 운반하는 트럭들이 연이어 지나가면서 흙탕물을 튕겼다. 가까스로 현장에 도착해 어물거렸더니 경비원이 고개를 내밀고 어디 가느냐고 물어 백준규 씨를 만나러 왔다고 대답했다.

"그렇게 말하면 우리가 어떻게 압니까. 어디 소속인데요?"

"건설회사 소속 아닌가요?"

"본사를 말하는 거요? 감독관 사무실에 그런 분은 안 계신데요."

경비원은 누군가에게 확인하는가 싶더니 다시 전기냐, 설비냐, 목수냐, 철근이냐, 잡부냐 등 내가 알지도 못하는 예를 들어 가며 물었다. 만나기로 한 사정을 얘기하자 다시 전화를 걸고 나서 식당 위치를 알려 줬다. 폐허 속 건물처럼 우뚝우뚝 서 있는 회색 콘크리트 골조, 건물 외벽에 만들어 놓은 철판 비탈길, 그 위로 등짐을 지고 오르내리는 인부들, 손바닥을 펼치듯 밖으로 쳐 있는 안전그물 등 이제까지 못 봤을 리 없지만 하나같이 낯선 풍경이었다. 준희 언니가 했던 말도 있고 이런저런 생각에 가슴이 바윗덩이에 짓눌린 것처럼 무거웠다.

식당 안으로 들어갔더니 사람은 보이지 않고 뿌옇게 스며드는 햇볕 속으로 파리 몇 마리가 잽싸게 날아다니고 있었다. 자리에 앉아 한참이나 두리번거리는데도 누구 하나 내다보지도 않는다. 한 시간 가까이 지나는 동안 어쩌다 한두 팀이 식사하거나 몇몇 사람이 음료수를 마시고 가기도 했다. 식당 종업원은 나를 한 번 흘깃 쳐다만 볼 뿐 말을 걸지도 않고 주방 안으로 들어간다. 멈칫거리다가 계산대 앞에 가서 다른 사람들이 그랬던 것처럼 안에 대고 약간 큰 소리로 커피 한 잔을 주문하자 잠시 후 한 아주머니가 나와 말 한마디 없이 잔을 놓고 갔다. 차를 다 마신 후에도 시간이 한참이나 더 지났지만 그는 오지 않았다.

막대기를 받쳐 열어 놓은 창문으로 조금은 익숙해진 밖을 내다봤다. 하얀 안전모를 쓰고 비교적 옷을 단정하게 입은 사람들이 군화 같은 신발을 신고 바쁘게 걸어가는가 하면 노란 모자를 대충 쓰고 옷에는 시멘트 가루가 잔뜩 묻은 잡부로 보이는 사람들이 외바퀴수레를 밀고 가는 모습도 보였다. 무엇 때문이라고 단정할 수 없는 서글픈 마음으로 바라보고 있는데 사람들이 우르르 몰려들었다. 식당은 삽시간에 붐비기 시작했고 문밖으로 길게 줄을 선 사람들이 앞사람을 따라 조금씩 이동하고 있었다. 내 앞자리에도 눈으로 양해를 구하면서 두 사람이 식판을 내려놓고 앉았다.

"138동에서 사람이 떨어졌다는데?"

자리가 없어져서 그가 오면 어떻게 앉아야 하나 걱정하고 있는데 옆자리에 앉은 사람이 덤덤한 표정으로 말했다.

"죽었대?"

"안전망에 떨어져 죽지는 않은 모양이야."

138동, 뒤늦게 어디선가 들은 적이 있는 숫자라는 생각이 들었다. 두 사람은 숟가락에 밥을 듬뿍듬뿍 떠먹으면서 이야기를 계속했다.

"다행이네. 엊그제는 덤프트럭에 올라가 똥 누다가 적재함을 들어올리는 바람에 모래에 파묻혀 죽은 사람도 있었잖아."

두 사람은 하던 얘길 그만두고 밥알을 튕겨가며 웃었다. 순간 머리가 멍해졌다. 당장에 밖으로 뛰어나가 사고가 났다는 곳으로 가봐야 하는 건 아닌지 안절부절못하고 있는데 하얀 안전모를 쓴 사람이 식당으로 들어와 두리번거리다가 다가왔다.

"저…… 혹시 박준규 씨를 찾아오신 현 선생님입니까?"

"백준규 씨 아닌가요?"

"아, 맞을 겁니다."

불길한 예감은 나를 비켜 가지 않았다. '안전망이 있어서 크게 다치진 않았지만'이라고 전제한 말에 의하면 준규 씨가 작업이 끝나자마자 뛰어 내려오다가 발이 이음새에 걸려 추락했다는 것이다. 리프트도 있고 건물 내 비상계단도 있는데 하필 외벽 철판 길로 서둘러 내려오다 사고를 당했고, 떨어질 때 지지대에 머리를 다쳐 의무실에서 응급처치 후 구급차를 기다리는 중에 전해 달라는 얘길 듣고 급하게 왔다고 했다. 가까스로 마음을 진정시키면서 준규 씨가 무슨 일을 하느냐고 물었더니 하청업체 소속 인부라고 했다.

억장이 무너지는 심정으로 직원을 따라 현장사무소 이층으로 올라갔다. 발을 옮길 때마다 나무판이 삐거덕거리는 통로를 지나 문짝에 의무실이라고 쓰여 있는 곳으로 들어갔다. 침대 하나와 의자, 그리고 빨간 십자 표시가 그려져 있는 수납장이 보였다. 준규 씨는 눈에 띄지 않았다. 의사나 간호사는 물론 소독약 냄새도 나지 않았다. 두근거리는 마음으로 주변을 두리번거리는데 앞서가던 직원이 고개를 돌려 나를 쳐다본 다음 입구 오른쪽 자리로 꺾어져 걸음을 멈췄다. 뒤따라가 보자 외진 공간에 침대 하나가 있었고 준규 씨로 보이는 한 남자가 이마에서 뒷머리까지 하얀 붕대를 감은 채 창가 쪽을 향해 누워 있었다.

작업복을 입은 그의 등판은 왜소했고 붕대 사이로 보이는, 달라붙은 머리칼은 더할 나위 없이 초라했다. 이제껏 보아온 당당하고 풍채 좋은 그 준규 씨가 아니었다. 창문 밖 아래쪽으로 내가 식당에서 올라왔던 길도 보였다. 침대 밑에는 시멘트가 잔뜩 달라붙은 국방색 작업화가 아무렇게나 놓여 있었다. 눈을 뜨고 물속으로 가라앉고 있는 착각을 할 만큼 시야의 모든 것이 어른거리고 죄책감이 머릿속을 가득 메웠다. 발소리를 들은 그가 몸을 돌려 나를 쳐다봤다. 유리창을 등지고 있는 그의 얼굴은 상상을 초월할 만큼 검게 그을었고, 슬프고 고독해 보였다. 나와 마주친 그의 눈에는 어쩔 수 없는 반가움이 서려 있었다.

오빠! 하고 부르면서 달려가 그를 끌어안았다. 그동안 응어리져 있던 슬픔이 밀어닥치면서 참고 참았던 울음보가 터져 나왔다. 고개를 파묻고 있는 내 머리 위로 그의 조심스러운 손길이 머물렀다. 그의 입에서도 가는 울음이 새어 나왔다. 차가 도착했다는 소리와 함께 곧바로 가운을 입고 이동 침대를 든 두 사람이 따라 들어왔다.

"보호자 분도 함께 타시지요."

병원에서 응급치료를 마친 의사가 외상은 심하지 않아도 머리에 충격이 가해지면서 '경막하혈종'이 생겼다고 증세를 설명했다. 뇌막에 고여 있는 피를 뽑아냈으니까 수술

해야 할 정도는 아니어도 자칫 언어장애나 기억상실 같은 정신적 혼란이 올 가능성도 있으니 절대 안정을 유지해야 한다고 했다. 사고 소식을 듣고 달려온 준규 씨의 어머니는 실신할 만큼 울어 젖혔고 그의 아버지는 병동 밖 벤치에서 조용히 내 손을 잡고 매달렸다. 두 분 다 우리의 현재 상황을 대충이나마 알고 있는 듯했다.

"무슨 생각으로 저러는지는 몰라도 현 선생 말은 듣지 않겠어?"

말을 하다 말고 한숨을 쉬는 것으로 그쳤지만 그 말이 무엇을 뜻하는지는 알고도 남았다. 결국 나는 그에게 용서를 구하는 모양새가 되고 말았고 입원해 있는 동안 할 수 있는 한 최선을 다해 돌봤다. 평일에는 수업이 끝나자마자 달려갔다가 잠드는 것을 보고야 집으로 돌아왔으며 휴일에는 아예 숙식을 같이했다. 그의 가족들은 그런 나를 진심으로 고맙게 생각했다. 마음 한편에는 지금의 상황에서 빠져나와 멀리 도망치고 싶은 충동이 일기도 했지만 나 자신에게조차 허무한 손짓에 불과했다. 준희 언니는 나를 안 된 눈으로 바라보다가도 이내 말긋말긋한 눈빛을 담아 다정한 말로 격려하곤 했다.

준규 씨는 3주를 조금 넘겨 주변의 우려를 뿌리치고 퇴원했다. 대학에 복직 신청도 했다. 이후 의사의 당부를 들은 가족들이 그랬듯이 나 또한 그의 안정을 위해 최대한 노력했다. 만날 때면 우리에게 아무 일도 생기지 않았던 것처럼 가족이나 동료 교사, 혹은 준희 언니와 결혼할 사람 얘기 등 밝고 새로운 화제로만 골라서 대화했다. 준희 언니가 결혼한 후 우리의 결혼도 일사천리로 진행되었다. 상견례를 마치자 엄마는 아직 임용도 되지 않은 교수 사위를 자랑하고 다녔으며 언니들도 이제야 얼굴 들고 다니게 되었다며 좋아했다.

"현 선생님, 웃어도 괜찮아요."

"아무리 좋아도 신부가 대놓고 호호거릴 수야 없지요."

선생님들의 말에 나는 멋쩍게 입을 모아 웃는 표정을 지었다.

"신부 입장!"

초등학교 때 숙제를 깜빡하고 학교에 가지 못하고 있다가 아버지 손에 이끌려 교실에 들어서던 심정으로 내가 그토록 미워하는 작은아버지의 손을 잡고 준규 씨를 향해 천천히 걸음을 옮겼다. 하객들의 박수 소리는 엉엉 우는 정호의 울음소리가 되어 귓속으로 밀려 들어왔다. 뽀얀 길을 따라 손뼉을 치는 사람들을 뒤로 물리며 단상으로 올라갔다.

신혼집으로는 준규 씨 아버지가 식당 뒤 살림집까지 팔아 양옥을 사고도 남을 만큼의 거금을 내 손에 쥐여 주는 바람에 길상사로 이어지는 경관 좋은 길목의 단층빌라를 한 채 장만했다. 일자로 여섯 채씩 18세대가 위아래로 이웃해 있지만 세대마다 분리된 정원과 울타리가 있는 고급주택이었다. 탈무드에 등장하는 어느 현명한 아버지가 전 재산을 노비에게 넘겨주고 그를 자식에게 주듯이 나도 준규 씨 아버지의 재산을 물려받은 채 그의 여자가 되었다. 준규 씨 가족 간의 끈끈함은 유별났다. 크든 작든 누군가 한 사람의 문제는 곧바로 온 가족 공동의 문제가 되었고 어떤 경우에도 서로의 의사에 반하는 일이 없었다. 과하게 표현하면 며느리든 사위든 외부 사람이 끼어들 자리가 없을 정도였다.

그러면서도 나를 대하는 태도는 각별했다. 특히 직설적이면서도 따뜻한 성품인 준희 언니는 친언니처럼 나를 대

변해 주었다. 모두 준규 씨를 위한 것임을 알고 있지만 나는 모두의 환대에 보답해야 했고 나를 위해서라도 주어진 환경에 적응해야 했다. 머릿속에서 떠나지 않는 정호에게도 차라리 잘된 일이고 고모 또한 안도의 숨을 쉴 거라 여기며 나 스스로를 위안했다. 하지만 결혼하게 되면 연락하기로 한, 정호와의 약속은 끝내 이행하지 못했다. 굳이 핑계를 대자면 한창때인 만큼 세월이 지나 나에 대한 감정이 빛바래져 가기를 바라는 마음이었다. 내 자격지심인지 몰라도 준규 씨는 드라마 속의 청순한 여자를 과하게 칭찬하는 등 문득문득 정호로 인한 앙금이 엿보이곤 했지만, 북악산 구진봉이 올려다보이는 위치에 집을 장만한 것도 그렇고 양쪽이 환하게 트인 방에 따로 화실을 꾸며 주는 등 나를 배려하려고 애를 썼다.

화실 한쪽에 다른 그림과 함께 걸린 정호의 해바라기를 보면서 그가 고개를 갸우뚱했다.

"저건 누구 그림이야? 당신 작품 같지는 않고."

굳이 거짓말을 할 필요까지는 없을 것 같아 정호의 그림이라고 대답하면서 전에 걸었던 거라 그냥 걸었다고 했다.

혹시 말을 잘못했나 싶어 신경이 쓰였지만 더는 언급을 하지 않아 바로 그림을 떼어 한쪽으로 치워 뒀다. 그런데 며칠이 지나 그가 나가려고 신발 주걱을 꺼내면서 오해하지 말라는 단서를 붙이고는 뜬금없이 정호 소식을 물었다. 모른다고 하자 별다른 내색 없이 구두를 신으며 혼자 있을 때 문단속 잘하라고 했다. 뜻밖의 말에 언짢은 표정을 짓자 비슷한 아이를 봐서 하는 얘기니까 신경 곤두세우지 말라며 가방을 들었다.

"그렇다고 그렇게 말하는 건 좀 심한 말 아니에요?"

"보복 심리는 인간의 본성이야."

그는 딱 잘라 말하고 평소처럼 손인사를 하고 나갔다. 온종일 그 말이 머릿속에서 떠나지 않았다. 다시 말을 꺼내기가 어색했지만 저녁을 먹은 후 기어이 되물었다.

"아침에 했던 말 있잖아요. 정호를 어디서 봤다는 거예요?"

그가 어이없다는 눈으로 나를 바라봤다. 그 생각을 지금까지 하고 있었냐는 표정이다.

"비슷한 애가 우리 집을 얼씬거렸다고 말했잖아."

"그렇게만 말하지 않았잖아요."

"어떻게 말했든 나쁜 의도로 했던 말은 아니었고, 그 아이 생각이 나한테 기분 좋은 쪽은 아니다 보니까 그렇게 표현될 수도 있는 거 아냐? 그냥 넘어가."

묵묵부답으로 그날의 다툼은 중단되었으나 그동안 정호의 얘기를 일절 꺼내지 않던 그에게서 이중성을 발견한 것 같은 불쾌감이 떠나질 않았다. 어쩌면 정호에 대한 나의 심적 부담이 생떼를 쓰는 형식으로 표출되었는지도 모른다. 나의 태도도 급격히 부자연스러워졌다. 그의 심정도 뒤틀릴 수밖에 없었을 것이다. 그는 대화의 실마리를 풀어 보려는 노력은커녕 내 잘못을 눈감아 주기라도 하는 사람처럼 지속해서 차가운 태도를 보였다.

냉전의 골은 점점 깊어져 갔고 분위기는 어쩌다 다녀가는 가족들도 느낄 정도로 냉기가 돌았다. 나는 학교에서 돌아와 대부분 시간을 화실에 들어가 보냈으며 그는 집에서 저녁을 먹는 횟수가 갈수록 줄어들었다. 잠시 잊고 있었지만 그가 종묘에서 오늘의 치욕을 결코 잊어서는 안 될 거라고 했던 말이 생생하게 떠오르기도 했다. 나는 처음으로 그와의 결혼을 후회했다.

7

　시간이 지나면서 우리는 삭막하지만 나름대로 평화로운 하루하루를 보냈다. 그는 정교수 임용준비에 매진했고 나는 결혼 전 이상으로 학교생활에 충실했다. 감정싸움에 지친 나머지 서로가 선택한 지혜로운 생활방식이었다. 여느 날과 마찬가지로 송 선생님과 함께 퇴근길에 나섰다. 교무실을 막 나서는데 송 선생님이 걸음을 멈추고 내 팔을 툭 치면서 앞쪽을 가리켰다. 이마로 흘러내린 앞머리를 걷어올리며 우리를 바라보고 있는 정호였다. 나는 숨길 수 없는 낙타 등처럼 당혹감을 드러냈다.

　"이게 누구야?"

　송 선생님이 먼저 알은체했다. 정호는 뜀박질로 다가와 꾸뻑 인사했다. 회색 정장 바지에 자주색 스웨터 밖으로 하늘색 깃이 보이는 셔츠를 입고 쇼핑백 하나를 들고 있었다. 한껏 단정한 옷을 차려입은 정호는 눈에 띄게 성숙해 보였고 당장에 손이라도 맞잡을 듯 환한 미소를 띠었다. 송 선생님이, 와! 정호 완전히 청년이네, 하고 탄성을 질렀다. 그러고는 나와 얼굴을 마주할 겨를이 없게 미국 생활에 관해 물었고 정호는 대각선 방향으로 조금 앞에서 걸으며 뭔가 대답을 하는 듯했으나 나 역시 두 사람의 얘기가 귀에 들어오지 않았다.

"현 선생님 결혼하고 처음이겠구나."

그 순간 정호가 가던 길을 우뚝 멈추고 나를 쳐다봤다. 그러고는 뭐라 말할 틈도 주지 않고 몸을 돌려 정문 밖으로 달리기 시작했다. 너무나 갑작스러운 상황이었다. 송 선생님이 놀란 눈으로 나를 봤다.

"정호는 모르고 있었어?"

나는 정호를 부르면서 흘러내린 가방끈을 말아 쥐고 빠른 걸음으로 쫓아갔다. 종점 주차장을 가로질러 달리고 있는 정호의 손에 들린 쇼핑백이 날리듯 흔들거렸다. 저만큼 앞에서 원을 그리며 다시 출발하는 버스가 갑자기 정호의 앞길을 가로막았다. 정호는 인도를 벗어나 도로를 달렸다. 어른거리는 눈으로 쫓고 있는데 정호가 갑자기 중심을 잃고 넘어지고 가장자리를 달리던 오토바이 한 대가 급정거했다. 곧바로 남자가 정호를 일으켜 세웠고 가스통이 데굴데굴 굴러 벽에 부딪혔다. 정호가 연거푸 고개를 숙이고는 다시 달려 길을 건너더니 손님을 기다리고 있는 택시에 올라타면서 고개를 휙 돌려 쳐다봤다.

나는 출발하는 택시를 향해 달려갔다. 송 선생님이 부르는 소리가 들리고 행인들이 가던 길을 멈추며 쳐다봤다. 택시는 멈추지 않았고 거리는 금세 멀어졌다. 무릎을 짚은 채 가쁜 숨을 몰아쉬고 있는데 송 선생님이 다가와 내 겨드랑이를 추켜잡았다.

"괜찮아? 얼굴이 백지장이야."

숨이 가빠 대답을 하지 못했다. 송 선생님은 정호가 다치지 않아 다행이라면서도 자신이 그 말을 한 게 그렇게 큰일이냐고 조급히 물었다. 나는 상황을 설명하기가 어려워 다음에 얘기하자고 양해를 구한 후 택시를 잡았다. 수첩을 뒤져 정호 집으로 전화했더니 전과 다른 사람이 받았다. 가방만 놓고 나갔다면서 전할 말이라도 있느냐고 물어 나를 밝히고는 전화번호만 받았다. 정호는 전화를 받지 않았다. 이해할 테니 결혼하게 되면 미리 말해 달라고 손가락을 내밀던 모습이 떠오르면서 나 자신을 뼈아프게 나무랐다.

만난다고 해도 뾰족한 수가 있는 건 아니지만 그냥 갈 수는 없었다. 문자를 보내고 집으로도 다시 걸어 효창공원

앞에서 기다린다고 말했으나 정호는 끝내 나타나지 않았다. 시간이 지나자 마음은 안정을 찾아갔다. 어차피 알아야할 일을 조금 늦게 안 것뿐이고 언제 알아도 충격을 면할 수는 없는 일이다. 어쩌면 정호도 지금쯤 어딘가에서 마음을 추스르고 있는지도 모른다. 돌덩이가 막혀 있는 것 같던 숨통이 다소 트였으나 훌훌 털고 돌아갈 수가 없어 한참을 그대로 있었다. 사방이 어두워지고 자동차의 라이트가 길을 쏘아 댈 무렵 송 선생님으로부터 전화가 걸려 와 자주 가던 충정로 식당에서 만나기로 했다.

홀에 있는 TV에서는 한창 인기 중인 드라마가 방영되고 있었다. 송 선생님의 질문은 끝이 없었다. 나는 자연스레 정호와 관련된 얘기를 털어놓기에 이르렀다. 송 선생님은 그렇게까지 할 필요가 있었냐고 말했지만 공감해 주는 부분도 꽤 있었다. 속마음을 털어놓고 나자 어느 정도 마음이 가벼워졌다. 가까스로 풀어진 기분에 맥주 한 모금을 마시는데 TV 뉴스가 나오면서 하단에 자막으로 지나가는 토막뉴스가 보였다. 무심코 던진 시선 속으로 '하남시 팔당대교 아래에서 남자의 익사체 인양'이라는 글자가 눈에 들어왔다.

"선생님, 잠깐만요. 저 밑에 자막뉴스 좀 봐요."

함께 화면을 지켜보고 있는데 다시 같은 자막이 지나갔다. 내가 안절부절못하자 송 선생님이 눈을 지그시 뜨고 쳐다봤다.

"왜 정호라고 생각해?"

"정호는 자극을 받으면 불안감에 빠진다고 했어요."

두서없이 얘기해 주고 일어서려 하자 송 선생님은 이제 곧 뉴스가 정식으로 나올 테니 그때까지라도 기다리라며 나를 주저앉혔다. 초조한 마음으로 뉴스가 끝날 때까지 기다려도 그 내용은 더 나오지 않았다. 사람들의 주목을 받으며 방송국과 경찰서에 물어물어 하남소방서에 전화했더니 아직 신원이 확인되지 않았고, 시신은 현재 병원에 안치 중이라고 했다. 손끝이 떨리고 숨이 가빠져 왔다. 만류하는 송 선생님을 뿌리치고 자리에서 일어섰다.

택시에 올라타 하남소방서에 가 달라고 하자 기사는 위치를 확인한 다음 장거리를 뛸 채비로 의자를 고쳐 앉았다. 가다 서다를 반복하며 애를 태우던 차는 강동대교를 지나면서부터 씽씽 달리기 시작했다. 안개비가 내리는 창밖 풍경은 구름이 내려앉은 것처럼 희뿌옇고 습했다. 사방이 고요해지자 라디오에서 나오는 음악이 견디기 힘들 만큼 머릿속을 괴롭혔다.

"기사님, 죄송하지만 라디오 좀 꺼 주실 수 없을까요?"

기사는 굼뜨게 볼륨을 줄이는 것으로 말 대접을 했다. 창밖 비스듬히 팔당대교 이정표가 빠르게 지나간다.

소방서에 도착하자마자 눈에 띄는 사람에게 아까 뉴스에서 나온 사람 신원 확인하러 왔다고 했더니 대기실에서 기다리라고 하고는 사무실로 들어갔다. 초조하게 기다리고 있는데 직원이 파일을 들고 와서 내 주소, 이름, 직업, 전화번호 그리고 찾는 사람의 인적사항을 물었다. 타들어가는 목소리로 묻는 대로 대답하자 직원은 그제야 조금 전 투신자 신원이 나왔는데 31세의 장 아무개라는 것만 알려 주겠다며 찾는 사람이 아니라고 했다. 의자에 털퍼덕 주저앉아 안도의 숨을 내쉬었다. 팔당대교에는 관리인이 상주하냐고 물었더니 항상 그렇지는 않지만 오늘 같은 날은 안전요원이 자리를 지키고 있다고 했다.

걱정하는 내용을 말하자 직원은 순찰차를 타고 같이 가 보겠느냐고 물었다. 대교 중간 자전거도로 쪽에 차를 세우고 직원을 따라 나도 내렸다. 대교는 평온하기 그지없고 교각 밑 검은 물결은 꿈틀거리는 거대한 물체가 되어 난간에서 비추는 가로등 불빛을 은은하게 토해내고 있었다. 도망치듯 달려가다가 뒤돌아보던, 정호의 공허한 눈동자가 물 위에 비치는 착각을 하면서 전신에 몸서리가 스쳐 지나갔다. 안전요원으로 보이는 사람이 다가오자 직원은 익사자 신원을 말해 주며 한창나이에 죽긴 왜 죽느냐고 푸념했다. 안전요원은 대교 남단 지나서 뚝섬까지 두 차례나 순찰했지만 물을 구경하는 사람은 없었다고 했다.

직원은 더 지켜보라고 지시한 후 뚝섬 인근까지 나를 데려다주었다. 추가로 순찰을 더 돌고 특이사항이 있으면 연락해 주겠다는 약속까지 했으나 마음은 여전히 무겁기만 했다. 택시를 타고 서울로 향하면서 혹시나 하고 전화기를 꺼내 봤더니 두 개의 메시지가 도착해 있었다.

'많이 늦네. 무슨 일이야?'

'정호 별일 없는 거지?'

송 선생님에게 아니라고 답해 준 후 정호에게 전화를 걸어 봤으나 여전히 꺼져 있었다. 집에도 들어오지 않았다고 했다. 아주머니는 무슨 일로 그러는 줄 알아야 자기라도 찾아보든, 가족에게 전하든 할 거 아니겠냐며 노골적으로 불만을 표했지만 후련하게 대답을 못 한 채 전화를 끊었다. 시간은 열두 시가 다 되어가고 있었다. 망설이던 끝에 수첩을 뒤져 정호 아버지에게 전화를 걸었다. 뉴욕 시각으로는 오전 열 시 정도 되었을 것이다. 한참 만에 신호음이 들렸지만 제대로 연결되지 않았다. 다시 걸 채비를 하는데 정호 아버지로부터 전화가 걸려 왔다. 인사한 후 어색한 목소리로 결혼했다는 말을 하고 나서 정호가 학교에 찾아왔다가 어딘가로 달려갔는데 전화를 받지 않아 걱정된다고 심경을 토로했다.

"정호가 전화했었습니다. 당분간 고모 집에 가 있겠다고요."

"저는 그런 줄도 모르고⋯⋯."

마음이 놓임과 동시에 할 말이 없었다.

"다부지게 결심하고 선택한 결혼이실 텐데 이제 더는 염려하지 않으셔도 됩니다. 나머지는 저희 몫이니까요."

냉랭하리만큼 차분한 정호 아버지의 음성에 민망스럽기까지 했다. 수습하는 심정으로 결례가 많았다고 인사를 마치고 내 속에 숨듯 전화를 끊었다. 정호 아버지로부터 전

126

화가 다시 오지 않으면 별일이 없는 것이리라.

집에 도착할 즈음 멀리서부터 준규 씨의 모습이 라이트에 비쳤다. 내가 내리는 것을 보고는 아무 말도 하지 않은 채 먼저 집 안으로 들어갔다.

"미안해요. 많이 늦었어요."

"야, 현서영! 너 정말로 이렇게 나갈래? 나는 오빠도 이웃집 아저씨도 아닌 네 남편이야. 알아?"

그는 얼굴을 시뻘겋게 물들이고 거실 유리창이 울릴 만큼 소리쳤다.

"미안해요. 급한 일이 있어서 어딜 좀 다녀왔어요."

"허, 이건 언젠가 써먹었던 레퍼토리잖아."

나는 아무 말 없이 화실로 들어가 문을 닫았다. 그는 한동안 거실 소파에 앉아 있다가 거칠게 문을 열더니 문설주에 팔을 기댄 채 나를 쏘아봤다.

"하남소방서에서 전화 왔었어. 별다른 사고는 없다고. 이번이 마지막이야. 한 번만 더 그 녀석 일로 문제가 생기면 그땐 정말 가만있지 않을 거야. 명심해!"

모든 일이 정호 때문인 것을 알고 있는 그는 뜻밖에 더는 파고들지 않았다. 움찔했던 난 그가 서재 문을 닫는 소리에 안도의 숨을 들이켰다. 창밖으로 보이는 파란 하늘에는 수많은 별이 소리 없이 반짝이고 있었다. 무한한 상상을 허락하며 말없이 자리를 지키는 별들을 바라보고 있자니 정호가 왜 별마로천문대에 가자고 했는지 이해할 것 같았다.

'정호에게 미안하다고 전해 주세요.'

어린아이 같은 발상이라고 생각하면서도 마음을 전하고 나자 조금은 기분이 나아졌다. 준규 씨가 들어가 있는 서재 창밖의 사철나무가 묵묵히 외로움을 견디고 있었다.

팔당사건 이후 우리의 타협적인 평화는 양상을 달리했다. 한바탕 화를 내고 그런대로 넘어가나 싶던 준규 씨는 술을 마시고 행패를 부리는 수준은 아니어도 말투며 행동이 예전과 다르게 거칠어졌다. 좀 더 잘해야겠다고 다짐했던 내 마음은 어느 틈엔지 두려움으로 바뀌었다. 나는 싸움의 빌미가 되거나 약점이 잡히는 일을 피하려고 노력했으나 그럴수록 우리의 간격은 멀어져 갔다. 삭막해진 삶에서 빠져나가기 위해 학교를 그만두고 그림에라도 열정을 쏟고 싶었지만 혼자 결정할 수 있는 일은 아니었다.

그의 거친 행동이 다소 누그러져 가고 있을 즈음이었다. 그가 집에 없는 것을 알고 준희 언니가 찾아왔다. 어느 정도나마 우리의 상황을 파악하고 있는 유일한 사람이었으며 냉정해 보일 때도 있지만 매사에 공정한 성품이고 항상 미소를 띠고 있어 보는 사람의 마음을 편하게 해 준다. 입가에 엷은 웃음을 띠고 다가오더니 내 무릎을 살짝 건드렸다.

"임신이야?"

뜻밖의 말에 깜짝 놀랐지만 시치미를 뗄 수도 없었다. 대답 대신 시선을 살짝 피했더니 바싹 다가앉으며 양손을 잡고 내 눈을 들여다봤다.

"맞아? 백 교수가 그런 것 같다며 이만저만 좋아하는 게 아니던데?"

"오빠가 어떻게 알아요?"

아무리 생각해도 그가 알 턱이 없을 뿐만 아니라 지금 같은 상황에서 임신을 무척이나 반기고 있다는 사실이 이해되지 않았다.

"왜 그렇게 놀라? 처녀가 애 가진 것도 아닌데."

"아직 아무에게도 말하지 않았거든요."

준희 언니는 현미경을 들여다보듯 내 얼굴을 살폈다.

"맞긴 맞는구나?"

연신 축하한다고 말하면서 그 정도는 아내를 사랑하는 남자라면 누구나 알게 마련이고 표현이야 어떻든 예나 지금이나 마음은 변함이 없으니 이제 이쯤하고 신랑에게 관심 좀 기울이라고 했다. 내가 침묵을 지키자 내 무릎을 연신 토닥이며 마음을 풀어 주려고 애썼다.

"준규가 너그럽지는 못했지만 큰 잘못을 저지른 건 아니잖아. 서영 선생이 보듬어 줘. 남자는 다 애 같은 구석이 있더라고."

누가 들어도 맞는 말일뿐더러 따지고 보면 잘못을 저지른 건 나였다. 준희 언니는 내 손을 부여잡고 몸조리 잘하라고 거듭 당부하고 돌아갔다.

2학기 들어 한 달이 지나서였다. 전에 없이 피곤해지고 몸 상태가 심상치 않아 집에서 조금 떨어진 산부인과에 찾아갔었다. 의사는 임신 8주라며 빙긋 웃었다. 어느 정도 예상은 했지만 막상 듣고 나자 혼란스러웠다. 수도 없이 배를 만져 보고 그 속에서 자라고 있는 아기를 떠올려 봤다. 온갖 상상을 하다가 무슨 이유에선지 모르게 아기가 측은

하게 여겨지고 서러움이 복받쳤다. 동시에, 있을 수도 상상할 수도 없는 느낌이 머릿속을 헤집고 들어왔다. 정호였다. 배 속에서 정호가 자라고 있다는 느낌이 든 것이다. 왜 이러나 싶으면서 정수리부터 발끝까지 길게 전율이 일고 지나갔다. 터무니없는 그 느낌을 씻어 내기 위해 근처 하천가에 있는 벤치에 앉아 준규 씨와의 즐거웠던 시간을 회상해 봤다.

시간이 지나면서 착각하는 횟수는 줄었지만 여전히 같은 증상이 나타났다가 사라지곤 했다. 어처구니없는 상상인 줄 알면서도 그 느낌은 갑자기 떠올라 상식적인 논리를 제압했다. 뻐꾸기 알을 품어 주는 오목눈이라도 되느냐고 했던 송 선생님의 말이 떠오르기도 했다. 그러다 보니 임신이 마치 내 잘못의 증거라도 되는 것처럼 여겨졌으며, 남들이 알면 안 된다는 강박관념이 들기도 했다. 그런데 결국 그가 알고 준희 언니까지 알게 된 것이다. 하기야 그동안 임신 초기증상이 안 보였을 리도 없다.

"왜 말하지 않았어. 내가 더 빨리 알았으면 좋았잖아."

하루가 지나지 않아 준규 씨가 부드럽게 말을 걸어 왔

다. 이후 그의 태도는 눈에 띄게 변했다. 말투나 표정도 한결 부드럽고 다정했다. 말다툼할 기미를 일절 주지 않았으며 내가 짜증을 내도 맞받아치는 법 없이 다 받아 줬다. 어느 날인가 보니 마당 어디에도 돌부리는 찾아볼 수가 없고 화실의 선반이며 빨랫줄의 높이도 낮춰져 있었다. 냉장고 안에는 늘 다양한 종류의 과일이 준비되어 있었으며 시어머니와 준희 언니도 틈만 나면 찾아와 내가 좋아하는 음식을 장만해 주고 갔다. 엄마는 한시름 놓았다는 표정을 지으며 아들일지 딸일지는 신경 쓸 것도 없다고 했다. 모두 준규 씨의 요청을 받았기 때문인 것 같았다.

나는 배 속에 정호를 가지고 있다는 착각이 들 때마다 죄책감에 시달리면서도 한술 더 떠 아이를 지키는 것이 정호를 지키는 것으로 여겨지기까지 했다. 나의 반응과 관계없이 그의 정성은 계속되었다. 스트레스를 받을 수도 있으니 푹 쉬는 게 좋을 것 같다는 의견을 받아들여 학교를 휴직하고 편안하게 그림에 몰두했다. 그러나 밤마다 전에 없던 악몽을 꾸곤 했다. 그가 아이를 빼앗아 벌판을 달리는가 하면 내가 아이를 안은 채 절벽에서 떨어지며 비명을 지르다가 깨기도 했다.

어느 날인가도 내가 화실 소파에서 잠들어 꿈이 깨지 않은 상태로 비명을 지르자 준규 씨가 달려왔다. 나를 잡아 흔드는 그를 보고 소리 질렀다.

"안 돼요! 얘는 내 정호란 말이에요."

순간 잠에서 깼으나 무슨 꿈을 꾸다가 그 말을 하게 되었는지는 기억나지 않았다. 다만 조금 전 큰 실수를 했다는 사실만은 알 수 있었다. 한마디 대꾸도 하지 않은 채 나를 노려보는 그의 눈은 얼핏 살기가 무엇인가를 깨닫게 할 정도로 엄격하고 차가웠다. 나의 그 말은 듣기에 따라 배 속의 아이가 정호의 아이라는 말로 들렸을 수도 있다. 그는 문을 쾅 닫고 서재로 돌아간 이후 내 앞에 나타나지 않았다. 발단을 알게 된 준희 언니가 악몽은 누구나 꿀 수 있다며 이해시키려 해도 소용없었다.

이후 누군가의 입에서 태아 친자확인을 해 보자는 말도 나왔으나 거기까지 가진 않았다. 의사가 임신 초기에 간혹 있는 공황장애 증상이라고 결론지어 주었기 때문이다. 그렇다고 치받칠 대로 치받친 그의 증오심이 사라진 건 아니었다. 혼자서 화실을 정돈하는 나를 보고, 태교 대신 그 녀석 사진을 걸어 놔야겠다면서 빈정거리기도 했다. 그의 야

유 때문인지 나도 과대망상에 사로잡혔다. 그가 아이를 지
우도록 넌지시 종용하는 것처럼 보이기도 했고, 유산시키
기 위해 고의로 사고를 꾸미고 있는 것처럼 보이기도 했
다. 전등이 갑자기 꺼지거나 냉장고 문짝이 주방 바닥에
떨어진 것도 무관해 보이지 않았다.

　오래전 그리다 만 '철길 위의 해바라기'를 때늦게 완성
해 출품했는데 뜻밖에 가작으로 선정되었다. 그 바람에
'대전지역미술대전' 주최 측으로부터 예정에 없던 출품 요
청을 받았다. 몸이 썩 좋지는 않았지만 때마침 내가 회원
으로 있는 심연의 동호인들이 '교직원미술대전' 출품을 위
해 장흥계곡 상류에 캠프를 설치하고 있는 터라 기분 전
환도 할 겸 별 고민 없이 수락했다. 캠프에 합류시켜 달라
고 요청했더니 그쪽에서도 쌍수를 들고 맞아 주었다. 캠프
는 둑 위의 해묵은 느티나무 아래쪽 풀밭에 넉넉한 크기의
텐트와 야외용 탁자 등으로 꾸며져 있었다. 답답한 집에서
벗어나 그림을 그린다는 들뜬 마음으로 주변을 둘러봤다.
꿩 울음소리가 들려오는 겨울 산을 배경으로 흐르는 냇물
위에 청둥오리가 유유히 떠다니고, 언덕 위로는 있는 듯

없는 듯 아지랑이가 일렁였다.

"겨울 아지랑이는 처음 봐요."

"구도 잡기도 좋고 텐트 안에 들어가면 추운 줄도 몰라요."

사방을 둘러보는 순간 추우면서도 아늑한 겨울 풍경에 매료되었다. 이후 작품 이름을 '겨울 아지랑이'로 정하고 틈틈이 그림을 그리러 나갔다. 준규 씨는 아직 앙금이 남아 있긴 해도 특별한 일이 없는 한 나를 캠프까지 데려다주곤 했다.

날짜를 조정해 동호인 다섯이 캠프에서 만나기로 한 날이었다. 며칠째 누군가가 집으로 전화를 잘못 걸어 오는 바람에 그의 신경이 곤두서 있는데 그날 아침에도 같은 일이 있었다. 그런 상황에 데려다줄 것 같지 않아 혼자 갈 요량으로 주섬주섬 화구를 챙기는데 그가 낚아채듯 짐을 빼앗아 차에 실었다. 말 한마디 없이 화를 참으며 차를 몰던 그는 캠프에 도착하자마자 가방과 이젤을 내려놓고 떠나 버렸다. 안으로 들어가기 전에 사방을 두리번거리며 동호인들을 찾아봤더니 조금 떨어진 곳에 털모자를 뒤집어쓴 채 한창 그림에 열중하고 있는 한 사람이 보였다. 조금 걸어가 손을 흔들어 봤지만 알아차리지 못했다.

가방을 들고 안으로 들어가려는데 텐트 문 지퍼가 잘 올라가지 않아 한참을 실랑이하다 간신히 열고 들어갔다. 텐트 안은 두껍고 뿌연 비닐 창을 통과한 풀죽은 햇살이 바닥에 놓여 있는 취사도구며 석유 난로, 못다 푼 가방, 테레핀 오일 통, 침낭 등을 비추고 있었다. 옷을 바꿔 입기 위해 다시 텐트 문 지퍼를 내리려 했으나 이번에도 속을 썩였다. 가까스로 지퍼를 내리고 옷을 바꿔 입은 다음 미술용 앞치마를 목에 걸치는 순간 처음 들어올 때부터 나던 역겨운 기름 냄새 때문에 구역질이 올라왔다. 배를 쓰다듬으면서 진정시키려 해 봤지만 마찬가지였다. 웅크리고 앉아 구역질하는데 토해지지는 않고 위액이 역류하면서 바늘에 찔리는 듯한 위경련 증세가 나타났다. 배를 움켜쥐고 옆으로 누워 봤으나 통증은 점점 심해지기만 했다.

기다시피 문으로 나가려는데 텐트 지붕에 뭔가가 퉁! 하고 떨어지는 소리가 들렸다. 올려다봤더니 흐릿한 불빛이 안으로 비치는가 싶다가 삽시간에 불이 텐트 지붕 전체로 퍼져나갔다. 황급히 출입문 쪽으로 기어가 떨리는 손으로 지퍼를 올렸으나 꿈쩍도 하지 않았다. 손잡이를 움켜잡고 손톱이 부러질 만큼 힘을 줘도 마찬가지였다.

"밖에 누구 없어요? 여기 문 좀 열어 주세요!"

두드리고 소리치면서 문을 열려고 해도 지퍼 손잡이는 연거푸 손에서 빠져나가고 뜨거운 열기가 덤벼들듯이 나를 에워쌌다. 이어 기름 타는 냄새가 코를 찌르고 뭔가가 터지는 소리가 들리면서 텐트 안은 순식간에 열기와 연기로 휩싸였다. 귀퉁이마다 달려가 바깥쪽으로 손을 내밀어 보려 했으나 바닥과 벽체가 하나로 되어 있어 불가능했다. 살려 달라고 소리치는데 아직 불이 붙지 않은 비닐창이 눈에 들어왔다. 그쪽이라도 열어 볼 생각으로 몸을 돌리는 순간 불붙은 천장이 바닥을 향해 엿가락 흐르듯 내려앉기 시작했다. 불은 곧바로 나를 덮쳤고 꿈틀거리는 불길이 얼굴에도 사정없이 들이닥쳤다. 두려움에 떨 겨를도 없이 생살이 타는 통증과 머리카락이 타는 냄새를 느꼈다. 준규 씨를 부르면서 이리 뛰고 저리 뛰며 몸부림쳤다.

"서영아!"

표현할 수 없는 고통과 공포를 느끼면서 죽음을 예상하는 순간 기적처럼 나타난 그가 불붙은 텐트를 미친 듯 걷어 내며 나를 향해 달려왔다. 목에 매달려 뜨겁다고 소리

쳤다. 그가 나를 끌어안은 채 불길을 헤치고 밖으로 달려
나갔다. 벌건 불길이 우리를 잡으러 쫓아오다 되돌아갔다.
멀어져가는 불길과 팔에 안겨 거꾸로 보이는 세상이 아지
랑이 위에 둥둥 떠 흔들거렸다. 그가 나를 내려놓고 어딘
가 전화를 걸었다. 나는 통증을 견디다 못해 널뛰듯 팔짝
팔짝 뛰다가 마구 달렸다. 옷이며 머리카락에서는 그때까
지도 연기가 피어났다. 그가 다시 달려와 나를 안는 것을
알아차리면서 정신을 잃었다.

통증은 혼미한 상태에서도 계속 이어졌다. 시뻘건 화염
에 온몸이 타고 있는 환상 속에서 뜨겁다며 몸부림쳤다.
그러다 어느 순간 통증이 사라지고 눈부시게 밝고, 꾸불꾸
불하고, 긴 얼음 터널을 사정없이 미끄러져 달리고 있었다.
얼음벽을 따라 배 속에 있는 아기와 정호의 얼굴이 괴물처
럼 길게 늘어지면서 스쳐 지나갔다.

천장에 매달린 여러 개의 하얀 등이 덮칠 듯 나를 향하
고 있다. 통증도 없고 마음 또한 편안하다. 은은하게 울려
오던 달그락거리는 소리가 가까이 들리는 가운데 불쑥 아
버지의 음성이 들리기도 했다.

"현서영 씨……."

또 다른 목소리가 또렷하게 들렸지만 나를 부르는 소리
라고는 느껴지지 않았다. 끝도 없는 얼음 터널을 다시 한
바탕 달리고 났는데 이번에도 같은 소리가 들렸다. 전등불
도 다시 비쳤다. 눈을 깜빡이며 주위를 둘러보려 하자 초
록색 모자를 뒤집어쓴 거대한 사람이 작은 손전등을 내 눈
에 비추면서 가까이 들여다봤다.

"여기가 어딘지 아시겠습니까?"

나는 아무 말도 하지 않았다. 말을 하려고 해도 할 수가
없다는 사실도 깨달았다. 껌뻑거릴 수 있는 두 눈 외에 온
얼굴이 붕대에 칭칭 감겨 있었다. 오래지 않아 얼굴뿐 아
니라 전신이 붕대에 감기거나 덮여 있다는 것도 알게 되었
다. 아무런 감각도 느끼지 못했다. 초록 모자를 쓴 거인으
로 보였던 의사는 내가 말할 수 없다는 것을 알면서도 계
속해서 질문하고 눈빛을 살핀다. 그런 상태로 얼마간인지
모를 시간이 지나면서 나는 내 신체 중 자유롭게 활용할
수 있는 기능은 오로지 머릿속의 생각 하나뿐이라는 사실
을 깨달았다. 때늦은 신의 은총이었으나 그마저 외면한다
면 내가 완전히 사라져 버릴 것만 같다.

배 속의 아기는 어떻게 되었을까? 인큐베이터에 옮겨져 생명을 유지하고 있을까? 내 전신이 불덩이였으니까 뜨거웠던 건 아기도 마찬가지였을 것이다. 아무것도 모른 채 배 속에서 꼼지락거리며 놀던 아기가 얼마나 고통스러웠을까? 시뻘건 숯덩이를 삼킨 것처럼 목구멍이 아파온다. 끊어졌던 생각을 다시 이어 갔다. 어린 시절 아버지는 나를 무척 예뻐했고 함께 놀아 주는 것을 좋아했다. 천장을 바라보고 누워 발바닥 위에 엎드려 있는 나를 좌우로 돌렸었다. 나는 깔깔거리며 웃느라 아버지 얼굴에 침을 줄줄 떨어뜨렸었지. 아이가 태어났으면 준규 씨도 틀림없이 그랬을 거야. 임신한 걸 알고 그토록 좋아했던 걸 보면 알 수 있다. 따지고 보면 그는 정말 좋은 사람이고 나를 위해 뭐든지 다 해 줬다. 그런데도 난 이제껏 그의 사랑을 받기만 했을 뿐, 나를 내려놓고 그를 위해 노력해 본 적이 없다.

그런데 텐트에 불을 던진 자는 누구란 말인가. 내가 미워서 순간적으로 이성을 잃은 그가 그랬을까? 그렇다면 왜 다시 달려와 위험을 무릅쓰고 구한 것일까? 그래, 준규 씨가 그러지는 않았어. 어떤 경우에도 나를 해칠 사람은 아니다. 나는 도대체 어쩌다 이 모양이 되었단 말인가. 이제

나는 죽는 것일까? 흉측한 얼굴로 살아가면서 구경거리가 되느니 그편이 나을지도 모른다. 내가 잠든 새에 누군가 살그머니 링거에 약을 넣어 안락사를 시켜주면 좋겠다. 정호! 정호는 내가 원한다면 그렇게 해 줄 것이다. 정호는 정이 많은 아이다. 정도 받아 봐야 줄 줄 안다는 건 잘못된 얘기다. 내가 이렇게 된 사실을 알면 얼마나 슬퍼할까? 어디에서든 마음을 추스르고 잘 있어야 할 텐데.

그런데 혹시, 정말 만에 하나, 잘못 건 척 집에 전화한 것도 텐트에 불을 던진 것도 정호가 한 행동은 아닐까? 아, 아니야, 아니야. 내가 지금 또다시 정호에게 못된 생각을 하는 것이다. 눈이 감기면서 천장이 흐려지고 정신도 몽롱해지기 시작한다. 이제 더는 생각을 못 하겠다. 터널 속 기차 소리 같은 시끌벅적한 소음을 벗어나, 다시 끝없는 얼음 터널을 미끄러져 달린다. 아, 멈추지 말고 이대로 계속 달리다가 하얀 점이 되어 사라지고 싶다.

주먹 망원경

1

　오래전에 통제 불가능해진 아내가 내 속을 알 리도, 말을 들을 리도 없다. 화를 삭이면서 밀린 논문을 들여다보다가 거실로 나가 보니 아내가 분주하게 가방을 꾸리고 있다. 기어이 캠프에 가겠다는 것이다. 화가 났으나 언제나처럼 입을 꾹 다물고 참았다. 날씨도 추울뿐더러 임신 중인 아내가 얼어 있는 물가에서 자칫 넘어지기라도 하면 어쩌나 싶었기 때문이다. 게다가 나도 동료 교수들과 기상청에서 예고한 일식도 볼 겸 강화도 황청지로 빙어낚시를 가기로 되어 있어 데려다주기도 여의치 않다. 하지만 결국 낚시 약속을 어기고 극구 사양하는 아내를 데려다주기로 마음먹었다. 말 한마디 없이 가는 동안 잊고 있었던 간밤의 꿈이 가물가물 되살아났다. 마당에 나가 구진봉을 올려다보다가 엉엉 울어 젖혔었다. 무엇 때문이었는지 머릿속을 헤집고 생각해 봤지만 더는 생각나지 않는다.

장흥에 도착해 막상 짐을 내려 주고 돌아오다 보니 뒤숭숭한 꿈도 그렇고 마음이 영 편치 않았다. 망설이던 끝에 먼발치에서 보고라도 올 생각에 차를 돌렸다. 캠프로 가 보니 텐트는 출입문이 닫혀 있고 바깥 의자에도, 그림을 그리러 가는 길목에도 아내는 보이지 않았다. 차에서 내려 어정쩡한 걸음으로 주변을 둘러보며 둑길 아래쪽으로 걸음을 옮겼다. 한참을 내려가도 매서운 바람이 허공을 맴돌 뿐이었다. 잘못 보고 지나친 건 아닌지 다시 캠프 쪽을 돌아다보는데 까만 연기와 함께 벌건 불길이 보였다. 머리카락이 곤두섰다. 두 눈으로 보면서도 믿기지 않는 풍경이었지만 불은 분명 텐트에서 피어오르고 있었다.

그뿐만이 아니었다. 달려가면서 보니 타들어 가는 텐트 틈새로 안에서 사람이 허우적거리고 있는 모습까지 얼핏 보였다. 불길한 예감이 독화살처럼 날아들었다. 정신없이 달려가 의자를 들어 불붙은 텐트를 헤집고 안으로 들어갔다. 불 속에서 허우적거리던 사람은 다른 사람 아닌 내 아내였고 나를 보자 불이 붙은 채 달려와 목을 끌어안았다. 옷에 붙은 불을 손으로 꺼 가면서 아내를 안아 들고 밖으로 뛰쳐나갔다.

떨리는 손으로 119에 전화를 거는 동안 아내는 이쪽저쪽을 마구 뛰어다니면서 뜨겁다고 울부짖다가 바닥에 쓰러졌다. 아내의 머리카락에서는 그때까지도 모락모락 연기가 피어나고 목 언저리는 까맣게 그을린 채 속살을 드러내고 있었다. 허겁지겁 아내를 태우고 구급차가 올 것으로 예상되는 큰길 쪽으로 차를 몰았다.

"오빠, 나 좀 살려 줘."

아내는 의식을 잃어 가는 와중에도 뜨거워 죽을 것 같다고 소리쳤다. 아내에게 해 줄 것이 아무것도 없는 나는 하늘을 저주했다. 조금만 참으라는 말만 반복하고 있는데 앞쪽에서 빨간 구급차가 비상등을 번쩍이면서 다가오는 모습이 보였다. 차를 옮겨 타고 인근 병원으로 달려갔더니 응급조치를 해 준 다음 조금이라도 빨리 화상전문병원인

H 병원으로 가라고 일러 줬다. 하얀 거즈를 전신에 덮은 채 링거를 매달고 다시 H 병원으로 향했다.

가는 동안 고통을 호소하는 아내의 귀에 대고 조금만 더 참으라고 속삭이듯 애원하자 한차례 실눈을 뜨고 바라보더니 병원에 도착할 즈음에 힘없이 눈을 감았다. 숨을 거둔 줄 알았던 아내의 팔에 꽂힌 링거액이 아련한 시계(視界) 속에 똑똑 떨어지고 있는 것을 보고서야 심장이 뛰고 있음을 알 수가 있었다. 수술실 문이 닫히고 대기실에 앉아 있는 동안 나는 결혼 후 아내를 즐겁게 해 주지 못했다는 죄책감에 시달렸다.

다섯 시간의 긴 수술이 끝난 후 의사가 나와 전신 3도의 중화상인데 최악의 상황은 면했다고 했다. 의사에게 연거푸 고개를 숙이고 끝까지 버텨 준 아내에게도 가슴속 깊이 감사했다. 떨어지지 않는 손으로 처가 식구들과 우리 가족에게 연락을 했다. 전화를 받은 장모님은 상황파악이 안 되는지 배 속의 아이 걱정부터 했고 누나는 얼굴이 괜찮은지 물었다.

상상조차 해 본 적이 없는 상황에 맞닥뜨려 밤낮을 느끼지 못한 채 만 하루가 지난 후 짧게나마 면회가 허락되었

146

다. 아내를 처음 보는 가족들은 죽음을 헤치고 살아 돌아왔다는 기쁨보다 심각한 모양새에 경악했다. 온몸을 미라처럼 붕대로 칭칭 감아 움직일 수도 없을 뿐만 아니라 눈마저 거즈로 덮어 놓아 주변은 물론 천장을 바라볼 수조차 없었다. 시트 위에 손을 올려놓음으로써 나를 느낄 수 있게 했고 아내는 그런 상황에서도 뭔가 희망을 찾고 있는 듯 눈꺼풀을 들썩거렸다. 이제 다시는 예전의 모습으로 돌아갈 수 없게 된 가혹한 현실을 아내가 어떻게 감당할지 눈앞이 캄캄했다. 살아 줘서 고맙다는 말과 함께 치료하면 좋아질 거라고 격려하는 것이 고작이었다.

면회가 끝나고 실성한 사람처럼 넋을 놓고 앉아만 있던 장모님은 뒤늦게 내 손을 쓰다듬으면서 불 속에 들어가 딸을 구해 냈다며 기운 빠진 목소리로 인사치레를 했다. 운전 장갑을 낀 덕에 가벼운 화상으로 그친 나는 서영이를 지켜 주지 못해 죄송하다고만 했다. 장모님은 애까지 가진 사람이 조심해야지 그 이상 어떻게 더 하느냐며 눈물을 훔쳤다.

"배 속의 핏덩이가 무슨 죄로……."

나는 그제야 또 한 생명이 죽어 냉동고 안에 들어가 있다는 사실을 깨달았다.

사산증명서와 아기 시신이 든 차가운 상자를 받아 들고 벽제 화장터를 찾았다. 새로운 슬픔이 밀물처럼 밀려 들어와 내 가슴을 짓이겼다. 화장이 끝난 다음 화부가 민망한 표정으로 유골 상자를 건네줬다.

"뼈가 없어서 재뿐이네요."

재가 되어 상자에 담긴, 온기도 존재의 흔적도 없는 아기를 가슴에 품어 봤다. 텅 빈 마음보다 더 가벼운 하얀 상자에 눈물 자국을 만들며 한 움큼도 되지 않는 재를 도자기에 옮겨 담아 가슴에 안고 천천히 화장터를 나왔다. 이 세상의 길이 아닌 것 같은 낯선 길을 따라 한참을 걸어가면서 붉은 눈물을 뿌리고 또 뿌렸다. 산비둘기 한 마리가 목청껏 울어 젖히며 저승과 맞닿아 있는 화장터 굴뚝 너머로 사라졌다.

시간은 나와 아내의 삶을 송두리째 무너뜨린 채 묵묵히 지나갔다. 아내의 얼굴을 동여맨 붕대도 풀었다. 모습을 드러낸 머리는 애초에 머리카락이라는 것이 없었던 것처럼 검붉게 번질거렸으며 이마 쪽으로 길게 꿰맨 자국이 그대로 드러났다. 그 밖에도 눈코 할 것 없이 이목구비 전체가 변해 버린 얼굴은 과정을 지켜보고 있지 않았더라면 나조차도 알아보기 힘들 정도로 완전히 다른 사람이 되어 있었다. 보는 순간 하마터면 고개를 돌려 외면할 뻔했다. 내 눈을 통해 자신의 모습을 상상해 보려 했을 아내는, 나의 굳은 얼굴을 보고 두 눈을 감아 버렸다.

아내의 안정을 위해 면회는 최대한 자제시키면서 대부분 시간을 장모님과 내가 지켰다. 치료는 겨드랑이나 허벅지의 성한 피부를 떼어 내 눈 가장자리, 입 주변, 목 언저리 등의 화상 부위에 이식하는 수술이었다. 다른 환자들의 말을 빌리면 피부이식 수술의 통증은 떼어 낼 때든 붙일 때든 상상을 초월한다고 했다. 수술실에서 나온 아내는 아직 마르지 않은 눈물을 보이면서도 고통에 관해 언급하지 않았다.

의사를 찾아가 내 피부 기증을 심도 있게 요청했으나 고개를 저었다. 피부는 다른 어느 부위보다 거부 반응이 심해 직계 가족의 기증이라고 해도 결국은 몇 주 내에 떨어져 나가기 때문에 임시방편으로 할 수는 있지만 증여자의 고생이 너무 심하고 타인의 경우는 그나마도 거의 불가능하다는 것이다. 주삿바늘은 불에 탄 피부가 굳어 사타구니에 꽂아야 했다. 그때마다 어금니를 짓누르며 아픔을 참고 있는 아내를 보노라면 내 눈에 바늘을 꽂는 느낌이 들었다. 시간이 지나면서 통증에 익숙해진 아내가 마침내 입을 떼기 시작했다.

"오빠 옷에도 불이 붙었었는데 괜찮아요?"

아내는 입 모양뿐만 아니라 발음이나 목소리도 완전히 변해 있었다.

"나는 별거 아냐. 미안해. 내 잘못이야."

"아니에요. 운이 나빴던 거예요. 그런데……."

아내는 고개를 강하게 흔들고는 결심한 듯 나와 눈을 마주했다.

"내 얼굴 알아볼 수는 있어요?"

"수술을 받으면 점차 나아진다고 했어."

아내는 뭔가를 더 물으려다 그만뒀다. 거울을 보겠다고 하면 어쩌나 걱정하다가 어물쩍 다른 질문으로 화제를 바꿨다.

"그런데 불은 어떻게 난 거야?"

"텐트 지붕 위에 불덩이가 떨어졌던 것 같아요."

"불덩이가?"

"위경련으로 아플 때라 착각인지도 모르겠어요."

뜻밖의 말에 놀라웠지만 하늘에서 불덩이가 떨어질 리도 없고 착각일 수 있다는 말에 더 묻지 않았다. 그런데 왜 뛰쳐나오지 않았느냐는 물음에 아내는 텐트 지퍼가 열리지 않았다고 대답하다 말고 당시의 절박했던 상황이 엄습하는지 소리 없이 흐느껴 울었다.

붕대 속으로 연거푸 눈물 줄기를 흘려 넣던 아내가 다시 나지막하게 물었다.

"아기는요?"

"이미 어쩔 수 없는 상황이었어."

아내의 목구멍 깊은 곳에서 들릴 듯 말 듯 짧은 울음소리가 새어 나왔다.

"그래서 어떻게 했어요?"

"화장했어."

나는 아내의 눈물을 닦아 주면서 짧게 대답했다.

"그럼 없어졌어요?"

아내의 입에서 침이 흘러나왔다. 목소리는 너무 쉬어 쇳소리 같기도 하고 스피커 소리 같기도 했다.

"작은 함에 넣어서 우선 안방에 가져다 놨어. 퇴원하면 같이 가서 묻어 주든지 뿌리든지 하려고."

아내는 말없이 옆으로 돌아누웠다. 뼈만 남은 등 위로 환자복이 가늘게 떨리고 있었다. 혹시라도 아기가 살아 있다면 아내는 그 사실 하나에 모든 삶의 의미를 걸고 싶었을 것이다.

아내가 이식수술을 받으러 수술실로 들어갔다. 얼굴 부위에 이어 계속되는 손가락 수술이다. 피부가 타면서 근육이 수축해 손가락이 뒤집힌 채 굳어 가고 있기 때문이다. 고통스러워하는 아내를 상상하며 가슴을 쥐어짜고 있는데 난데없이 경찰서 수사과라면서 전화가 걸려 왔다. 화재가 방화로 판명되어 조사하고 있는데 상황을 고려해 기다리다가 연락했다는 것이다. 그때까지 나는 아내의 말대로 착각을 했거나 쓰러지면서 뭔가 화기를 건드렸을 거라고만 여기고 있었다. 잠시 잃고 있던 정신이 번쩍하고 되돌아온 느낌이 들었다.

"어떤 놈이요?"

전화기를 들고 복도로 뛰쳐나가면서 소리쳤다. 형사가

범인은 아직 밝혀지지 않았다며 자세한 얘기는 만나서 하자고 했다. 퍼뜩 정호라는 녀석의 얼굴이 떠올랐다. 내 목소리가 심상치 않았는지 병문안 와 있던 누나가 따라 나와 쳐다봤다.

"어떤 놈이 불을 지른 거래."

"누가 그래?"

벌어진 입을 다물지 못하는 누나도 나와 같은 생각을 했을 것이다.

서둘러 경찰서를 찾았다. 형사는 전화로 협조를 구하던 때와는 사뭇 달랐다. 나를 앞자리에 앉히더니 대뜸 현장에서 자리를 떠났다가 되돌아온 이유를 파고들 듯 물었다. 불쾌한 감정을 누르고 당시의 심정을 간략하게 얘기했다. 형사는 좀 더 구체적으로 말해 달라고 다그쳤다.

"임신 중인 아내에게 별로 친절하지 않았던 점이 마음에 걸렸습니다."

형사는 거듭 친절하지 않았다는 내용이 뭔지 예를 들어 설명해 달라고 물고 늘어졌다.

"그따위 추리로 범인을 잡겠어요?"

참다못해 버럭 소리치자 형사는 쭈뼛하다가 눈살을 있

는 대로 찌푸리며 그게 무슨 소리냐고 물었다.

"아내가 저 지경이 되고 배 속에서 발차기 하던 아기를 잃은 피해자한테 이게 무슨 개뼉다귀 같은 태돕니까? 먼저 위로를 표하고 범인을 잡지 못한 사실에 대해 양해를 구한 다음 얼토당토않은 선입견을 배제하고 물어봐야 하는 거 아닌가요?"

안에 있던 다른 직원들이 일제히 이쪽 자리를 쳐다봤다. 뜻밖의 상황에 형사는 할 말을 찾지 못하고 주변을 쳐다보다가 본의 아니게 결례를 했다면 죄송하다며 태도를 바꿨다. 그러고는 내가 말한 대로 절차를 밟은 후 같은 질문을 다시 했다. 딱딱하게 굳은 얼굴에서 두고 보자는 오기가 엿보였다. 나는 당시의 심정과 상황을 돌이켜 생각해 보면서 꽤 긴 시간 동안 있는 그대로 설명해줬다.

"텐트 주변에서 누구 본 사람은 없었습니까?"

얘기를 듣는 중간부터 표정이 바뀐 형사가 위로까지 하면서 조심스럽게 물었다.

"사람은 없었고 다른 화가들이 타고 온 차 두 대가 텐트 위쪽 평지에 있었습니다. 검은색 소나타 한 대랑 차종은 모르겠는데 승합차 한 대였습니다."

"당시 백준규 씨를 보았다고 말한 사람들이 있습니다."

형사가 말을 하고 다소 겸연쩍은 표정으로 나를 바라봤다.

"그 사람들은 불이 난 것을 보고도 구경만 하고 있었답니까?"

나도 모르게 욱해진 목소리가 튀어나오자 형사는 재빨리 손을 가로저었다.

"건너편에 있다가 달려왔던 모양이더라고요. 오늘 시간에 맞춰 와 달라고 했습니다."

형사를 따라가 봤더니 방 안에는 두 사람이 앉아 있었다. 그중 하나는 공교롭게도 예전에 아내의 몸매에 대해 저질농담을 지껄여 나에게 호된 혼찌검을 당한 적이 있는 동호인 화가였고 또 한 사람은 머리가 짧고 덩치가 큰 젊은이였다.

"이쪽은 초면이실 테고 강 화백님과는 서로 아시지요?"

화재 현장에서 본 내용을 다시 한번 들려 달라는 주문을 받은 강 화백은 목례로 알은체를 한 다음 정중하게 위로를 표하고 이야기를 시작했다.

"저는 냇물 건너 바위 위에 앉아 맞은편 '돌고개마을'을 스케치하고 있었습니다. 우리끼리 '염라대왕바위'라고 부르는 널따란 바위죠. 그림을 그리다가 잠시 허리를 펴고 얼핏 캠프 쪽을 보게 되었습니다. 근처에 차 한 대가 서고 남자가 내린 다음 뒤따라 현 선생님이 내리더군요. 그래서 바로 백 교수님인 걸 알았지요."

강 화백은 확인이라도 하듯 중간중간 나를 쳐다보면서 하던 말을 계속했다.

"백 교수님은 차에서 내려 이젤과 가방을 꺼내놓고 바로 떠나는가 싶었는데 잠시 후에 되돌아와 텐트를 향해 뭔가를 던지고 가는 것 같았습니다. 거리가 멀어서 뭔지는 볼 수 없었지만요."

그때까지 나도 잊고 있었던 일이었다. 강 화백의 말이 끝나자 모두 나를 쳐다봤다. 듣고 보니 그 일로 형사가 나를 의심할 수도 있겠다 싶었다.

"양말이었습니다. 집사람은 손발이 유난히 차가운 사람입니다. 그래서 내가 등산할 때 사용하던 방한 양말을 가져와 옆자리에 두었었는데 그냥 내렸더군요. 그래서 조금 가다 차를 돌려 텐트 앞에 던져 두고 갔습니다. 집사람이 꾸러미를 아니까 보면 알 거라 여긴 거죠."

"그러니까 두 번째 되돌아오시기 전을 말씀하시는 거죠?"

형사가 끼어들어 다른 사람들의 이해를 돕기 위한 보충 질문을 했다. 내가 그렇다고 대답하자 강 화백은 과장되게 고개를 주억거린 후 말을 이었다.

"저는 별생각 없이 그림을 계속 그렸죠. 그런 일이 있고 난 얼마 후 텐트 쪽에서 까만 연기와 함께 불길이 솟아오르는 것이 보였습니다. 깜짝 놀라 돌다리를 건너 달려가는데 백 교수님이 텐트 안에서 현 선생님을 안고 나왔습니다. 그러고 나서 어딘가에 전화를 건 다음 제가 거의 다가갔을 때 차에 태워 떠났고요. 나중에 알고 보니 119에 전화를 거시고 나서 구급차를 만나 옮겨 타셨더군요. 길가에 세워 둔 차를 보고 알았습니다."

두 번째로 젊은 남자는 근처 부대에서 헬리콥터를 조종하고 있는 현역군인이라고 먼저 자신을 소개한 다음 말을 이었다.

"그날은 휴가 중이라 친구 둘과 친구 후배 하나, 이렇게 넷이 계곡 상류에 있는 백숙집에서 만나기로 했었습니다. 오다 보니 약속 시간이 많이 남아 물 구경도 할 겸 둑 위로 천천히 걸어 올라가다가 잠시 앉아 쉬고 있던 참이었습니다."

이후 불을 보게 된 상황은 강 화백과 별로 다를 게 없었다. 불이 피어오르는 것도 보고 한 남자가 차에 사람을 태우고 가는 것을 봤다는 것이다. 그러다가 약속 시간이 되어 서둘러 백숙집으로 갔다는 내용이었다. 나는 군인의 말을 듣는 중에 친구의 후배가 어쩌면 한정호일지도 모른다는 막연한 생각이 스쳐 지나갔으나 설마 싶어 묻지는 않았다.

군인의 말이 끝나자 형사는 모두에게 감사하다고 인사말을 한 후 나를 향해서는 다시 연락할 사항이 있으면 전화할 테니 협조해 달라는 말로 마무리했다. 그는 발화지점이 천장인 것으로 보아 외부에서 방화한 것으로 단정했으며 내가 뭔가를 던졌다는 강 화백의 말을 듣고 나를 의심했던 것에 불과했다. 나는 방화가 분명하다는 인식을 시켜주기 위해서라도 아내가 봤다는 불덩이에 관한 내용을 그대로 들려줬다.

강 화백과 헤어지고 군인과 같은 방향으로 몇 발자국 가다가 나는 끝내 그날 함께 있었던 친구 후배 이름이 혹시 한정호라는 사람 아니냐고 물었다.

"예, 한정호 맞습니다."

군인은 순간적으로 대답한 후 나를 지켜봤다.

"혹시나 해서 물어봤는데 맞았군요."

군인은 멈칫거리면서 말을 이어 갔다. 뉴욕에서 요리 공부를 했다는 말에 모두 재미있어했고 얼마 지나지 않아 급한 일이 있다며 먼저 돌아갔다는 것이다.

"그 후배도 화재 현장을 봤다고 하던가요?"

"모르고 있는 것 같았습니다."

그러면서 그가 화재와 무슨 관계라도 있느냐고 캐묻듯 물었다. 나는 아직 단정 지어 말할 단계가 아니라 뭐라 대답하기가 좀 그렇다면서 이 자리에서 확인해 볼 테니 친구에게 후배 전화번호를 물어봐 달라고 했다. 군인은 잠깐 망설이다가 조금 떨어진 곳으로 혼자 자리를 옮겨 나를 흘깃흘깃 바라보며 전화를 걸었다. 나는 불을 지른 놈이 녀석이 맞을 경우 기필코 나무에 묶어 불에 태워 죽이겠다고 이를 악물었다.

한참 만에 통화를 끝낸 군인이 다가와 생각보다 흔쾌하

게 전화번호를 알려 주었다. 그러고 나서 친구가 삼거리에서 만나 같이 버스 타고 왔다더라고 묻지도 않은 내용까지 말해줬다. 해석하기에 따라서는 삼거리에서 만난 것이 불을 지른 증거가 될 수도 있을 것이다. 나는 군인에게 확인도 시킬 겸 그 자리에서 전화를 걸었다. 군인도 서서 기다렸다. 신호가 가는 동안 터질 것 같은 가슴을 가라앉히면서 귀를 기울였으나 곧바로 전원이 꺼져 있다는 안내가 나왔다. 다시 걸어도 마찬가지였다. 지켜보고 있던 군인에게 전화를 받지 않아 확인을 못 하겠다고 양해를 구한 다음 바로 헤어졌다.

돌아오는 길에 아내가 근무하는 학교의 송희숙 선생을 찾아갔다. 송 선생은 화재 얘기를 듣자 소스라치게 놀라며 병원부터 물었다. 병문안은 아내의 상태가 좋지 않아 다음에 생각하자면서 우선 정호를 만나고 싶다고 했더니 눈을 크게 뜨고 바라봤다. 나는 구체적인 설명 대신 석연찮은 구석이 있어 그렇다고만 말했다. 송 선생은 눈을 깜빡거리며 뭔가를 생각하다가 자기가 경솔했었다고 뜻밖의 말을 했다. 정호가 찾아왔을 때 자신이 섣불리 아내의 결혼 얘기를 꺼낸 것도 영향을 끼쳤을 거라는 말이었다. 그런 일을 전혀 모르고 있던 나는 내심 같은 아쉬움이 들었지만 어떻게든 아는 거야 시간문제였을 거라고 대답했다. 송 선생은 아내에게 정호를 너무 감상적으로 대하지 말라는 충고를 해 준 적이 있다고 탄식을 하다가 아무리 그렇다 한들 그런 짓까지 했을 리는 없다며 고개를 저었다. 나는 여러 가지 이유로 하루속히 그 아이를 만나야겠다며 집 주소와 전화번호를 알아봐 달라고 부탁했다.

2

아침 일찍 아내가 수술실로 들어갔다. 목에 생긴 상처에 달라붙은 딱지를 긁어내고 허벅지의 피부를 벗겨 이식하는 수술이다. 온몸이 졸아드는 것 같은 초조함을 복수심으로 짓누르고 있는데 송 선생으로부터 전화가 걸려 왔다. 정호의 집 주소와 전화번호를 받아 적은 나는 만사 제쳐놓고 집을 찾아 나섰다. 인터폰을 받은 아주머니에게 선배되는 사람이라며 단도직입적으로 정호를 찾아왔다고 말했다.

"아직 병원에 있습니다."

"입원했습니까? 언제요?"

아주머니는 그제야 내가 아무것도 모르고 있다는 사실을 알고는 말하기를 꺼렸다. 가까스로 지난달에 S 병원에 입원했다는 얘기까지 들을 수 있었지만 어디가 아픈지는 끝내 말하지 않았다. 병원으로 돌아와 보니 수술실에서 막 나온 아내는 통증을 견디느라 아무 말도 하지 못했다. 나는 거듭 정호의 범행을 확인한 후 복수할 것을 다짐했다.

다음 날 일찌감치 장모님에게 아내를 부탁하고 정호가 입원했다는 병원으로 달려갔다. 안내 직원이 알려 준 대로 병실 문을 열고 들어서자 중년 남자가 책을 보고 있다가 천천히 일어서며 나를 맞이했다. 정호의 아버지였다. 명함을 건네주고 나를 밝히자 창밖을 바라보고 누워 있던 정호가 벌떡 일어나 앉아 고개를 숙였다.

"나랑 만난 적이 있지?"

정호의 얼굴은 몹시 야위어 있었고 우두망찰 바라만 보던 두 눈에 금세 눈물방울이 대롱거렸다. 어디가 아프냐고 물어보려는데 정호 아버지가 잠깐 밖에 나가서 얘기하자며 가로막았다.

"아버지, 그냥 여기서 말씀하시면 안 돼요?"

"나중에 얘기해 줄 테니까 잠시 있어라."

"잠깐만요. 선생님은 지금 어떠세요? 많이 아파하세요?"

정호 아버지는 애타게 묻는 아들에게 바로 오겠다고 달랜 후 앞장서 밖으로 나갔다. 벤치에 나란히 앉은 그는 일부러 찾아온 사람에게 예의가 아닌 줄 알지만 아들의 상태가 안정되어 있지 않아 그런 것이니 이해해 달라고 양해를 구했다. 내가 후련하게 대답하지 않음으로써 감정을 표현하고 바로 본론으로 들어갈 채비를 하는데 그가 먼저 말을 꺼냈다.

"현서영 선생님이 결혼하셨다는 얘긴 오래전에 들었습니다."

"오래전에요?"

"작년 봄에 현 선생님이 미국으로 전화를 하셨었습니다."

대번에 하남소방서 소방관으로부터 전화를 받았던 날의 일이 떠올랐으며 지금 같은 상황에 그런 얘길 꺼낸다는 것이 좋은 의도로 보이지는 않았다.

"제 아내가 지금 어떤 상황에 놓여 있는지도 아십니까?"

"화재로 입원해 계시다고 들었습니다."

내가 짐짓 입을 다물고 있자 그가 먼저 알게 된 경위를 설명했다. 불이 나던 날 아들이 장흥에서 약속이 있다기에 자신이 직접 데려다주었는데 선배가 와서 함께 가는 걸 봤으며, 그날 식당에 온 사람 중 하나가 먼발치로 화재 장면을 목격했다고 말해 아들이 혹시나 해서 확인을 한 후 아내의 화상을 알게 되었다는 것이다.

"그래서 사실은 내가 먼저 교수님을 찾아뵈려고 했었습니다."

"무슨 일로요?"

정호 아버지는 잠시 시간을 둔 후 다시 입을 열었다.

"현 선생님이 결혼한 것을 알고부터 한순간도 그 속에서 빠져나오질 못하고 있었습니다."

"그게 저희 탓이라는 말씀입니까?"

"조금만 더 들어주십시오. 그런 판국에 선생님이 중화상을 입었다는 것까지 알고 나서는 한마디로 미쳐 가고 있어요."

"그런데요?"

결론적으로 아내 때문에 정호가 아프다는 말이냐고 언

성을 높였더니 한동안 입을 다물고 있다가 양 손바닥으로 얼굴을 문지르고는 결심한 듯 입을 열었다.

"뭔가 궁금한 내용을 알아보기 위해 오신 것 같은데 겸 사겸사 우리 아이가 현 선생님을 만나 볼 수 있도록 해 주 시면 안 되겠습니까?"

아내를 만나 보기 위해 병원에 문의해 봤는데 가족 외에 는 면회가 안 되는 환자라며 입원실조차 가르쳐 주지 않더 라는 것이다. 나는 그의 몰염치한 태도에 부아가 치밀었다.

"아드님을 위해서요?"

"두 분 처지가 오죽하실까 싶으면서도 당장 우리 애가 무슨 일이라도 저지를 것만 같아 부탁드리는 겁니다."

정호가 음식은커녕 물 한 모금 넘기지를 못해 링거에 의 존하고 있으며 억지로 먹이기도 했지만 이내 토하고 만다 는 것이다. 그는 애오라지 자기 아들 생각뿐이었다. 내가 단도직입적으로 화재에 관해 얘기를 꺼내려는데 입원실 창문 안전망 뒤에서 이쪽을 바라보고 있는 정호의 얼굴이 보였다. 내 시선을 쫓아 그도 한차례 바라봤다.

"집사람이 화상을 입은 건 누군가의 방화 때문입니다. 그런데 그날 공교롭게도 아드님이 현장에 있었습니다."

"설마 우리 아이가 불이라도 질렀다는 말씀입니까?"

"정호 군이 그날 장흥에 간 게 우연이라고 생각하십니까?"

"초점을 그렇게 맞추기로 한다면 부인께서 장흥에서 그림을 그린다는 사실을 우리 아이가 어떻게 알고 있겠습니까."

나는 그의 멱살이라도 잡을 뻔한 것을 간신히 억눌렀다. 궤변도 그런 궤변이 없었다.

"집사람이 알려 주고 정호 군을 기다리기라도 했다는 말씀입니까?"

"복합적인 의미로 얘기했을 뿐, 나도 부인께서 그랬다고는 생각하지 않습니다."

잠시 할 말이 없어졌다. 그가 말한 복합적인 의미를 구체적으로 묻고 싶었지만 나도 알고 있는 내용일 게 뻔했다. 불쾌감은 걷잡을 수 없을 만큼 커졌고 정호를 의심했던 마음은 아예 확신으로 바뀌었다. 녀석은 불을 낸 후 견딜 수 없을 만큼 가책을 받아 정신이상 증세가 생긴 것이 분명하다.

"지금 제 심정에 그런 부탁을 들어드릴 수는 없고 제가 직접 아드님에게 몇 가지 확인할 수 있도록 해 주십시오."

"세상에 제 자식 두둔하지 않는 부모가 어디 있겠습니까마는 우리 아이는 결코 교수님이 의심하시는 그런 일을 저지를 성품이 아닙니다. 내가 너무나 잘 압니다."

"정황이 그렇게 말하고 있는 것 아니겠습니까."

"100% 오햅니다. 믿지 못하시겠다면 원하시는 대로 직접 물어보셔도 좋습니다."

정호 아버지가 격앙된 목소리로 말했다. 뜻밖이었다. 내가 그러겠다며 일어서자 그는 머뭇거리지 않고 입원실을 향해 앞서갔다. 우리가 돌아오는 것을 보고 있던 정호가 초조한 얼굴로 병실 앞에서 기다리고 있었다. 그는 아들을 데리고 들어가 병실 문을 닫으면서 바로 얘길 꺼냈다.

"교수님이 궁금한 게 있다고 해서 모시고 왔다. 그날 화재에 관해서 말이야."

"먼저 선생님의 상태가 어떠신지 말씀해 주실 수 없으세요?"

정호가 매달려 빌듯이 물었다.

"전신에 3도 중화상을 입어 가까스로 죽음을 면했어. 괴물의 얼굴을 한 채 다시는 예전으로 돌아갈 수도 없고. 치료라고 해 봐야 허벅지나 등허리 피부 등을 벗겨 화상이 심한 얼굴과 손가락에 이식하는 게 고작이야. 지금은 죽지 않고 살아난 것을 원망하면서 하루하루를 살고 있어. 이 모든 게 다 어느 놈인가의 방화에 의한 것은 두말할 필요도 없고…….”

정호는 초점 없는 눈으로 나를 보고 있었다. 이어서 내가 결정적인 질문을 하려는 순간 정호 아버지가 불쑥 끼어들어 잠깐! 하면서 말을 막았다.

“교수님은 불을 지른 게 너 아닌지 확인하고 싶어 하시는구나.”

말조심을 주문하는 것 같은 아버지의 말이 끝나자 정호가 벽에 양손을 짚고 얼굴을 갖다 댄 채 듣기에도 섬뜩한 괴성을 지르기 시작했다. 정호 아버지가 달려가 등을 어루만지다가 소스라치게 놀랐다. 나도 마찬가지였다. 녀석의 얼굴에 그어진 길고 깊숙한 상처에서 새빨간 피가 방울방울 흐르고 양손의 손톱에는 얼굴에서 파인 벌건 살 껍질이 고스란히 박혀 있었다. 울음소리는 흡사 덫에 걸린 산짐승의 울부짖음이었다. 그야말로 순간적인 일이었다. 내 얼굴에도 오돌오돌 소름이 돋았다. 정호 아버지는 아들을 힘껏 끌어안았다.

"제가 그랬어요. 제가 그랬다고요!"

아버지를 뿌리친 정호가 갑자기 내 발목에 매달려 연거
푸 소리쳤다.

"너 지금 무슨 헛소리를 하는 거냐? 너는 그때 불이 난
것도 모르고 있었잖아."

"아니에요. 제가 불을 지르고 불구경을 했어요!"

"교수님 설마 이 아이의 말을 액면 그대로 믿고 계시는
건 아니죠?"

정호의 울부짖는 소리는 병동 전체를 울리며 퍼져나갔
다. 몰려든 사람들을 제치고 간호사와 의사가 달려와 강제
로 진정제를 맞혔다. 나는 담당 의사로부터 호된 질타를
받은 후 입원실 문을 나섰다. 정호 아버지의 원망스러운
눈빛이 내 뒤통수를 쫓았다.

정호로부터 자백과 같은 말을 듣고도 나는 예상치 못한
허탈감에 빠졌다. 아내의 상태에 대해 듣고 자포자기하는
심정으로 내뱉은 말일 수 있다는 생각이 들었기 때문이다.
그렇다고 녀석의 결백을 믿은 건 아니었다. 한편으로는 녀
석이야말로 마음만 먹으면 무슨 짓이든 할 수 있을 것처럼

보이기도 했다. 고심 끝에 경찰서를 찾아갔다. 형사는 꼼꼼하게 메모를 하면서 듣더니 한정호를 만나 조사를 마치는 대로 연락하겠다고 했다.

비뚤어진 눈꺼풀을 올려 뜨고 바라보는 아내의 얼굴은 그날따라 나를 견딜 수 없는 슬픔으로 몰아넣었다.

"학교에 갔었어요?"

고개를 끄덕이면서 검붉고 반질반질한 아내의 손을 잡았다. 손등 위로 파랗게 비치는 핏줄이 힘들게 팔딱거린다. 아내의 시선이 가 있는 도로 건너 한강 매립지 아파트 위로 회색 구름이 복잡한 세상을 빠져나가듯 지나가고 있었다. 짐승처럼 울부짖던 정호의 모습이 다시 떠올랐다. 내가 잠자코 있자 아내가 손을 함께 잡으면서 손등을 문질렀다. 아내의 손은 야윌 대로 야윈 데다 얼음장처럼 차가웠다.

"내 걱정 너무 하지 말아요. 미안해요."

순간, 나도 모르게 아내의 손을 뿌리치고 자리에서 일어나며 소리쳤다.

"뭐가? 뭐가 미안한데? 뭐가 미안하냐고?"

나 자신도 예상치 못한 폭발이었다. 눈썹 없는 아내의

눈꺼풀 밑으로 금세 눈물이 대롱거렸다. 나는 주체할 수 없는 감정 속으로 한 걸음 더 깊숙이 빠져들었다.

"당신도 좀 제발 큰 소리로 울고, 어느 놈이 불을 던진 건지 꼭 찾아서 복수해 달라고 하소연도 하고, 얼굴을 되찾게 해 달라고 매달리기도 하고 그러란 말이야. 나는 당신의 남편이야. 말도 안 되는 생떼도 쓰고, 끌어안고 밤이 새도록 울어 볼 수도 있는 남편이라고. 당신이 나를 사랑하는 사람 같으면 벌써 그러고도 남았을걸! 내가 아니라 정호가 곁에 있었더라면 그랬을 거야. 안 그래?"

말을 이어 가는 동안 나는 걷잡을 수 없는 감정에 빠졌다. 가슴속에 갇혀 있던 미안함과 안쓰러움이 화로 돌변해 용트림을 한 것이다. 아내는 아예 눈을 감았다.

"그 녀석은 당신 얘길 했더니 지 손톱으로 얼굴을 벌겋게 긁어내리면서 통곡을 하더라. 지 놈이 뭐라고."

"정호를 만났어요? 왜요?"

금세 초롱초롱해진 아내의 눈을 보는 순간 내 감정이 다시 튀어 올랐다.

"텐트 위로 불덩이가 떨어졌다고 했지? 맞아! 그 말이 맞는다고. 던진 놈이 있으니까 말이야. 어느 놈이 던졌는지도 말해 줄까? 당신을 이 모양 이 꼴로 만들어 놓은 놈이 누군지 말이야."

"그만 하세요, 오빠. 그때 텐트 창으로 도망치는 사람이 보였었는데 여자였어요. 분명 아주머니였다고요."

아내는 새어 나오는 침을 연신 닦으면서 힘들게 말했다. 순간 둔기로 뒤통수를 맞은 것처럼 멍해진 나는 할 말을 잃고 말았다.

"지금 무슨 소릴 하는 거야? 여자를 봤다고?"

"예, 불붙은 나를 보면서 도망치는 여자를요."

"그런데 왜 이제껏 말하지 않았어?"

"그동안 잊고 있었는데 곰곰이 생각해 보니까 기억이 났어요."

녀석의 소행인 것을 알고 거짓말을 한다는 의심이 들었지만 아내를 너무 과하게 몰아세워 후회도 되고 어차피 경찰서에 의뢰한 터인지라 더는 그 일에 대해서 말을 꺼내지 않았다. 두 손을 잡으면서 큰 소리 내서 미안하다고 사과하고 경찰서에 다녀왔다는 말도 해줬다. 아내는 우려했던 것보다 순순히 사과를 받아들였다.

이틀 후 형사가 병실로 찾아왔다. 형사는 아내가 내 눈치를 살피는 것처럼 보였는지 잠시 자리를 비워 달라고 양해를 구한 다음 한 시간가량 얘기를 나누고 돌아갔다. 내가 기다리는 것을 보고도 좀 더 조사해 본 후 연락하겠다고만 하고 별말이 없었다. 병실에 들어가자 아내는 자기가 본 대로만 얘기했다고 짧게 설명한 후 더는 말하려 들지 않았다.

다시 며칠이 지나 형사한테 연락이 왔다. 아내의 말도 들어 보고 한정호랑 그의 아버지, 선배까지 만나봤는데 결론부터 말하자면 한정호는 혐의가 없다는 것이다. 이유는 단순했다. 아버지가 정호를 삼거리까지 데려다준 다음 차를 돌려 나가면서 선배와 함께 올라가는 것을 보았고 그 이후는 백숙집에 같이 간 선배가 증인이라고 했다. 그리고 아내도 당시 나이 든 아주머니가 불붙은 자기를 보면서 도망가는 것을 보았다고 말했다며 방화범을 여자로 한정지었다.

아내가 위증할 수도 있지 않겠느냐고 말할 수는 없었다. 실망해야 할 이유는 없지만 허망한 건 분명했다. 그러나 한편으로는 아내가 화재에 관해 형사나 내게 한 말이 사실이기를 바랐다. 그 후 아내는 말수가 급격히 줄었다. 나에게 화가 나 있는 것도 아니었다. 누군가가 옆에서 간호하는 것도 싫어했다. 온종일 눈을 감고 의식을 잃은 사람처럼 꼼짝도 하지 않았다. 너무나 움직이지 않아 슬그머니 콧바람을 확인할 정도였다. 당장에 무슨 일이라도 저지를 것만 같았다.

그러던 어느 날 아내가 침대에서 일어나 앉으면서 휴대전화를 달라고 했다. 의사의 당부도 있고 해서 아내에게 일절 거울을 보여 주지 않았고 자신도 보려고 하지 않았었다. 화상환자 병실은 유리창도 얼굴이 비치지 않는 뿌연 유리로 되어 있다.

"잘 참아 왔잖아. 병실에서는 핸드폰을 못 쓰게 되어 있고."

손을 맞잡고 수술이 다 끝날 때까지 조금 더 기다리라고 조심스럽게 말했다. 내 말이 끝나기도 전에 아내는 손을 뿌리치고 휙 돌아누워 꼼짝도 하지 않았다. 듬성듬성한 머리칼과 야윈 등판을 보고 있자니 가슴이 바위에 짓눌려 부서져 내리는 것만 같았다.

"어느 정도예요?"

아내가 다시 벌떡 일어나 물었다. 나는 어물거리면서 꾸준히 치료받고 수술해 나가면 좋아질 테니까 그때 보자는 얘기만 반복했다.

"못 알아볼 정도예요?"

아내는 물러서지 않았다. 나는 거듭해서 좀 안 좋다는 말일 뿐이지 그렇지 않다고 달래듯 설명했다. 아내는 내 눈동자에 비치는 자신을 들여다보는지 내 마음속을 들여다보는지 한참 동안 나를 빤히 쳐다보고는 쭈르륵 눈물을 쏟았다.

그런 일이 있고 나서 아내가 간신히 안정을 되찾을 즈음이었다. 대전에 사는 큰처형이 병문안을 다녀갔다. 배웅을 마친 아내가 화장실에 들어갔는데 갑자기 멀리서 나는 듯한 비명소리가 들렸다. 분명 화장실 안에서 나는 소리였다. 문은 안쪽에서 잠겨 있고 비명은 몇 번이고 계속되었다. 몸으로 문을 차고 들어가 봤더니 아내가 변기 안에 얼굴을 처박은 채 구역질을 하면서 소리를 지르고 있고 바닥에는 어디서 났는지 모를 손바닥만 한 거울이 떨어져 있었다. 큰처형을 따라왔던 조카아이가 놓고 간 거울이었다. 아내는 제정신이 아닌 상태로 악을 썼다.

"이건 나 아냐. 내가 아니라고!"

"서영아, 진정해. 얼굴은 고쳐 나가면 되고 우리 모두 똑같이, 아니 예전보다 더 당신을 사랑하고 있잖아."

끌어안고 제아무리 달래도 고함은 멈추지 않았다. 다른 병실 사람들이 살그머니 문을 열고 구경했다.

"다 필요 없으니까 제발 나 좀 죽여 줘. 나 이렇게는 살고 싶지 않단 말이야."

아내는 나를 힘껏 뿌리치고 병실 밖으로 뛰쳐나가 비상계단 문을 열려고 했다. 재빨리 달려가 양팔로 안으려다가 몸부림치는 아내의 발에 내 발이 걸려 넘어졌다. 이식수술 중인 아내를 거칠게 다룰 수도 없었다. 아내가 악을 쓰며 빠져나가 비상계단 문을 열고 뛰어내리려 몸부림치는데 누군가가 쏜살같이 달려와 나를 거들었다. 양쪽 볼에는 인디언의 색칠 같은 긴 흉터가 여기저기 보였다.

"이거 놔! 놓으라고! 누구 멋대로 나를 이렇게 만들어서 살려놨느냐고!"

의사와 간호사가 달려와 붙들어도 막무가내였다.

"선생님! 왜 이러세요?"

순간 아내의 고함소리가 사라지고 복도가 갑자기 조용

해졌다.

"저 정호예요."

아내는 잠시 멍한 눈으로 정호를 바라보다가 여길 어떻게 왔느냐며 거칠게 화를 내기 시작했다. 정호는 그렁그렁한 눈으로 아내를 응시하면서 덜퍼덕 무릎을 꿇었다.

"선생님, 제발 이러지 마세요."

"보기 싫으니까 당장에 내 눈앞에서 사라져! 빨리!"

화를 내기는 아까와 마찬가지였으나 아내는 어느 정도 이성을 찾은 듯 보였다. 엉거주춤 서서 둘의 얘기를 듣고 있다가 정호의 어깨를 일으켜 세우며 우리가 알아서 할 테니 그냥 가라고 하고 있는데 경비원이 달려왔다.

"갈게요, 선생님. 저 갈 테니까 선생님 정신 차리세요. 그리고 잊지 마세요. 정호는 항상 선생님 곁에 있다는 사실을요. 만약에 선생님이 잘못되면 그 순간 저도 이 세상에서 사라질 거예요. 아셨죠? 절대 잊지 마세요."

정호는 끌려가면서까지 뒤를 향해 소리쳤다. 나는 어처구니없게도 정호가 외치는 소리를 들으면서 눈이 시큰했다. 아내는 정호를 물끄러미 바라본 후 병실로 돌아와 진정제를 맞고 잠이 들었다. 그런 일이 있고 나서 아내는 생각보다 빨리 정상으로 돌아왔지만 속마음은 알 길이 없었다. 이후 병실은 나와 장모님, 누나가 번갈아 지켰고 가끔은 처형들과 처남이 찾아와 묵고 가곤 했다. 나는 그런 틈새에 집에 들르거나 학교 일을 보러 다녀왔다.

아내에게 신경을 곤두세우고 있던 마음이 다소 놓여 가고 있었다. 잠들어 있는 아내를 지켜보고 있는데 아침 일찍 누나가 왔다. 마침 학교에 갈 일이 있어 반갑게 맞이한 후 아내를 부탁했다. 차를 몰아 정문을 향해 가다가 벤치 위에 쭈그리고 앉아 있는 남자를 보게 되었다. 가까이 가보니 짐작대로였다. 차에서 내려, 한정호! 하고 부르며 다가가자 벌떡 일어나 인사를 했다. 새벽같이 왔다가 떨고 있었던 게 분명했다. 시침을 떼면서 여기 왜 이러고 있느냐고 물었다.

"혼자서 고통받으시는 선생님이 너무 불쌍해요. 얼마나 외로우시겠어요."

정호는 다소 뜻밖의 표현을 하고 연신 눈을 훔쳤다. 짠한 마음으로 지난번에는 거울을 보고 충격을 받아 그랬는데 이제 괜찮으니 걱정하지 말라고 했다. 말을 끝내고 한

차례 등을 쳐 주려는데 양볼에 길고 검붉은 흉터가 눈에 들어왔다. 순간 정호가 정말 화재와 관계가 없는지 마지막으로 확인하고 싶은 충동이 생겼다.

"그건 그렇고, 화재 말이야. 형사가 자네 짓이 아니라던데? 진실이 뭐야?"

정호는 못 알아들은 사람처럼 아무런 반응도 보이지 않다가 한참 만에 미안하다는 말만 하고 다시 입을 다물었다.

"거짓말을 한 거? 아니면 불을 지른 거?"

"책임이 있다고 생각합니다."

불은 지르지 않았지만 책임은 있다는 얘기냐고 다시 물었더니 애초에 자기가 없었더라면 이런 일은 벌어지지 않았을 거라는, 다소 모호한 말을 했다.

"결국 그날 불을 지른 건 아니라는 말이네?"

정호는 내 말에는 그다지 관심이 없어 보이다가 한참 만에 오죽하면 뛰어내리려고까지 했겠냐며 질문과 관계없는 자신의 감정을 드러냈다. 나는 이쯤 해서 내 생각을 접고 정호를 돌려보내는 편이 낫겠다는 결론을 내렸다.

"선생님이 외로울 정도로 방치하지도 않고, 어쨌거나 이

건 우리 가정문제일세."

이어서, 불을 질렀든 지르지 않았든 아까 직접 말했듯이 현 선생의 불행과 본인이 절대 무관하지 않다는 사실을 잊지 말라고 못 박아 말했다. 정호는 꼼짝 않고 있다가 천천히 일어나 고개를 숙이고 정문 밖으로 걸어 나갔다. 차에 올라타고 가다가 움츠린 자세로 걸어가고 있는 정호를 다시 쳐다봤다. 나는 별다른 생각 없이 차를 세워 가는 곳까지 태워다 주겠다고 말했다. 정호는 권하는 대로 차에 올라탔다. 어디로 가느냐는 물음에도 병원에서 아버지가 기다리고 있다고 순순히 대답했다.

"아버지가 자네 여기 온 걸 아셔?"

"그냥 잠깐 나갔다 오겠다고 허락받았습니다."

아버지의 심정을 이해할 것도 같았다. 어느 틈엔지 나도 정호를 이해하고 있는 게 분명했다. 정호가 입원해 있는 병원까지 한마디 말도 하지 않고 차를 몰았다. 해야 할 얘기가 많이 있을 법하면서도 쉽게 떠오르지 않았다. 정호가 불을 지른 게 아니라면 그렇게 탓할 이유도 없다. 정호도 전혀 말이 없었다. 어렵사리 이제 현 선생의 일을 잊고 자기 일에나 충실하라고 충고한 다음 중앙병동 입구에 차를 세웠다. 근처에서 서성거리던 정호 아버지가 아들을 발견하고 이내 쫓아왔다. 차에서 내려 인사하자 그도 정중하게 허리를 굽혔다. 그러고는 별말 없이 아들을 데리고 병원 안으로 들어갔다. 그날 이후 나는 화재와 정호와의 연관성을 머릿속에서 지웠다.

3

어느 날 아내가 전에 없이 담담한 목소리로 나를 불렀다.

"함 한번 보여 주면 안 돼요?"

"함? 그냥 재뿐이야."

"무슨 상관이에요. 어차피 죽은 아인데. 그냥 한번 보고 싶어요."

병실에 유골함을 들고 오는 게 남 보기 그러니까 퇴원한 다음에 집에 가서 보면 안 되겠냐고 말했지만 아내는 한사코 보고 싶어 했다. 쉽게 포기할 것 같지가 않아 곧바로 집으로 가 안방 수납장에 올려 둔 유골함을 들고 돌아왔다. 침대 모서리에 걸터앉아 기다리고 있던 아내는 조용히 팔을 벌려 노란 보자기로 싼 유골함을 안았다. 한참이 지난 후 보자기를 조심스럽게 풀었다.

"도자기가 귀여워요. 오빠가 골랐어요?"

"영아용으로 만들어져 있더라고."

"우리 아기는 영아도 아니잖아요. 태아였지. 그런데 너무 쓸쓸해 보여요. 예쁜 해바라기 그림이라도 하나 그려져 있으면 좋았을 텐데."

"퇴원하면 당신이 그려 넣어도 되지."

"열어 볼 수 있어요?"

"실리콘으로 봉해서 열어지지는 않아."

아내는 한참을 더 안고 있다가 그림은 손이 이래서 그려 넣을 수가 없으니까 아무 때나 어디 양지바른 곳에 묻어 주라고 아무 감정도 없는 사람처럼 말했다. 그러고는 함을 다시 싸 건네주면서 우선은 집에 가져다 놓으라고 했다. 누군가 오면 가겠다고 했지만 남이 보면 좋지 않게 여긴다고 말하지 않았느냐며 한사코 지금 가져가라고 했다. 내가 주춤거리자 성가시게 해 미안하다고 하더니 옷을 따뜻하게 입고 다니라는 둥, 식사를 거르지 말라는 둥, 전에 없던 말까지 했다. 다소 개운치 않은 마음으로 함을 들고나와 간호사실 앞에 서서 아내의 병실에 보호자가 없으니까 신경 좀 써 달라 부탁하고 병원을 나섰다.

차가 노들길로 들어서려는데 아무래도 아내의 태도가 마음에 걸렸다. 난데없이 유골함을 보자고 한 것도 그렇고 굳이 지금 바로 집으로 가져가라는 것도 이상했다. 갑자기 불길한 생각이 들면서 마음이 조급해지고 식은땀이 흘렀다. 대방동 굴다리 입구를 지나치려는 순간 차의 방향을 바꾸자 뒤에서 귀청이 터지도록 길게 경적을 울렸다. 되돌아가는 쪽 길은 주차장을 방불케 했다. 차들에 막혀 꼼짝도 못 하고 있는데 마음은 점점 더 조급해졌다. 아무리 생각해도 이대로 있을 일이 아니었다. 황급히 전화기를 집어 들었다.

"오층 현서영 환자 보호잡니다."

다급한 말로 지금 그쪽으로 가고 있는데 도로가 막혀 꼼짝을 못 하고 있으니 미안하지만 아내의 병실에 좀 다녀와 달라고 부탁했다. 무슨 일이라도 있느냐는 간호사의 물음에 아내의 태도가 석연치 않았다는 말과 함께 병실에 가보고 전화해 달라고 신신당부했다. 차도는 차라리 걸어가느니만도 못할 정도로 여전히 움직일 줄을 몰랐다. 십 분이 지나서야 전화가 걸려 왔다.

"현서영 환자분 아무 일도 없으세요."

몇 차례나 고맙다고 인사를 한 다음 차를 돌려 집으로 향했다. 함을 원래 자리에 올려놓고 다시 병원으로 가려는데 휴대전화가 울렸다. 간호사실이었다. 덜컥하는 심정으로 재빨리 전화를 받았다.

"환자분이 자살을 시도했습니다. 다행히 별일은 없었고 지금 응급실로 옮겼습니다."

"내가 그래서 지켜봐 달라고 부탁까지 했었잖아요!"

간호사는 미안하다고 말은 했지만 그래도 신경을 쓰고 있었기 때문에 일찍 발견한 거 아니냐며 언짢아했다. 또한 앞으로는 절대로 환자 혼자 두면 안 된다고 강력한 주의까지 받았다. 아내는 언젠가 내가 차에서 꺼내둔 운동화 끈과 환자복 허리띠를 연결해 창틀 끝에 걸어 목을 맨 것이었다. 그 바람에 몇 차례에 걸쳐 수술까지 받은 목 피부며 눈 밑 부분이 적지 않은 상처를 입었다. 나는 아내를 붙잡고 화를 내기도 하고 울기도 했다. 아내가 이대로는 살아갈 자신이 없다며 죽게 해 달라고 애원했다. 장모님은 그럴 바엔 함께 죽자고 주름진 목을 새빨갛게 물들이며 오열

했다.

세월은 예고 없이 원래부터 준비하고 있었던 양 새로운 카드를 제시한다. 그런 일이 있고 난 후 아내는 걱정과 달리 빠르게 평정을 되찾았다. 치료와 수술에도 적극적으로 임했다. 우연히 거울을 보면서도 충격을 받지 않았다. 아내의 갑작스러운 변화에 어리둥절해진 나는 이러다가 또 무슨 일을 벌일 계획을 세우고 있는 건 아닌지 바짝 긴장했지만 그런 일은 벌어지지 않았다.

그런대로 평온한 하루하루가 지나면서 마침내 퇴원하기에 이르렀다. 입원한 지 192일 만이다. 일상생활에도 빠르게 적응해 나가기 시작했다. 아랍인들처럼 얼굴을 감싼 채 혼자서 외출을 다녀오기도 했다. 유골함에 들어 있는 아기의 재는 함께 양지바른 곳에 묻어줬다. 학교에 복직도 가능하다고 했지만 그것만은 사양했다. 그러나 그림을 포기하지는 않았다. 불편한 손놀림 때문에 빚어진 결과인지 몰라도 화풍에는 그 어느 때보다 강렬한 생명력이 솟구쳤으며 불행에 따른 보상이라도 받듯, 한 미술대전에서 우수상도 받았다.

손가락 수술이 어느 정도 마무리되면서부터는 그림을 그리러 밖으로 나가기도 했다. 함께 외출하면 사람들의 시선은 언제나 아내를 향한 다음 나에게 머물렀다. 한번은 한 초등학교 앞 인도를 걸어가는데 아이들이 맞은편에서 오다가 아내를 보고 지나친 후 "호모사피엔스가 나타났다!" 하면서 낄낄거린 적도 있었다. 그럴 때마다 아내보다 내가 더 곤혹스러웠다. 그 후 따로 승용차를 구입해서 특별한 일이 없는 한 혼자 다녔다. 내가 없으면 불편하긴 하지만 남의 시선에 신경 쓰지 않아 그편이 좋다고 했다. 그렇게나마 아내가 자신의 삶을 찾아가고 있다는 사실이 대견하고 고마웠다.

그러던 중 모 자선단체에서 생각지 않은 제안을 해왔다. 불행을 딛고 일어선 사람으로서 환우들에게 희망과 용기를 주는 강연을 해 달라는 것이다. 생각과 달리 아내는 기꺼이 수락했고 강연은 폭발적인 호응을 얻었다. 횟수를 거듭하면서 아내 자신에게도 새로운 활력소가 되었으며 환자나 장애인은 물론 일반인에게까지도 용기와 희망을 불어넣어 주게 되었다. 그 바람에 아내는 점차 남의 시선에 얽매이지 않게 되었으며 함께 외식도 하고 가끔 영화나 연극을 관람하기도 했다. 나는 아내의 강연에 참고가 될 만한 책을 사다주는 것은 물론 이런저런 문헌을 뒤져가며 필요한 자료를 제공해 주었다.

아내의 자립심도 강해졌다. 때론 이삼일 동안 집을 비우고 혼자 그림을 그리러 나가거나 지방으로 강연을 다니기도 했다. 그 덕분에 나도 정상적인 교수직을 수행할 수 있게 되었다. 그리고 이제 더 이상의 불행은 찾아오지 않으리라 여겨졌다. 화상으로 일그러진 얼굴은 남들의 시선만큼 문제가 되지 않았으며 오히려 아내를 더욱 사랑하게 만드는 촉매제가 되었다.

아내의 강연이 시작된 지 4개월이 지나서였다. 강의가 일찍 끝나 오랜만에 아내의 강연장을 찾아갔다. 낭랑하면서도 신념에 찬 아내의 목소리에 강연장은 숨소리 하나 들리지 않을 만큼 숙연했다.

"처음으로 거울을 봤을 때 저는 죽고 싶었습니다."

뜻밖에 찾아온 불행에 절망했지만 절망의 깊이만큼 내면의 세계가 크고 넓어졌고, 이를 계기로 비장애인을 뛰어넘는, 예전에 보이지 않던 진정한 삶의 의미를 찾게 되었다며 장애를 비관하지 말고 지금 당장 하고 싶은 일, 할 수 있는 일을 찾아 용감하게 뛰어들라는 내용이었다. 아내의 강연은 들을 때마다 새로웠으며 진솔했고 열정적이었다. 쏟아지는 눈물을 닦느라 정신이 없는 사람들이 여기저기 눈에 띄었다. 자신의 얼굴을 보고 도깨비라도 만난 것처럼 놀라는 아이들에게 대처하는 방법도 웃음을 담아 소개했다.

감동을 받은 건 나도 마찬가지였다. 강연은 중간중간 끝날 줄 모르는 박수 때문에 예정시간을 훨씬 넘겨 끝났다. 자랑스러운 마음에 까치발을 들고 손을 흔들었으나 아내는 통로를 가득 메운 사람들과 악수하느라 나를 보지 못했다. 방해가 되지 않기 위해 손을 내리고 가까워질 때까지 기다리는데 조금 떨어진 앞쪽에 있는 한 젊은이의 모습이 눈에 들어와 멎었다. 앞을 향하고 있고 모자를 써서 이목구비를 자세히 볼 수는 없지만 체구며 앞 의자 등받이에 팔을 짚고 서 있는 자세 어딘가가 한정호를 연상시켰기 때문이었다.

그러나 고개를 돌릴 때 비친 그의 얼굴에 넓게 퍼져 있는 화상을 보고는 내가 잘못 보았다고 생각했다. 다시 아내를 지켜봤다. 아내가 청중들과 일일이 악수를 하면서 젊은이 앞으로 다가갔다. 무슨 말을 나누는지는 알 수 없었지만 아내가 한껏 밝은 표정을 지었다. 아내를 쫓아 젊은이 쪽으로 고개를 돌렸을 때 나는 내 눈을 의심했다. 화상을 입은 그는 정호가 분명했다. 몸을 낮추고 살며시 강연장을 빠져나왔다.

정호의 화상은 결코 가벼워 보이지 않았다. 도대체 언제, 무슨 이유로 화상을 입었다는 말인가. 강연장에서의 그들은 멀리서 봐도 익숙한 만남이 분명했다. 나는 추스를 수 없는 혼란 속에 빠져들었으며 궁금증은 배신감과 서글픔이 되어 그간의 행복했던 기억들을 일순간에 침몰시켰다. 다시 학교로 갔다가 집으로 들어갔으나 아내에게는 내색하지 않았다.

아침 일찍 찾아간 한정호의 집은 문턱까지 낙엽과 쓰레기가 어질러져 있었고 철 대문 군데군데 녹이 슬어 있었다. 한눈에 봐도 빈집이 분명했다. 맞은편 쪽으로 보이는 세탁소에 들어가 정호 집에 관해 물어봤다.

"불나고 나서 이사했어요."

"불요? 집은 그대로 있던데요?"

"불이야 금방 껐지만 사람이 다쳤지요."

세탁소 주인은 1년 전에 주방에서 가스가 새 나와 불이 났는데 아들이 혼자 있다가 중화상을 입어 병원으로 실려 갔고 불은 소방서가 가까워 금방 끌 수 있었다고 했다. 이후 이사하고 집은 수리만 한 채 지금까지 비워둔 상태라는 것이다. 얘기를 듣던 중 한 가지 생각이 머릿속을 섬광처럼 스치고 지나갔다. 정호가 찾아와, 혼자서 고통받는 게 얼마나 외롭겠냐고 했던 말이었다. 나는 그때 녀석의 발상이 독특하다고만 생각했었다. 손톱으로 얼굴을 깊숙이 긁어내리던 장면도 생생하게 떠올랐다. 녀석은 분명 고의로 자신의 얼굴에 화상을 입힌 후 아내와 같은 병원에 입원했을 것이다.

"끈질긴 놈!"

치받는 몸서리로 턱을 부르르 떨면서 아내가 입원했던 병원으로 차를 몰았다.

"한정호 씨는 작년에 얼굴 화상으로 입원했었네요."

낯익은 원무과 직원이 컴퓨터 화면을 보면서 말했다.

"작년 몇 월에요?"

"4월 17일요."

내 추측은 적중했다. 날짜로 보아 자살소동을 벌인 후 치료 거부까지 하던 아내가 어느 날 갑자기 적극적인 자세로 치료에 임했던 것도 정호의 영향임은 두말할 필요가 없다. 병원을 나왔으나 이제부터 무엇을 어떻게 해야 할지 판단이 서지 않았다. 무엇 때문이라고 단정 지을 수 없는 슬픔이 밀려오면서 눈물이 핑 돌았다.

터덜터덜 걷다 보니 양화대교 중간지점을 건너고 있었다. 아무 생각 없이 텅 빈 공터 외진 곳으로 걸어가 강물을 바라봤다. 출렁거리는 물결을 따라 억눌려 있던 서러움이 본색을 드러냈다. 급기야 울음을 터뜨리고 말았다. 나는 울고 또 울었다. 세상에 태어나 그토록 소리를 내어 울어 보긴 처음이었다. 한참을 울고 나서 손수건으로 눈을 훔치고 있는데 누군가가 내 등을 톡톡 두드렸다. 경찰관이었다. 모자를 쓴 군인 한 사람도 곁에 서 있었다. 꽤 오래전부터 나를 지켜보고 있었던 모양이었다.

"무슨 일이신지 몰라도 진정하시지요."

경찰관은 결례하지 않으려고 애쓰면서 나를 데리고 초소 안으로 들어가 신분 확인을 한 다음 신병인수를 할 사람이 필요하다고 했다. 내가 직업을 얘기하고 개인적인 사정으로 마음이 상해 그렇게 되었노라고 아무리 설명을 해도 물러설 기미가 보이지 않았다. 출입금지 지역인 데다가 경계 대상자에 대한 근무수칙이 있어 그렇다며 이해해 달라는 것이었다. 하는 수 없이 누나를 오도록 했다. 누나는 왜냐고 물을 겨를도 없이 콜택시를 타고 달려왔다. 간단한 절차를 마치고 초소를 나온 다음 함께 양화대교를 걸으면서 내가 보고 알았던 모든 내용을 누나에게 말했다.

"그래서 지금 네 마음에 뭐가 제일 문제야?"

"나는 이제껏 서영이를 세상 누구보다 사랑하고 있는 줄 알았거든."

"아닌 기분이야?"

"아닌 기분인 게 아니고 실제로 아닌 걸 알게 된 거야."

"아니야. 내가 알아. 이 세상에 너만큼 서영이를 사랑하는 사람은 없어."

"일단 이혼이라도 해 줄까?"

"미워서야, 아니면 위해서야?"

"감정이 명확하진 않아."

"이혼하자면 서영이는 뭐라고 할 것 같은데?"

"나를 위해서라도 싫다고만 하지는 않을 거야. 나는 서영이를 위해서이기도 하지만 미운 것도 사실이야. 내가 온 정성을 다해 돌보고 있을 때 죽으려고까지 했던 사람이 정호가 입원해 들어오는 바람에 치료도 적극적으로 받았다는 거잖아."

"너무 밉게만 생각하지 말고 좀 더 지켜봐."

누나와의 대화는 이렇다 할 결론이 없었지만 상당한 위안이 되었다. 어느 정도 추슬러진 감정으로 술을 곁들인 저녁을 먹은 다음 잘 풀어 나갈 테니 걱정하지 말라고 말한 후 헤어졌다. 조금 늦게 집에 들어가자 아내는 밝은 얼굴로 술 한잔 마셨느냐 물었다. 나는 특별한 내색을 하지는 않았으나 평소처럼 자연스러울 수는 없었다.

뜬눈으로 밤을 보내는 동안 퍼뜩 정호가 얼굴에 자해를 가한 게 확실하다면 텐트에 불을 지를 가능성도 크다는 추가 결론을 내렸다. 불을 지른다는 공통점도 그렇고 두 가지 다 아무나 할 수 있는 일이 아니기 때문이다. 생각이 거기에 미치자 누나 말대로 좀 더 지켜보고만 있을 수는 없었다. 어떻게든 그 두 가지 의문을 풀어야 한다는 생각 끝에 정호 아버지를 만나기로 마음먹었다. 전화로 나를 밝히자 그는 대뜸 한숨부터 쉬었다. 만나고 싶다는 제안에 싫다 좋다 내색 없이 토요일 오후 광화문 근처 일식집에서 만나기로 했다. 내가 보기에 그는 아들에게 지쳐 있었다.

"어디까지 아시고 계십니까?"

갑작스러운 질문에 어리둥절했지만 차라리 잘됐다는 생각으로 강연장 얘기부터 집 화재며 병원에서 확인한 내용까지 그대로 말했다.

"이 지경이 되다 보니 나는 나대로 현 선생님이 원망스럽습니다."

그의 접근방식은 여전히 만만치 않았다. 내가 이맛살을 찌푸리자 그가 한발 먼저 오해는 하지 말라며 단순하고 착한 성품이 되레 결함이 되는 게 안타까워서 하는 소리일 뿐 다른 뜻은 아니라고 해명했다.

"정호 군의 정신적인 문제는 저도 들은 적이 있습니다."

내가 되받듯 정호의 정신적 결함을 언급했더니 심각하리만큼 굳은 표정을 짓고 있던 그가 기어이 감정을 드러냈다.

"감당 못 할 정을 준 것도 그렇고 훗날을 기약하는 언질도 그렇고, 우리 아이에게는 그 자체만으로도 삶의 목적이 될 수 있다는 말씀입니다."

"훗날을 기약하다니요?"

나는 커지는 목소리를 간신히 누르면서 엄마 없이 자란 제자에게 따뜻한 정을 주었을 뿐인데 고맙다고 말하기는커녕 원망한다는 게 말이 되느냐며 불쾌감을 드러냈다.

"부인은 정호가 처음부터 이성으로 접근하고 있었다는 사실을 누구보다 잘 알고 있었습니다. 고모가 찾아가 확인까지 했고요."

"집사람이 그보다 더한 어떤 표현을 했다 해도 내막은 다 정호 군을 위해서였습니다."

나는 크리스마스이브에 종묘에서 아내가 보여 줬던 정호에 대한 감정을 떠올리면서 약간 언성을 높여 말했다. 당시 아내의 마음은 적어도 내가 판단하기에는 순수했었다. 그는 발끈하는 나와 달리 말다툼할 의향은 없어 보였다. 갑자기 목소리를 낮추며 그 사실도 모두 알고 있다고 시인했다. 그러면서 자식의 불행을 한탄하다가 남의 탓을 하는 얘기로 들어도 좋다며 모든 건 자식을 잘못 키운 자신 때문이라고도 했다.

"이제는 아예 정신병자 노릇까지 하고 있잖습니까."

그 말은 정호가 스스로 얼굴을 태운 게 아니고서야 나올 수 없는 말이었다. 나는 설친 잠자리에서 일어나 찬물을 끼얹는 것 같은 모순된 후련함에 빠져들었다.

"집에서는 어떻게 불을 내게 됐습니까?"

내친김에 한 발자국 더 다가가 단도직입적으로 물어봤다.

"지 말로는 냄비를 올려놓고 불을 붙이려다 그렇게 되었다고 하더군요."

그러고는 이제까지와는 다른 표정으로 내 속을 꿰뚫어 보듯이 바라봤다.

"그렇다고 만에 하나 텐트 화재사건까지 의심하지는 마십시오."

나는 그 부분에 대해서는 입씨름을 하고 싶지 않았다. 마음 같아서는 그래서 아내가 입원해 있는 병원에 같이 입원시켜 두 사람을 만나게 해 주었느냐고 따져 묻고 싶었지만 그러지도 않았다. 그를 통해 더는 확인할 것도 없었고 이제부터 모든 일은 내가 알아서 할 일이었다. 우리는 일말의 공감과 나름대로의 다른 해석을 끝으로 헤어졌다.

텐트에 불을 지른 놈도 정호임은 거의 확실하다. 가슴이 터지도록 숨을 들이켜자 몽롱한 환상 속에 빠져드는 기분이 들었다. 녀석은 아내를 사랑하면서 동시에 증오했을 것이다. 내가 목격한, 녀석의 정상을 벗어난 행동도 한둘이아니다. 그런 성품에 아내가 들어간 텐트에 불을 던지는 것쯤은 아무 일도 아니었을 것이다. 경찰서를 다시 찾아가 형사를 만나 볼까 하는 생각도 들었지만 이번만큼은 남의 손에 맡기고 싶지 않았다. 내 손으로 복수를 하면 그만인 일이다.

아내는 변함없이 강연과 그림에 몰두했다. 나에게도 할 수 있는 한 정성을 다했다. 내가 다소 이상했는지 무슨 일이 있느냐고 묻기도 했지만 이내 넘어갔다.

며칠 후 나는 최종 결론을 위해 장흥계곡을 다시 찾았다. 화재가 난 지 1년여 만이다. 그날의 모든 것을 지켜봤을 냇물 위로는 옅은 안개가 어른거리고 사고가 났던 언덕배기 아래 둔치는 푸릇푸릇 싹을 틔우면서 새봄맞이가 한창이었다. 무거운 마음으로 사방을 살펴보는데 들리지 않던 계곡물 소리가 어리석은 나를 꾸짖기라도 하듯 우렁차게 귓전을 때린다.

아내가 아주머니를 봤다고 했던 말을 떠올리며 텐트 안에서 보일 수 있는 위치를 살펴봤다. 좁은 창으로 보이는 곳이었다면 냇물뿐인데 불을 던진 후 위쪽은 차를 주차해 둔 곳이라 그쪽으로 달아나지는 않았을 테고 아래 방향은 화가가, 언덕 쪽에서는 군인이 달려오고 있었는데 여자를 못 봤을 리가 없다. 내가 워낙 흥분한 상태로 몰아붙이자 아내가 얼떨결에 둘러댄 말이라는 생각을 굳히면서 아래 쪽으로 천천히 걸음을 옮겼다. 초등학생으로 보이는 아이들 셋이 노는 모습이 안개 속에 어른거렸다. 자세히 보니 양 주먹을 길게 이어 눈에 대고 들판 이쪽저쪽을 보고 있었다. 나는 가던 걸음을 우뚝 멈췄다.

결혼 전 언젠가 우리는 누나와 함께 남산타워에 올라간 적이 있다. 시내의 풍경이 한눈에 들어와 멀리 보이는 건물들 이야기를 하다가 우리 집이 있는 동네를 찾기 위해 타워에 설치된 망원경을 보려는데 동전이 없었다. 그러자 아내가 방금 아이들이 한 것처럼 두 주먹을 연결하고 주먹 사이의 구멍으로 시내를 둘러보면서 따라 해 보라고 했었다. 누나도 해 보며 정말 잘 보인다고 재미있어했다. 나도 해 봤지만 그렇게 효과가 분명한 것은 아니었다. 아내는 자기 반 학생이 가르쳐 준, 일명 '주먹 망원경'이라면서 한참이나 이야기를 했었는데 그때 분명 한정호라는 말이 나왔다.

머리카락이 곤두서는 느낌을 맞이하면서 빠른 걸음으로 다가가 물었다.

"너희들 그거 누구한테 배웠어?"

"예전에 어떤 형이 가르쳐줬어요."

"이거 놀이 이름이 뭐야? 이 망원경 이름 말이야."

"주먹 망원경요."

쿵쾅거리는 가슴으로 어떻게 생긴 형이냐 묻자 그냥 어른 형이었다고만 말했다. 학교와 이름을 물었더니 쭈뼛거리며 서로를 쳐다보다가 뒤도 돌아보지 않고 마을 쪽으로 달아났다. 아이들이 놀던 쪽으로 가서 주위를 둘러봤다. 탁 트인 앞쪽으로 캠프가 설치되었던 위치가 환히 보였다.

녀석은 전부터 아내가 여기서 그림을 그리는 것을 알고 있었고 여러 차례 주먹 망원경으로 훔쳐보다가 그날 사고를 친 게 틀림없다. 물론 텐트 지퍼 손잡이를 일부러 망가트린 건 아닐 테고 그 불로 인해 아내가 저 지경이 되리라는 생각도 하지 못했을 것이다. 제 아버지가 삼거리까지 데려다주었다고 말했지만 사고 얘기를 들은 후 그도 아들에게 의심이 갔을 것이고 그래서 삼거리에서 차를 돌려 나오다가 녀석이 선배를 만나는 걸 봤다고 거짓말을 했겠지. 그 후 녀석은 견디기 힘든 양심의 가책을 받고 있다가 나에게 모든 것을 실토했는데도 자동으로 넘어가면서 소위 완전범죄가 이루어진 것이다. 어쩌면 아내도 정호를 의심하고 있었을 것이다. 싸늘한 바람이 이를 악문 얼굴과 머릿속을 할퀴고 지나간다.

4

가까스로 현실에 적응해 가는 아내를 위해 없었던 일로 덮어 둘까 하는 생각도 안 해 본 건 아니지만 그럴 수는 없다. 애초에 마음먹었던 대로 녀석을 나무에 묶어 똑같은 방법으로 복수할 것을 다짐하고 제 아버지의 퇴근길을 미행했다. 집은 세검정을 지나 북악터널 방향으로 가다가 녹지가 우거진 오른편에 보이는 양옥집 중 하나였다. 집 앞으로 조용한 주택가 도로가 있고 잘 가꾸어진 크고 작은 나무들 속에 지붕과 창문이 얼기설기 보였다.

처형할 장소는 석수역에서 관악산 방향으로 올라가다가 보이는, 오래전 채석장이었던 돌산으로 정하고 현장을 답사했다. 동료들과 관악산 등산을 할 때 멀리 보였던 곳이다. 사람 통행이 전혀 없고 벌거벗은 바위산 중턱에 아까시나무 한 그루가 덩그러니 자리 잡고 있었다. 민둥산인데다 사방은 채석으로 만들어진 높다란 바위벽이 있어 산불의 위험도 없을뿐더러 산으로 올라가는 길목이 아니어서 사람 눈에 띄지 않게 빠져나가기도 안성맞춤일 것 같았다. 녀석을 덮어씌울 담요도 사고 신나도 준비해 검은 비닐봉지에 담아 바위 틈새에 숨겨 두었다.

그렇다고 완전범죄를 전제로 하지는 않았다. 언젠가 밝혀질 일인 건 분명한 만큼 모든 각오를 해야 했다. 이제 남은 건 쥐도 새도 모르게 실행에 옮기는 것뿐이다. 제 아버지 출근 시간에 맞춰 집 앞에서 녀석이 나오기를 기다릴 계획이다. 함께 교외로라도 나가 애기 좀 하자고 하면 특별한 일이 없는 한 마다하지는 않을 것이다. 단단히 결심하고 아침 일찍부터 두 차례에 걸쳐 대문을 지켰으나 녀석은 제 아버지 차에 함께 타지도, 나타나지도 않았다. 강의가 비어 있는 날에 한낮이 다 되도록 기다려도 마찬가지였다.

좀 더 일찍부터 지켜봐야겠다고 생각하던 중 아내가 속초시에서 주관하는 장애인을 위한 행사에 강사로 초대되었다. 아내는 강연을 마치고 하루를 묵은 다음 오래전부터 가고 싶었던 설악산 계곡 하류에서 그림을 그리다가 느지막하게 오겠다며 좋아했다. 강연시간은 오후 두 시지만 도로 사정을 고려해 새벽에 떠나겠다고 했다. 나는 잘 됐다 싶은 마음으로 그날을 결행일로 정하고 아내가 출발한 후 일찍부터 녀석을 기다릴 계획을 세웠다.

곤히 잠든 아내를 보면서 만에 하나 일이 잘못되면 이제 보살피지 못한다는 생각에 짠한 마음도 들었으나 모든 것을 운명으로 간주했다. 뜬눈으로 밤을 보내고 새벽에 아내가 떠난 후 곧바로 평창동으로 향했다. 녀석의 집을 지나쳐 길 한쪽에 차를 세우고 느긋한 마음으로 기다리고 있었다. 녹지가 어우러진 주택가의 이른 아침은 새들의 시간이었다. 참새들이 아침이슬로 반짝거리는 나뭇잎 속을 오가며 내 결심을 두려워하기라도 하듯이 요란스럽게 지저귄다.

기다리기 시작한 지 얼마 지나지 않아서였다. 녀석의 집을 조금 비켜 마주하고 있는 앞집의 작은 철문 열리는 소리가 들리더니 젊은 남자가 나오고 뒤따라 여자가 나왔다. 남자가 몸을 돌려 아내의 볼에 뽀뽀해 준 다음 손을 흔들고 큰길을 향해 걸어갔다. 여자는 그가 길모퉁이를 꺾어질 때까지 서 있고 남자는 되돌아보며 한 번 더 손을 흔들어 준 다음 모퉁이를 돌았다. 새삼스레 가슴이 짓눌려 왔다. 녀석이 등장하기 전까지 나와 아내는 서로를 위해 최선을 다했으며 남부럽지 않게 행복했었다. 이미 오래전의 추억이 되어 버린 허망하고 빛바랜 시간을 떠올리고 있는데 쪽문 소리가 들렸다.

곧바로 여행복 차림에 베이지색 가방을 멘 녀석이 나타났다. 언제나 이 시간에 나갔다면 나는 두 번 다 녀석이 나가고 한참이 지난 후부터 지키고 있었던 셈이다. 운전대를 잡은 손에 조용히 힘을 줬다. 녀석은 대문을 닫자마자 깡충거리는 걸음으로 길을 내려가다가 손을 번쩍 들고 흔들더니 저만큼 앞에 서 있는 차의 보조석 문을 열고 올라탔다. 조금 전까지 보이지 않았던 차다. 예상을 벗어난 상황에 긴장하면서 차를 지켜봤다. 아내의 차와 같은 흰색 아반떼였고 운전하는 사람은 등받이 위로 솟은 머리 받침대 때문에 전혀 볼 수가 없었다.

숨을 죽이고 출발하기를 기다렸다가 바로 뒤를 따랐다. 차를 놓치지 않기 위해 눈을 껌뻑거리면서 번호판을 살펴봤더니 앞 글자는 보이지 않았지만 분명 아내의 차번호였다. 다시 봐도 틀림이 없었다. 뒤통수를 맞는 느낌인지 당혹스러움인지 끓어오르는 불쾌감 속에서도 이해할 수 없는 일은 한두 가지가 아니다. 속초에 가는 건 너무나 분명한 일이었다. 어림잡아 계산해도 아내는 지금쯤 요금소를 지나거나 고속도로를 달리고 있어야 할 시간이다.

기실 나도 아내가 너무 일찍 출발한다 싶었지만 나름의 계획이 있었기에 묻지도 않고 오히려 잘 되었다고만 여기고 있었다. 함께 가는 게 아니라면 가는 도중 어딘가에서 내려 줄 것이다. 하기야 강연을 돕거나 들려주기 위해서 데리고 갈 수도 있다. 그래도 그렇지, 어제저녁 함께 준비할 때까지 시침 뚝 떼고 있었던 건 무슨 속셈이란 말인가!

복잡한 생각을 뒤로 미루고 신경을 곤두세워 뒤를 따랐다. 차는 광화문대로를 달리다가 남대문을 돌아 남산 길로 향했다. 시내를 빠져나가도록 녀석이 내리지 않는 걸 보면 함께 가는 건 틀림없다. 혼란스럽던 마음의 정체도 자리를 잡아 가고 있었다. 일련의 배신감과 거듭된 실망감이다. 차량이 늘어 조금 더 바짝 붙어 쫓으려는데 서울역 방향에서 올라온 차들이 사이에 끼어들었다. 잠깐 사이에 다시 세대 이상의 간격이 생겼다가 후암동과 이어지는 세 갈림길 교차로에서는 아내의 차가 남산 방향으로 가는 것만 보고 신호까지 놓치고 말았다.

속도를 높여 한남동을 지나 경부고속도로 방향으로 쫓아갔으나 여전히 눈에 띄지 않았다. 속초로 가려면 강변길로 들어가 미사리 방향으로 갈 수도 있고 경부고속도로로 가다가 중부선을 탈 수도 있다. 차를 찾기는 불가능했지만 설마 강연을 안 하고 녀석과 다른 곳으로 가지는 않을 거라는 생각에 그대로 속초를 향해 차를 몰았다. 잇따라 달려드는 터널을 지날 때마다 어둠 속에 도사리고 있던 서글픔과 허무함이 차량 소음에 섞여 나를 공격했다.

터널을 다 빠져나가자 빠르게 지나가는 차창 밖 풍경 때문인지 착잡한 마음은 생각보다 오래가지 않았다. 파란 강물이 넘실거리는 홍천강교를 지나는데 마음이 차분해지면서 새로운 생각이 고개를 들이밀었다. 아내의 심정을 이해하지 못할 것도 없다는 생각이 갑자기 떠오른 것이다. 표현을 안 했을 뿐이지 화상을 입은 후 한동안 우리에게 찾아왔던 행복은 애초부터 한계가 있었다. 아내의 밝은 표정 속에는 어딘지 모를 부자연스러움과 나를 편하게 해 주기 위한 배려가 깃들어 있음을 오래전부터 알고 있었고, 나 또한 정성만으론 아내를 예전으로 되돌릴 수 없음을 불쑥불쑥 느끼곤 했었다.

그러던 아내가 정호를 통해 자연스러운 웃음을 되찾은 것이다. 죽고 싶을 만큼 고독한 자신만의 세계 속에 갇혀 허우적거리고 있는데 난데없이 같은 운명을 자초한 정호가 나타났으니 오죽했을까. 그런 상황에서 자신도 모르게 흘러가는 감정을 누가 비난할 수 있단 말인가. 아내의 뒤를 쫓는 것이 무의미하다는 생각마저 들었다. 설마한들 불륜을 저지를 리는 없을 테고 이제 와서 관계를 추궁한들 무엇이 달라질까 싶었다. 굳이 오늘이 아니어도 나는 단지 정호를 응징하면 그만인 만큼 이쯤에서 서울로 돌아가는 편이 나을 것 같았다.

때마침 향토음식점 간판이 요란하게 세워진 황태구이집이 보였다. 생각도 정리할 겸 음료수라도 한잔 마실 생각에 주차장으로 차를 꺾었다. 빨간 모자를 쓴 주차관리인이 손짓으로 주차 위치를 가리켰다. 넓은 방으로 되어 있는 식당 안에 손님들이 끼리끼리 앉아 밥을 먹고 있는 모습이 보였다. 신발을 벗어 신발장에 넣고 자리를 둘러보던 나는 재빨리 고개를 돌려 되돌아 나왔다. 창밖 녹음을 배경으로 마주 앉아 있는 아내와 정호가 눈으로 날아든 것이다. 아내는 정호의 숟가락에 반찬을 올려 주고 있었다. 검붉은 흉터에 아랑곳하지 않고 환하게 웃음 짓는 둘의 표정은 그 야말로 자연스럽고 잘 어울리는 한 쌍이었다.

주차장으로 들어가기 전 마음을 훌훌 털었을 때와는 달리 견딜 수 없는 분노가 치밀었다. 하루 묵고 온다는 건 저 녀석과 함께 밤을 보내려는 계획이었다는 말인가? 하기야 그 몰골들로 자기들끼리가 아니면 누가 쳐다보기나 하겠는가. 복수고 뭐고 이제 다 끝났다 싶었다.

"지지든 볶든 지들이 좋다는데 내가 알 게 뭐야. 잘 됐지 않아?"

그러나 아무리 멋대로 지껄여대도 복받치는 감정은 좀처럼 사그라지지 않았다. 화상으로 인한 불행이 문제가 아니었으며, 내가 이제까지 인생을 잘못 살아왔다는 생각마

저 들었다. 차가 어디로 어떻게 달리고 있는지도 느끼지
못하는 사이에 하마터면 밀려 있는 차를 받을 뻔했다. 뭔
가에 홀렸다가 제정신으로 돌아온 기분으로 속도를 줄이
고 있는데 휴대전화가 울렸다. 주저주저하다가 갓길에 차
를 세웠다.

"오빠 맞아요?"

식당에서 비슷한 사람이 나가는 걸 봤다는 것이다. 나는
대답하고 싶지 않았다. 아무것도 아닌 일인 듯 전화를 걸
어 확인하는 아내가 가증스럽기까지 했다. 잠시 아니라고
발뺌을 할까도 생각해 봤다.

"여보세요? 오빠! 안 들려요?"

"그래, 나야."

이 판국에 거짓말까지 해서 아내를 편하게 해 주고 싶
도 않았지만 그보다도 시치미를 떼면서 딴소리를 해 대지
는 않을까 염려되었기 때문이다. 더는 가슴이 뛰어 자연스
레 말할 수도 없었고 아닌 듯 감정을 꾸며대고 싶지가 않
아 이내 입을 다물고 말았다.

"오빠였군요. 올라가서 자세하게 얘기할 테니까 미리 말
하지 않은 것 때문에 괜히 속 끓이고 화내지는 마요."

짧은 침묵이 몇 초간 이어진 후 아내가 최대한 밝게 말했으나 은연중 가는 한숨 소리가 새 나왔다. 차분한 아내의 음성은 나의 분노를 더욱 자극했다. 다른 녀석 숟가락에 반찬 올려 주는 것이나, 지금 하고 있는 모든 짓거리가 정상적인 행동이냐며 언성을 높이고 싶었지만 침을 꿀꺽 삼키면서 참았다.

"내일 얼굴 보고 말하자고. 끊을게."

"오빠 화났군요?"

내가 먼저 끊었는데도 아내는 다시 전화를 걸어오지 않았다.

날 선 서리꽃처럼 싸늘해진 심정으로 차를 돌려 서울로 향했다. 집에 도착해 차를 두고는 인사동 거리를 쏘다녔다. 머릿속에 숯검정만 가득 들어차 있는 것처럼 아무 느낌도 들지 않았다. 결혼 전 정호 얘기로 아내와 다투며 술을 마셨던 주점이 눈에 들어왔다. 예전에 앉았던 자리에 앉아 동동주 한 주전자를 시켰다. 생각할수록 그때나 지금이나 나 자신이 너무나 어리석고 불쌍했다. 갑자기 나밖에 모르고 살아온 부모님에게 죄송스러운 생각이 들면서 코가 시큰해졌다. 지금쯤 둘은 어디서 무엇을 하고 있을까? 단숨에 술잔을 비우고 내려놓는데 휴대전화가 울렸다.

"지금 올라가려고요."

"내일 온다고 하지 않았어?"

"정호가 혼자 가기 싫다고 떼를 쓰더라고요."

아내가 말하는 의도를 이해할 수가 없었다. 우리가 언제 공개적으로 정호를 염려하며 살아왔다는 말인가. 통화고 뭐고 집어치우고 한바탕 퍼붓고 싶은 마음을 간신히 억누르면서 알겠다고만 짧게 대답했다. 아내가 오려면 빨라도 열 시는 지날 것이다. 혼자 술을 마시다가 누나에게 전화를 걸었다. 다리는 절지만 언제나 밝은 누나의 얼굴을 보자 답답했던 마음이 뻥 뚫리는 듯했다.

"한잔한 거 같은데?"

"누나, 나 정말 이혼할 거야."

누나의 동공이 화들짝 열리면서 뚫어져라 나를 쳐다봤다.

"네 생각이야, 서영이 생각이야?"

"글쎄…… 이런 경우 누구 생각이라고 해야지? 먼저 말을 꺼내는 사람이야, 아니면 이혼할 짓을 한 사람이야?"

누나는 한참 동안 나를 쳐다보다가 내려놓았던 잔을 들

어 목을 축였다.

"이혼해야 할 만큼의 일이라면 그런 짓을 한 쪽이 맞고 아니면 반대쪽이겠지."

"그것조차도 애매하면?"

"그럴 땐 허심탄회한 대화가 필요해."

꽤 긴 시간에 걸쳐 얼마 전 누나와 얘기를 나눴던 이후의 과정을 비교적 상세하게 설명했다. 녀석을 처형하려던 계획은 말하지 않았다.

"헤어지는 게 맞겠다."

누나의 대답은 간단명료했다.

"미워할 것도 복수할 것도 없어. 그냥 헤어지고 잘 살기나 바래."

아내를 누구보다 이해해 주던 누나는 증오심을 삭이느라 입술을 깨물었다.

늦은 시간에 도착한 아내는 피곤해 보였고 번질거리는 흉터 위에는 두려움과 수심이 가득했다. 금방이라도 침대에 엎드려 울음을 터뜨릴 것처럼 슬퍼 보이기도 했다. 술을 마셔 감정도 명확해진 데다가 조금 전까지만 해도 아내가 오기만을 벼르고 있던 나는 그 순간 아내가 너무나 가련했다. 헤어질 수 없다는 사실도 분명히 깨달았다. 오히려 등을 다독이면서 오늘 힘들게 만들어 미안하다, 강연은 잘 끝났느냐, 저녁은 먹었느냐며 다독이고 싶었다. 어이없게 변해 버린 내 마음에 스스로도 어리둥절했다. 누나의 단호했던 얼굴도 떠올랐다. 누나가 분해했던 건 내가 그러지도 못하리라는 것을 알고 있었기 때문일 것이다.

"피곤해 보이는데 자고 내일 얘기해도 돼."

아내는 먼저 정호랑 같이 간다는 말을 하지 못한 이유를 한숨을 앞세우며 설명했다. 대부분 내가 알고 있는 내용과 일치했다. 어느 정도 마음이 풀어진 나도 정호 아버지를 만난 사실과 화상에 관해 알고 있는 모든 걸 얘기했다. 아내는 잠시 놀라는 듯했으나 이내 오늘에 이르기까지의 설명이 너무 복잡해 언젠가 충분한 시간을 가지고 말할 계획이었다고 해명하면서 그러기 전에 이렇게 된 걸 안타까워했다.

"오늘 나를 왜 쫓아왔어요?"

아내는 여전히 그러지만 않았더라면 아무 문제도 없었을 거 아니냐는 투다. 적반하장이었으나 심정을 이해할 수는 있었다.

"애초에 당신을 쫓아간 게 아니라 정호를 쫓아갔던 거야."

"아버지를 만났다며 정호를 또 왜요?"

아내는 흉터로 잘 감기지 않는 눈을 깜빡거리면서 원망스러운 듯 물었다.

"직접 만나서 뭔가를 확인해야 할 것 같았어."

"오빠는 지금도 정호가 불을 지른 것으로 의심하고 있어요?"

"정호가 확실해."

아내는 놀라는 기색 대신 뭔가 잘못 알고 있는 내가 딱하다는 듯 한숨만 연거푸 쉬었다. 확실한 증거가 뭐냐고 묻지도 않았다.

"장흥에 갔다가 주먹 망원경으로 계곡을 쳐다보는 아이들을 만났어. 가르쳐 줬다는 사람의 외모도 들었고."

기세를 꺾을 생각으로 앞질러 말했으나 아내는 시큰둥했다. 그러다가 언짢은 표정으로 장흥에는 왜 갔었느냐 물었고 나는 마치 취조라도 당하는 사람처럼 모든 걸 원점에서부터 다시 생각해 보려 그랬다고 해명하듯 대답했다. 아내는 다시, 그래서 어떻게 할 계획이냐고 따져 물었다. 나는 마침내 자제하고 있던 울화의 고삐를 내동댕이쳤다.

"그런데 지금 당신 표정이 어떤 줄이나 알아? 녀석이 불을 지른 사실에는 아무 관심이 없고 자나 깨나 걱정만 하고 있잖아. 내 말이 틀려?"

목소리가 커지고 거칠어지자 아내가 눈을 가늘게 뜨면서 깊은 한숨을 토해냈다.

"미안해요. 하지만 정호는 절대로 아니라고요. 정호가 그랬다면 벌써 나한테 고백하고도 남았을 거예요."

증거가 이렇게 나왔는데도 내 말을 믿지 못하겠느냐고 했으나 그보다 더한 증거가 나왔다고 해도 정호는 아니라며 막무가내였다. 그 아이들을 만나게 해 달라고 요구도 했다. 나는 아내가 말하기 전부터 내심 당시에 아이들의 인적사항을 정확하게 알아두지 못한 사실을 후회하고 있었던 터였다. 학교와 이름을 묻자 대답하지 않고 도망쳤다는 말을 했더니 아내는 대번에 그럴 줄 알았다는 표정을 지었다.

"보나마나 지금처럼 다그쳐 물으니까 아이들도 당황했을 거예요."

"주먹 망원경 놀이가 사전에 나와? 그건 정호가 만들어 낸 장난에 불과하잖아. 아이들이 그런 놀이 이름을 어떻게 알아? 말하는 인상착의도 그렇고."

"아무리 그렇다고 해도 그게 정호가 불을 질렀다는 확증이 될 수 있어요?"

내가 잠시 할 말을 찾지 못하자 아내는 한발 더 나아가 다짐까지 받으려 들었다. 자기가 말하지 않아도 경솔한 행동은 하지 않겠지만 혹여라도 정호의 자백을 통해서 심증을 완성하려 들지는 말라는 것이다. 아내의 귀에는 이미 내가 무슨 말을 하든 먹혀들 여지가 없었다. 그뿐만이 아니었다. 정호는, 아내가 자신을 범인으로 의심한다는 사실 하나만으로도 당장에 죽어 버릴 거라고까지 했다.

"그러니까 정호를 생각해서 더는 알아볼 생각도 하지 말라는 거야?"

"그래요, 오빠. 사실 여부와 관계없이 그냥 덮어 두세요."

"사실 여부와 관계없이?"

아무리 목소리를 낮추려고 해도 그렇게 되지 않았다. 그러니까 결국 우리의 불행이든 뭐든 그 무엇보다도 녀석의 심정이 우선이라는 말이냐며 목청껏 감정을 터뜨렸다. 아내는 다시, 지금 그런 사실을 왜곡되게 생각하고 있는 자체가 불행이지 현재까지는 잘 지내오지 않았느냐고 반박했다. 궁여지책으로 예전에 정호가 자백했던 사실을 말할까 하다가 그만뒀다. 그 내용까지 얘기하면 반발할 여지만 많아질 뿐 받아들이지 않을 게 뻔하다. 아내는 벌겋게 달아올랐을 내 얼굴을 살피면서 매달리듯 내 손을 거머쥐었다.

"어차피 모든 건 다 지나간 일이에요. 이제 와서 밝혀 봤자 뭐가 달라지겠어요? 제발 그 일은 그냥 잊고 말아줘요."

"나는 절대로 그럴 수 없어."

싸늘하게 잘라 말했다.

"따지고 보면 정호야말로 불쌍한 아이잖아요. 제발 넘어가 줘요."

아내가 바닥에 엎드리다시피 하며 다시 애걸했으나 그럴수록 내 마음은 걷잡을 수 없는 증오심에 휩싸였다.

"당신과 얘기하기 전까지만 해도 나도 그러려고 했어. 그런데 이제 아니야. 당신의 머릿속은 온통 그 아이 생각뿐이잖아."

말을 마치는 순간 나는 주체할 수 없는 감정에 휩싸여

문갑 위에 있던 화병을 들어 창문을 향해 힘껏 내던졌다. 창문이 깨지면서 그동안 자제하고 있던 감정이며 아내를 향한 안쓰러운 마음도 한꺼번에 무너져 내렸다.

"녀석이 도대체 뭐야? 당신 애야? 아니면 사랑하는 남자야?"

내 가슴은 분노와 미움으로 미어터질 것만 같았다. 눈을 올려 뜨고 나를 바라보던 아내가 앉은 채로 옆으로 기울더니 입에 거품을 물고 쓰러졌다. 한참을 주무르고 물수건으로 얼굴을 문지르자 눈을 부스스 뜨면서 입을 열었다.

"어떤 경우에도 정호는 그냥 내버려둬요. 부탁이에요."

아내는 여전히 정호 타령이었고 나는 결국 수락할 수밖에 없었다. 정호에 대한 복수도 어차피 기세가 꺾인 판이다. 그 후 며칠 동안 아내는 자리에 누워 일절 거동을 하지 않았다.

며칠 사이에 수척해진 아내는 다시 화상 직후의 가장 우울했던 예전으로 돌아갔다. 집안 분위기는 삽시간에 어둡고 무거워졌다. 그런대로 밝게 웃으며 활기차게 생활하던 아내의 모습은 찾아볼 수조차 없고 한 번의 피치 못할 강연만 다녀온 후 일절 외부 출입을 하지 않았다. 식사도 거의 하지 않았고 말수도 현저히 줄어들었다. 내가 큰맘 먹고 꺼낸 정호에 관한 우호적인 표현에도, 이해해 줘 고맙다는 말 한마디만 했을 뿐 아무런 효과가 없었다. 장모님을 올라오도록 해서 함께 있게 해 봤지만 그것도 싫은지 기어이 이틀 만에 다시 내려보냈다.

새벽부터 줄기차게 비가 쏟아져 내렸다. 아내의 상태는 심각할 정도로 나빠져 가고 있었다. 먹구름처럼 어둡고 무거운 마음으로 강의를 마치고 곧바로 집에 들어갔다. 아내는 혼자 거실 의자에 앉아 비가 오는 창밖을 바라보고 있었다. 아침에 나갈 때 봤던 모습 그대로였다. 온종일 먹지도 마시지도 않고 그대로 있었던 것 같았다. 우유를 한 잔 따라 부탁하듯 권하자 고맙다며 간신히 마시고 나서 들릴 듯 말 듯 작은 소리로 입을 뗐다.

"오빠, 꼭 들어주겠다고 약속해 줘요."

아내는 이혼을 요구했다. 우리는 밤이 새도록 울다, 싸우다, 얼싸안고 토닥이다가 결국 이혼에 합의했다. 나는 부모님 집으로 들어가기로 하고, 신혼집과 예금 등은 가까스로 아내의 소유로 놔두기로 했다. 아내를 달래기 위한 어쩔 수 없는 방법이었으며 상황이 괜찮아지면 당연히 예전으로 돌아갈 생각이었다.

5

이혼 후에도 나는 누나나 처가 식구들을 통해 아내의 건강 상태와 일과를 변함없이 관찰했다. 아내의 몸이 좋아져 다시 예전과 같이 활동할 수 있을 것 같다는 얘길 듣고는 기쁜 나머지 분홍빛 수국 꽃다발을 보내기도 했다. 그런데 어느 날 아내는 뜻하지 않은 거금을 내 통장에 입금했다. 내 부탁으로 집에 다녀온 누나는 아내가 어디로 이사했는지는 알 수가 없고 한 달 전에 이사 왔다는 사람이 살고 있더라고 했다. 나를 다시 만나지 않으려는 의도가 분명했다. 전화도 연결되지 않았고 처가 식구들도 아내의 행방을 몰라 애를 태우고 있었다.

학교는 물론 미술동호인들에게도 수소문해 봤지만 아는 사람이 없었고 혹시나 해서 평창동의 정호 집도 가봤으나 텅 비어 있었다. 실종신고도 하고 사람 찾아준다는 곳에 의뢰도 해봤다. 주민등록 이전 신고도 되어 있지 않았다. 영월의 정호 고모 집에도 물어물어 찾아갔으나 사람이 없어 아무도 만나지 못했다. 아내가 다니던 병원 외에도 웬만한 곳은 다 확인해 봤지만 어디에도 다녀간 흔적이 없었다. 경찰서에서 무연고 사망자들의 명단까지 확인해 봤다.

정호 아버지가 탄자니아공화국 대사로 가 있다는 사실을 알아내고 하다못해 정호에 관한 정보라도 얻을 수 있을까 싶어 그곳까지 찾아갔다. 정호 아버지는 전화로 물을 수도 있는데 아프리카까지 왔느냐며 친밀감을 가지고 대했으나 그도 정호의 행방을 몰라 걱정이 가득하다고 했다. 죽지는 않은 것 같아 그나마 다행으로 여기고 있다면서 어쨌건 두 사람이 함께 있는 건 분명한 거 같으니 차라리 찾지 않고 기다리는 편이 낫지 않겠느냐고 자신의 속마음을 내비쳤다. 아버지의 심정을 이해 못 하는 건 아니지만 너무 쉽고 단순하게 생각하는 것 같아 화가 치밀었다. 그는 내 낯꽃이 일그러지는 것을 보고서야 본의 아니게 결례되는 표현을 했다면 양해 바란다며 곧바로 사과했다.

나는 아내의 행방을 찾느라 아무 일도 할 수가 없었다. 돌이켜 생각해 보면 아내 말대로 내가 정호 문제를 캐내려

들지만 않았더라면 아무 일도 없었을 것이다. 후회에 후회를 거듭했으나 이미 때늦은 일이다. 일이 손에 잡히지 않아 학교는 휴직했고 오로지 아내를 찾는 일에만 몰두했다. 나와 관계없이 잘 있다는 사실만 알아도 살 것 같았다. 정호 아버지 말대로 함께 있기라도 하길 바랐으나 그 또한 확인할 길이 없었다. 어머니는 폐인이 되다시피 한 나를 붙잡고 이럴 거면 무슨 일이 있어도 그냥 살아야지 이혼을 왜 했느냐며 그만 단념하라고 성화였다.

"나는 서영이를 알아."

누나는 아내의 마음속에 들어갔다 나오기라도 한 것처럼 단호하게 말했다. 아내가 세상 누구보다도 나를 사랑하고 있고 모든 게 다 나를 위해서라는 것을 확신한다고 했다. 내가 고개를 흔들면서 그러면 정호를 대하는 아내의 심정은 뭐냐고 따져 묻자 정색하면서 지적했다. 아직도 그 생각에 빠져 서영이의 진심을 들여다보지 못하고 있다는 건 사랑이라기보다 집착과 질투에 가깝다는 것이다.

"정호에 대한 마음은 여자의 모성 본능이야."

배 속에 정호를 가지고 있다고 착각했던 것도 같은 맥락이라며 같은 여자로서 충분히 이해할 수 있다는 것이다.

그러니 아내의 마음을 받아들이고 이제 그만 잊으라며 나를 다독였다. 세월이 지나면서 가족들의 눈에는 내가 아내를 포기하고 이성을 되찾은 것처럼 보였을 것이다. 그러나 내 가슴 한복판에는 누나의 생각과 달리 아내에 대한 그리움과 걱정이 떼어 낼 수 없는 딱지처럼 두껍게 달라붙어 있었다. 죽지 않아 다행이고 살아 있는 한 언젠가는 만나게 될 것이라 위안하며 소식을 기다렸다. 그러다가 못 견딜 만큼 그리워지면 호젓한 장소를 찾아 아내의 이름을 소리쳐 불렀다.

누나의 정성에 이끌려 민속탈춤을 공연하고 있는 동숭동 소극장을 갔다. 탈춤은 대학 시절에 친구들과 안동에 갔다가 야외공연을 한 번 구경했을 뿐 정식으로 공연을 관람해 본 적은 없었다. 시작 시간이 임박해지자 극장 입구는 사람들로 북새통을 이뤘다. 우리는 제일 앞줄에 앉았는데 소극장이다 보니 한 발자국만 나가면 배우들과 손을 맞잡을 수도 있을 만큼 무대와 가까운 자리였다. 마당놀이를 하기에는 미흡한 공간에서 봉산탈춤을 한 달 이상 공연하고 있는데도 미리 입장권을 구매해 두지 않았더라면 엄두도 내지 못할 뻔했다.

막이 오르고 등장인물이 한 줄로 서서 객석을 향해 인사를 했다. 그런데 앞줄 오른편 세 번째 자리에 서 있는 배우한 사람은 극 중의 탈을 그대로 쓰고 있었다.

"저 사람은 혼자만 탈을 쓰고 있네?"

좀 의아하다 싶었는데 바로 옆자리에 있는 관객이 손을 들어 그를 가리키며 일행에게 속삭였다.

"미얄할민데 주역이야."

관객의 손짓을 본 미얄할미가 우리 쪽을 흘깃 쳐다보는 것 같았다. 그 바람에 나도 호기심을 가지고 그를 지켜봤다.

시작을 알리는 징소리를 따라 막이 오르고 제1과장 사상좌춤이 시작되었다. 흰 장삼에 붉은 가사를 걸치고 고깔을 쓴 상좌 네 명이 제를 올리는 의식무를 추면서 관객을 삽시간에 압도했다. 춤사위는 우스꽝스러운 탈과 달리 진지하고 절제되어 있었다. 보는 내내 가슴속 응어리가 보따리를 풀어헤치고 복받쳐 오르는 기분이었다. 누나가 곁눈으로 나를 살피다가 허리를 툭 치며 눈을 찡긋했다. 2과장 팔먹중춤에서 6과장 말뚝이춤에 이르는 동안 노장이 쫓겨

나고 양반 삼형제가 말뚝이에 의해 돼지우리에 갇히는 장면까지, 나는 고개 한번 돌리지 않은 채 극 속에 빠져들어 갔다.

마지막 7과장인 미얄춤이 시작되었다. 영감탈을 쓴 사람과 무대 인사 때 미얄할미탈을 썼던 사람이 마주 서서 춤을 추었다. 둘이 어울려 구성지게 춤을 추는데 미얄할미가 춤사위로 몸을 돌리면서 나를 쳐다보고 있는 것 같은 착각에 빠지기도 했다. 춤이 끝나고 영감과 그의 첩 덜머리집 사이에 싸움이 벌어진 끝에 미얄할미가 영감한테 맞아 죽는 장면이 나왔다. 그런데 싸움 중간에 쓰러진 미얄할미가 바닥에서 일어나야 할 장면이 분명해 보이는데도 그대로 있었다. 다른 배우들의 연기는 계속 이어졌다.

내가 예상을 잘못하고 있나 생각하는 순간 다른 배우의 낮은 음성이 들려왔다. 분명하진 않지만 일어나지 않고 뭐 하냐며 핀잔을 주는 투였다. 나는 속으로 미얄할미가 겅중겅중 춤을 출 때 발이 접질린 게 아닌가 생각했다. 걱정스럽게 지켜보고 있는데 말뚝이역을 했던 배우가 재빨리 자리를 바꿔 미얄할미를 부축하고 칸막이 옆으로 사라졌다. 어딘지 매끄럽지 않아 보이는 건 분명했다. 다른 관객들도 잠깐 의아해하는 것 같았으나 곧바로 계속되는 극에 집중했다. 이어 남강노인이 죽은 할미의 넋을 달래며 지노귀굿을 해 주면서 막이 내려졌다.

작은 극장이 떠나갈 듯 터져 나오는 박수를 받으며 배우들이 무대 인사를 하러 줄지어 나왔다. 나는 조금 전의 미얄할미가 궁금해 시작할 때 탈을 쓴 채 인사를 했던 사람을 찾아봤다. 그러나 이번에는 탈을 쓰고 있는 배우가 없어 누구였는지 알 수가 없었다. 인사가 끝나고 무대의 막이 완전히 드리워졌다. 누나는 극이 좋았다는 듯 눈을 크게 떠 보이고 내 표정을 살폈다. 주위 사람들도 훌륭한 공연이었다고 저마다 한마디씩 평을 하면서 계단을 올라갔다. 나는 그때까지 조금 전의 석연치 않은, 좀 더 명확히 말하자면 미얄할미를 보면서 아내가 떠올랐던 느낌 속에서 벗어나지 못하고 있었다.

"누나, 아까 그 미얄할미 말이야. 마지막 인사에서 누구야?"

누나는 눈을 깜빡거리다가 탈을 벗고 있으니 알 수가 있겠느냐며 별로 관심을 갖지 않았다. 시작할 때는 탈을 쓰고 인사했던 사람이 끝날 때는 벗고 있어서 궁금했다고 하자 알리바바와 사십 인의 도둑 이야기 같지 않냐며 깔깔거리기만 했다.

"미얄할미가 쓰러졌다가 못 일어났던 장면 말이야. 그게 극 중 장면 맞아?"

"나도 좀 의아하다 싶긴 했는데 각본대로 한 거겠지."

"넘어질 때 다리를 다쳤던 건 아닐까? 그래서 마지막 인사에도 못 나오고."

"글쎄, 짜맞추다 보면 그렇게 볼 수도 있긴 하네."

누나는 다시, 그렇다 한들 잘 끝났는데 그게 무슨 문제냐며 웃어넘겼다. 나는 극장에서 받은 묘한 느낌을 말할까 하다가 그만뒀다. 아내를 잊게 해 주기 위해 나를 데리고 간 누나에 대한 배려였다. 하지만 저녁을 먹고 헤어질 때까지도 머릿속에는 미얄할미가 나를 바라보는 것 같았던 모습이나 넘어져 일어서지 못했던 장면이 그대로 남아 있었다. 기어이 밤잠을 설치고 다음 날 시간에 맞춰 혼자 소극장을 다시 찾았다. 그러나 표를 구하지 못해 허탕을 치고 2주 후로 예약만 하고 돌아왔다.

좌석은 입석까지 완전 매진이었다. 내 좌석은 지난번과

는 반대로 무대에서 보이는 마지막 줄 오른편 구석이었다. 그나마 자리에 앉아 있는 것을 다행으로 여기며 막이 오르기를 기다리고 있는데 뒷자리인 데다가 입석 관객들이 좌석 안으로 밀려 들어와 앉으나 마나였다. 하는 수 없이 일어서서 관람하게 되었다.

막이 오르면서 배우들이 무대 인사를 하러 줄을 서서 걸어 나왔다. 미얄할미는 이번에도 탈을 쓴 채로 인사를 했다. 무대보다 조금 높은 위치인 데다가 일어서서 보다 보니 배우들의 몸놀림이 한결 더 섬세하게 보였다. 6과장이 끝나도록 미얄할미를 기다리느라 제대로 관람하지도 못했다. 마침내 7과장이 시작되었다. 미얄할미가 한 손에 부채를 들고 한 손에 방울을 든 채 굿거리장단에 맞춰 춤을 추면서 등장하더니 영감을 찾느라 울어댔다. 눈이 시려 오도록 시선을 붙들어 매고 있는데 지난번에는 어딘가 몸이 좋지 않아 부자연스러웠던 것이 아닌가 할 정도로 시작부터 춤과 대사에 활기가 넘쳤다. 두 번째라 그런지 전반적인 줄거리에 대한 이해도 쉽고 더 흥미로웠다. 극은 단순하면서도 세상 풍파를 다 담은 듯했다.

나는 신경을 곤두세워 극을 주시하다가 지난번에 무엇

때문에 아내를 떠올리게 되었는지를 깨달았다. 미얄할미의 팔짱 낀 모습이었다. 팔짱을 낄 때 대부분의 사람이 한쪽 팔을 다른 팔의 겨드랑이 쪽을 향해 엑스자로 끼운다. 그런데 아내는 오른손에 연필이나 붓을 들고 중국 무술인처럼 왼팔에 일자로 나란히 겹쳐 올려놓기만 했었다. 한번은 내가 그럴 거면 그냥 내리지 팔짱은 뭐 하러 끼느냐고 묻자 그래도 왼팔을 배에 붙이고 있으니까 팔이 편해지고 그렇게 해야 다시 팔을 사용할 때 쉽게 펼쳐진다고 해서 웃으며 따라 해 본 적이 있다.

미얄할미의 팔짱 끼는 방식이 그랬다. 붓만 들지 않았을 뿐 아내의 자세 그대로였다. 닮은 구석이 또 있었다. 아내는 말을 하다가 화가 나면 남의 눈에 뜨일 만큼 일단 입을 다물고 침을 삼키면서 다른 사람들보다 더 긴 시간을 버는 습관이 있었는데 덜머리집과 입씨름을 하는 미얄할미 또한 같은 행동을 연상시켰다. 그뿐만 아니라 춤사위나 대사에서도 어딘가 낯익은 구석이 있었다. 볼수록 아내라는 확신이 들었다. 지난번에 발이 접질린 이유도 어쩌면 앞자리에 앉은 나와 누나를 보고 한눈을 팔았기 때문일지도 모른다.

생각에 빠져 건성으로 무대를 보는 중에 극이 끝났다. 끝인사를 할 때도 미얄할미는 탈을 쓴 채로 나왔다. 불이 켜진 다음 두근거리는 가슴을 누르면서 사람들을 따라 계단을 올라가 분장실을 찾았다. 들어올 때 본 안내도에는 일층으로 올라갔다가 다시 뒤쪽 지하로 연결된 계단을 내려가서 분장실로 가게 되어 있었다. 계단을 내려가는 내 마음은 이미 아내를 만나러 가는 심정 그대로였다.

지하 일층 무대 뒤편에 있는 분장실은 스태프실과 나란히 자리 잡고 있었다. 내가 분장실 방향으로 몸을 돌리는데 안에서 한 남자가 문을 열고 나오고 있었다.

"금방 올게요."

귀에 익은 음성인 데다가 남색 모자 옆으로 보이는 얼굴에는 화상으로 생긴 주름이 힘겹게 당겨져 있었다.

"서두르지 마. 넘어져."

아내의 밝은 음성이 안에서 들렸다. 재빨리 스태프실을 향해 몸을 돌렸다. 그 사이 정호는 성큼성큼 계단을 건너 뛰며 일층으로 올라갔다. 간격을 두고 쫓아가려는데 스태프실에서 한 사람이 나오다가 누굴 찾느냐고 물어 잘못 찾아온 것 같다고 얼버무리고는 서둘러 계단을 올라가 밖으로 나간 정호를 따라갔다. 식당이 즐비한 골목 입구 약국으로 들어갔다가 나온 정호의 손에는 약 봉투와 박카스 상자가 들려 있었다. 못 본 척 지나친 다음 몇 발자국 더 정호를 따라가다가 발걸음을 돌렸다. 정호의 뒷모습에 힘이 넘쳐 보였다. 아내는 내가 그토록 찾아다니는 동안 미얄할미 탈 속에 숨은 채 탈춤을 추고 있었던 것이다. 행방을 모른다는 처가 식구들이나 정호 아버지는 아직까지 이 사실을 모르고 있을까?

공연장 바깥 느티나무 밑에 만들어 놓은 둥근 나무판 자리에 앉아 소극장 출입문을 주시하고 있는데 마침내 둘이서 밖으로 나왔다. 아내는 머플러로 얼굴을 감싼 채 챙이 넓은 모자에 굵고 큰 선글라스를 끼고 있다가 미리 불러 둔 것으로 보이는 콜택시에 올라탔다. 나는 언덕길 식당 앞에 세워 둔 차를 그대로 놓아둔 채 허겁지겁 차도까지 들어가 눈에 들어오는 빈 택시를 잡아탔다.

"미안하지만 저 콜택시를 좀 따라가 주십시오."

위험하기 짝이 없는 승차에 화를 내려던 기사가 경찰관이냐고 물었다. 아니지만 보상은 해 주겠다며 양해를 구하고 계속 뒤를 따라갔다. 차는 북악터널을 지나 진관사 방향으로 꺾어져 가다가 어느 한옥 앞에서 멈춰 섰다. 차를 잠시 세워 달라 부탁하고 두 사람을 지켜봤다. 둘은 네다섯 칸 정도의 돌계단을 올라가 열쇠로 문을 연 다음 안으로 들어갔다. 작지만 반듯한 기와 담장과 세련된 목재 대문이 있는 깔끔한 집이었다.

차를 보내고 주변을 둘러봤더니 조금 떨어진 곳에 '은평한옥마을'이라고 적힌 높다란 팻말이 보였다. 돌계단 두 개를 올라가 대문을 올려다보니 기둥에 '한영숙'이라는 문패가 걸려 있다. 영월에 산다던 정호 고모의 이름이다. 기둥 사이 문틈으로 안쪽을 살피는데 사람은 보이지 않고 오순도순 말소리가 들려왔다.

"앞으로 공연시간을 줄여야겠어요."

"괜찮아. 이나마 감지덕지한데 아니면 이 얼굴로 뭘 하게?"

발 하나를 한 계단 밑으로 내리고 방향을 바꿔 몸을 숙였더니 안쪽이 훤히 들여다보였다. 둘은 마루에서 이야기하고 있었다. 정호가 자기 무릎을 베고 누워 있는 아내의 얼굴에 약을 발라 주고 있는 것 같았다. 아내는 천장을 향해 있고 정호는 고개를 수그리고 있어 두 사람의 얼굴은 볼 수가 없었다. 나는 초인종을 찾는 대신 살그머니 돌계단을 내려와 고샅의 어둠에 몸을 숨긴 채 아내가 나오기를 기다렸다. 조용한 주택가 도로에서 드물게 오가는 사람의 시선을 받아 가며 서 있는 동안 마음은 형언할 수 없을 만큼 참담했다.

아내는 밤 열한 시가 지나도록 나오지 않았다. 견디다 못해 돌계단을 올라가 다시 들여다봤더니 아내가 마루에 앉아 나올 준비를 하고 있었다. 착잡했던 가슴에 반가움이 파도처럼 밀려왔다. 옷매무새를 고친 다음 정호가 주는 머플러를 건네받고 있는 아내의 얼굴이 마루 끝에 매달린 형광등 불빛 아래 고스란히 드러났다. 진한 보라색 딱지가 얼굴 전체에 널찍하게 퍼져 있고 눈두덩이며 입술 위에 검은 반점이 예전보다 한결 많아져 있었다. 아내가 머플러를 목에 두르려고 고개를 치켜들었다. 안에서야 보일 리가 없겠지만 아내의 눈동자를 보는 순간 나는 이제껏 깨닫지 못하고 있던 생각 속으로 깊숙이 빨려 들어갔다. 아내의 애처로운 삶을 짓밟으면 안 되는 것이었다.

도망치듯 돌계단을 내려가 무작정 밤길을 걸었다. 어디

든 가서 소리라도 지르면서 실컷 울고 싶었다. 간신히 참고 몇 발자국 걸어가는데 뿌연 가로등 밑으로 도시답지 않게 자리 잡은 유채밭이 보였다. 밭 한쪽에 쭈그려 앉아 움켜쥔 두 주먹으로 눈두덩을 누른 채 한참을 울었다. 시간이 얼마나 지났을까? 천천히 일어나 무거운 발걸음을 옮기는데 길가에 늘어선 가로수에서 하얀 벚꽃 잎 하나가 살포시 어깨 위로 떨어졌다.

금낭화

1

매일 밤 꿈속에서 너를 본다.

내가 요청한 'My Heart Will Go On'의 싱그러운 피아노 음이 식장에 들어선 나와 현을 맞이했다. 꿈이 아닌, 실제로 내 눈 앞에 펼쳐진 일이다.

"신랑 신부 입장!"

손을 맞잡고 우리는 함께 입장했다. 현의 장갑 낀 손에 주어진 힘이 내 손등과 손바닥을 통해 온몸에 전해졌다. 어린 시절 운동회 때 박이 터져 쏟아지는 오색색종이처럼 수많은 생각이 머릿속으로 우수수 떨어졌다. 날짜를 정한 후에도 행여 무슨 일이 생기지나 않을까 불안했던 마음이 박수 소리에 묻혀 자취를 감췄다. 성탄절을 앞두고 일찌감치 나온 교인들이 합류되는 바람에 성당 안은 사람들로 가득했다. 내 얼굴을 보고 놀라는 사람도 있었지만 대부분 진지하고 엄숙한 표정이었다.

걸음을 옮기는 동안 아치형 유리창에 그려진 가톨릭 문양 사이로 한 여인의 상반신 얼굴이 보였는데 앨범에서 본 사진과는 전혀 달랐음에도 그분이 어머니라는 생각을 왜 하게 되었는지는 알 수가 없다. 혼인 미사가 진행되는 동안에도 그 모습은 한동안 남아 있었다. 신부님 앞으로 나가기 전에 짧게 아버지의 얼굴이 보였다. 아버지는 눈이 마주치는 순간 엄지손가락을 세워 보여 주고 있는 듯 환한 미소로 고개를 끄덕였다. 사회자의 주문에 따라 면사포를 얼굴 위로 넘긴 신부가 뒤로 돌아서자 성당 안이 잠시 술렁였다. 손수건을 꺼내 눈물을 닦는 교인도 눈에 들어왔다.

우리는 그렇게, 나의 스물여섯 번째 생일이자 크리스마스이브인 12월 24일에 어린 시절 나도 고모를 따라 몇 차례 가 본 적이 있는 영월의 작은 성당에서 결혼식을 올렸다. 현과 처음 만난 지 9년 10개월, 다시 만날 것을 약속한 지 8년 만이었다. 뉴욕에서 꿈꾸었던, 나는 설악산 인근에서 품격 있는 레스토랑을 운영하고 현은 경치 좋은 곳에서 그림과 나만을 사랑하며 사는 꿈이 현실이 된 것이다.

내 생명과 영혼을 송두리째 바친 크리스마스이브를 보내고 다시 뉴욕에 갔다가 2년 3개월 만에 현을 만나러 돌아오는 날, 비행기에서 보이는 정겨운 서울 풍경은 조바심을 내며 앉아 있던 14시간 20분의 기내 시간을 일시에 보상하고도 남았다. 고개를 있는 대로 뽑아 긴 대기행렬을 줄여 가면서 입국심사를 마치고 집에 도착하자마자 가방을 내려놓고 학교로 향했다. 퇴근 시간까지는 아직 여유가 있었다. 뉴욕의 화방에서 고르고 골라 사둔 붓과 스케치 연필이 들어 있는 쇼핑백을 들고 버스에서 내려 걸어가는데 나도 모르게 휘파람이 불어졌다.

뉴욕에 있는 동안 오로지 현을 만나기 위한 준비에만 몰두했었다. 아버지도 강요라는 것을 해 본 적이 없는 이제까지의 자세대로 내 뜻을 존중해 주었다. 학교는 대학에 입학하는 대신 일찌감치 요리전문학교를 선택해 단기과정을 마쳤다. 4년제 대학은 아니지만 준학사 학위와 요리사 자격증까지 받은 걸 알면 현도 인정해 줄 것이다. 현의 대화상대로서 조금이라도 그림에 관한 전문지식을 넓히기 위해 미술학원도 다녔고 대학에 들어갈 때까지 연락하지 않기로 한 약속도 이를 악물고 지켰다. 내 운명의 주인인 현과의 약속인데 그 어떤 일이든 못할 것이 없었다. 다만 그럴 리야 없다고 생각하면서도 잘생기고 늠름해 보이던 버스 안에서의 남자가 마음에 걸려 딱 한 번 친구에게 현의 안부를 물은 적은 있다.

현에게 아무런 변화가 없음을 확인하고는 별걱정을 다 한다며 혼자 너털웃음을 웃었었다. 그 후 비슷한 걱정이 될 때마다 약속을 상기하면서 애면글면 현을 다시 볼 날만을 기다렸다. 한편으로는 사정이 생겨 결혼하게 되었다는 현의 전화라도 올까 봐 매일 밤 그런 일이 없게 해 달라고 하늘의 별을 향해 내 뜻을 전하기도 했다. 아버지는 내가 새로운 환경에서 생활하다 보면 자연스레 마음이 변할 거라 여겼는지 크리스마스이브에 현을 만났던 얘기를 해도 믿으려 들지 않았다. 그러다가 고모를 통해 현의 마음을 전해 들은 다음부터는 우리 관계를 인정하고 얼굴도 마음도 고운 사람이라며 칭찬까지 해 줬다. 그때 나는 너무 기뻐 아버지를 업고 거실을 한 바퀴 돌았었다.

저만큼 떨어진 학교 담장 안쪽으로 노란 물감을 뿌려 놓은 듯 산수유가 올망졸망 피어 있다. 예전에도 이맘때 피었던가 싶다. 내가 오는 것을 모르고 있는 현이 나를 보면 어떤 표정을 지을지 자못 궁금하다. 아무도 없는 곳이라면 살짝 입을 맞추거나 슬며시 끌어안아 주겠지만 사람들 눈 때문에 그러지는 못할 것이다. 그렇지만 내 손을 꼭 잡고 전보다 어른스러워졌다며 좋아할 건 분명하다. 정문이 가까워지자 새삼 가슴이 두근거렸다. 미술실로 갈까, 밖에서 기다릴까 생각하면서 느릿느릿 걸었다. 교문 밖으로 우르르 빠져나오던 학생들이 줄면서 길 양쪽에 늘어선 사철나무와 회양목이 모습을 드러냈다. 정문을 들어서자 운동장 끝 느티나무 밑에 있는 철봉대도 보였다. 나는 미술은 별로였어도 철봉은 제법 했다.

입학 후 첫 미술 시간이었다. 기초드로잉 선 그리기를 하는데 철봉을 하다 와서인지 손이 떨려 직선이 영 나오지 않았다. 하는 수 없이 스케치북 위에 볼펜을 놓고 그리고 있었다. 그때 미술 선생님인 현이 내 옆을 지나가다 꼭 반듯해야 예쁜 건 아니라며 여리고 깨끗한 손으로 연필 쥔 내 손을 잡아 함께 선을 그려 주었다. 선이 일자로 쭉 그려졌다. 신기한 눈으로 바라보자 삐뚤삐뚤해도 괜찮으니 그냥 그리는 연습을 해 보라며 씽긋 웃어 주고 지나가서는 앞자리 친구에게도 뭔가를 지도해 주었다. 그날 별다른 이유도 없이 얼굴이 화끈거리고 가슴이 뛰었던 것을 현은 모를 것이다.

그런 일이 있고 나서 며칠 후 미술부에 들어갔다. 수채화를 그리는 특별활동 시간에 내 딴엔 열심히 먼 산 풍경을 그리는데 현이 한참이나 지켜보더니 지금 그리고 있는 게 뭐냐고 물었다. 학생들이 손으로 입을 막으면서 터져 나오는 웃음을 주체하지 못했었다. 나는 왜들 웃는지 모르다가 수업이 끝난 후에야 이유를 알았다. 그림이 뭐가 뭔지 모르게 그려져서 그렇게 물었다는 것이다. 정말이지 그때 얼마나 창피했는지 모른다.

추억을 되새기며 걸음을 옮기고 있는데 눈앞이 축제를 벌이는 것처럼 환해졌다. 나의 현이 국어를 가르치던 송희숙 선생님과 얘기를 나누면서 걸어 나오는 모습이 보인 것이다. 서두르던 발걸음을 늦추고 반가움을 가슴 깊숙이 들이마셨다. 현의 향기가 산들산들 다가오며 까맣고 단정한 단발머리가 내 동공 한가운데에 또렷하게 자리 잡혔다. 현은 언제나처럼 미소를 가득 머금고 송 선생님의 얘기를 들어주고 있었다. 뛰는 가슴을 억누르며 인사할 채비를 하는데 송 선생님이 먼저 나를 알아봤다.

"이게 누구야? 너 정호 아니니?"

뛰어가 고개 숙여 인사하자 현도 흠칫하며 나를 쳐다봤다. 현의 눈동자를 보는 순간 나는 가슴이 철렁 내려앉았다. 반가워하지 않는 것도 아닌데 표정 어딘가가 부자연스러웠다. 까마득하게 멀어진 학교 풍경이 어른거리는 착각과 함께 불안감에 휩싸였다. 송 선생님이 내게 뭔가를 자꾸만 물어봐서 건성으로 대답했다. 대놓고 현의 표정을 확인할 수도 없었다.

"현 선생님 결혼하고 처음이겠구나."

짧은 순간 송 선생님이 나와는 상관없는 남의 얘기를 하는 줄 알았다. 갑자기 나타난 배구공이 우리 앞으로 굴러가고 학생이 뒤를 쫓았으나 아무도 반응하지 않았다. 평계 김에 바라본 현의 표정이 눈 가장자리로 날아들었다. 현은 송 선생님의 말을 기정사실로 두고 입을 다문 채 가만히 있었다. 더는 현을 똑바로 볼 수도, 뭐라 대꾸할 수도 없었다. 방향을 돌려 무작정 달렸다. 사람들이 돈키호테가 된 나를 보고 깔깔거리며 웃는 것 같았다. 현이 부르는 소리도 들렸으나 빨리 도망쳐 내 속에 들어가 숨어야 한다는 생각뿐이었다.

오토바이에 부딪혔던 기억은 있지만 어쩌다 그랬는지 모른다. 택시에 올라탄 후에도 행선지를 말할 정신이 없었다. 기사가 백미러로 보면서 어디로 가냐고 물어 얼떨결에 명동이라고 대답했던 것 같다. 발길 닿는 대로 가보니 예전에 현과 함께 갔었던 카페 앞에 서 있었다. 분위기는 전과 다름없었다. 커피잔을 앞에 놓고 뭐가 어디서부터 잘못된 건지 곰곰이 생각해 봤다. 그러나 머릿속은 온통 결혼이라는 단어와 현의 흔들리는 눈동자만 휘젓고 다녔다. 마음을 가라앉히고 크리스마스이브에 했던 약속을 돌이켜 생각해 봤다. 내가 떼를 쓰는 바람에 임시방편으로 한 약속이었나 하는 생각도 들었지만 그럴 리는 없다. 불가피한 사정이 생기면 미리 말해 주기로 손가락까지 걸었었고 고모가 만났을 때도 같은 심정을 말하더라고 했었다.

서로 안부는 주고받느냐고 묻던 아버지와 항상 내 편을

들어준 고모에게 무슨 말을 해야 한다는 말인가? 하지만 지금의 상황에서 그런 것을 걱정한다는 것은 억지 여유에 불과했다. 몇 차롄가 걸려온 현의 전화를 물끄러미 쳐다보다가 차단했다. 받아 봤자 송 선생님의 말을 확인하는 결과밖에 되지 않을 것이다. 홀 안에 낯익은 멜로디가 잔잔하게 깔렸다. 듣고 보니 'My Heart Will Go On'의 전주곡이었다. 나를 기억하고 있는 DJ의 인사였다. 음악이 끝나고 여운이 사라져갈 때까지 꼼짝 않고 듣는 동안 나는 차라리 이 세상 사람이 아니길 소망했다.

이후 시간의 흐름도, 현실적인 상황도 인식하지 못한 상태로 무엇이 어떻게 되기를 바라는 뚜렷한 기대감도 없이 뭔가를 기다리고만 있었다. 그러다가 벌떡 일어나 혜화동에서 명동까지 반복해서 걷기도 했고 남산 팔각정에 올라가 민속놀이를 기웃거리거나 지하철을 타고 아무 데건 빙빙 돌다가 집으로 들어가곤 했다. 심각하다고 판단한 아버지는 남들이 부러워하는 뉴욕 근무를 접고 국내 근무를 자청해 어떻게든 새로운 취미와 목표를 찾아 주려고 노력했다. 억지로 데리고 나가 외식을 한다든지 영화를 보게 하기도 했다. 그러나 나는 그 무엇에서도 삶의 의미를 찾지 못했다. 계절이 바뀌고 크리스마스가 다시 찾아와도 변하는 것은 없었다. 현의 결혼 사실은 여전히 받아들여지지 않았다.

해가 바뀌면서 진흙 속 같던 가슴에 변화라는 호흡이 찾아왔다. 가만히 앉아 기다리고만 있을 게 아니라 하다못해 현의 삶을 들여다보기라도 하자는 것이었다. 곧바로 모자를 눌러쓰고 현을 미행하기 시작했다. 그 선택은 스스로 회의를 느끼게 하면서도 하루하루의 활동 방향과 목표를 안겨 줬는데 뜻밖의 짜릿함과 생활의 활력도 불어넣어 주었다. 신혼집도 알아냈고 그림을 그리러 나간다는 사실도 알아냈다. 남편이 예전의 그 사람이며 K 대학교 백준규 교수님이라는 것도 알게 되었다. 또한 결혼생활이 그다지 행복하지 않고 그 이유가 나와 무관하지 않다는 사실도 깨달았다. 그림을 그리러 교외로 나갈 때 데려다주는 것 말고는 남편과 함께 쇼핑을 하거나 영화를 보거나 손잡고 산책하는 등의 아기자기한 신혼생활은 찾아볼 수 없었다.

나는 진심으로 현이 행복해지기를 바라면서도 하루빨리 약속이 지켜지기를 바라는 모순된 소망을 품었다. 그렇지만 현의 고독한 삶은 변화가 없었으며 그 어디에도 내가 낄 자리 또한 없었다. 그와 관계없이 미행은 계속되었고 그렇게나마 현을 보는 게 생활이자 낙이 되어 버렸다. 급기야 아버지까지 내 비정상적인 행동을 알고는 참아 왔던 감정을 터뜨리며 호통을 쳤다. 내가 현에게 피해를 주는 것도 아닐뿐더러 이렇게라도 보지 않으면 미쳐 버릴 것 같다고 하소연하자, 공부든 운동이든 요리든 뭔가 하나라도 정상적인 일을 하라는 걸로 한발 물러섰다.

그러던 어느 날, 예전에 가깝게 지내던 중학교 3년 선배로부터 전화가 왔다. 장흥에 백숙 잘하는 집이 있어 겸사겸사 친구들과 만나기로 했는데 같이 가자는 것이다. 장흥이라는 말에 귀가 번쩍 뜨여 장소를 물었더니 삼거리에서 마을버스로 세 정거장이라고 했다. 조금 일찍 가서 현이 그림을 그리러 왔는지 확인도 해 볼 겸 열한 시 반에 삼거리에서 만나자고 했다. 집을 나서면서 마당을 정리하던 아버지에게 선배 얘길 하자 모처럼 누군가를 만나러 간다는 게 좋았는지 데려다주겠다고 했다. 내심 현을 염두에 두고 있다는 사실에 마음이 편치 않아 괜찮다고 사양했지만 아버지는 굳이 차를 끌고 나왔다.

말없이 운전만 하던 아버지가 한참 만에, 현 선생님은 어차피 결혼했으니 행복하기를 바라는 게 맞지 않겠냐며 내 마음을 떠봤다. 대답하지 않고 창밖만 바라보고 있었더니 어르듯 내 이름을 부르며 얘기를 다시 꺼냈다.

"첫사랑은 원래가 추억으로 끝난다고 하잖아."

뭐라고 말하진 않았지만 나의 경우는 사람들이 말하는 첫사랑과는 다르다는 사실을 아버지는 이해하지 못하고 있었다. 내가 아무런 반응이 없자 아버지는 마당에 철봉을 설치할 계획이라며 화제를 돌렸다. 장흥에 도착했는데 약속 시간까지는 한 시간이나 남았다. 처음부터 조금 일찍 오려고 했던 데다가 데려다주는 바람에 예상보다 빨라진 것이다. 아버지가 함께 있어 주겠다고 했지만 경치 구경을 핑계로 혼자 주변을 둘러봤다.

계곡의 물소리가 부드럽게 귓전으로 날아든다. 며칠 전에도 현을 미행해 여기까지 왔었다. 다른 날처럼 캠프가 보이는 곳까지 둑길을 슬슬 올라갔다. 쌀쌀한 바람은 울적한 심정에 제격이었다. 거리가 가까워져 주먹 망원경을 만들어 현이 그림을 그리던 쪽을 바라봤다. 현은 보이지 않고 텐트와 탁자, 빨간 플라스틱 의자 등이 보였다. 카메라

맨처럼 방향을 바꿔 이쪽저쪽을 살펴봐도 현은 없었고 이 젤을 어깨에 멘 다른 화가 한 사람이 물을 건너고 있었다. 주먹을 내렸더니 대각선 방향으로 조금 떨어진 둔치에서 한 소년이 하늘을 향해 제법 힘차게 솟아오르는 폭죽놀이 를 하는 게 보여 영월에서의 어린 시절이 생각났다. 어제 저녁 뉴스에서 정월 대보름의 쥐불놀이 풍습을 소개했던 기억도 떠올랐다.

시선을 옮겨 한적한 겨울 풍경을 둘러보는데 쓸쓸함이 더해진 추위가 온몸에 파고들었다. 부스스 떨려 오는 것 이 자칫 감기라도 들 것만 같았다. 목도리를 감싸며 다시 캠프 쪽을 바라봤으나 여전히 아무도 보이지 않았다. 여기 저기 서성거리다가 아쉬운 마음으로 슬슬 되돌아가고 있 을 때였다. 시야 한쪽에 있는 텐트 위로 까만 연기가 보이 더니 금세 불길이 치솟았다. 걸음을 멈추고 다시 봐도 텐 트에 불이 붙은 것이 분명했다. 바로 달려가려는데 불현 듯 다른 생각이 떠올라 나를 붙들었다. 현도 없는 판에 거 기까지 달려가 불을 끄고 있을 수도 없을뿐더러 미행 중인 내가 동호인들에게 알려지기라도 한다면 현에게 피해가 갈 수도 있다. 생각 끝에 나는 갈 필요가 없다고 단정 지으면서 불편한 발길을 돌렸다.

고개를 연신 돌려가며 삼거리로 가자 곧바로 선배가 도착했고 때마침 마을버스가 정차해 몇 사람이 내렸다. 눈을 마주친 선배가 엄지손가락을 젖혀 타라는 신호를 보냈다. 버스 안은 사람이 많아 서 있기조차 힘들었다. 캠프 가까운 쪽을 지날 때 몸을 낮춰 바깥을 보려고 해 봤지만 고개를 구부릴 수도 없었다. 내다보는 것을 포기하고 몸을 바로 세우는데 뒤쪽에서 소방차의 사이렌 소리가 들려왔다. 께름칙하던 마음이 한결 가벼워졌다.

화재 생각을 떨치면서 일행과 인사를 나누고 백숙을 막 먹기 시작할 때쯤 한 사람이 불난 걸 봤다는 이야기를 했다. 처음에는 뭔가를 일부러 태우는 줄 알았는데 텐트에 불이 났더라는 것이다. 나는 알고 있는 내용임에도 갑자기 당혹스러웠고 한걸음 나아가 만에 하나 현이 텐트 안에 있었으면 어쩌나 하는 걱정까지 되었다. 도저히 함께 이야기를 하고 있을 수가 없어 먹는 둥 마는 둥 하다가 끝내 볼일을 핑계로 먼저 식당을 나왔다.

캠프로 가 보니 불은 완전히 꺼졌으나 폴리스라인 테이프로 둘러쳐진 안쪽에 타다 만 텐트가 물에 흥건히 젖은

248

채 바닥에 내려앉았고 주변에 사람들이 웅성거리고 있었다. 누군가의 입에서 사람 몸에 불이 붙어 크게 화상을 입고 차에 실려갔다는 말도 나왔다. 튕기듯 구경꾼들을 빠져나와 마을버스를 타고 지나갈 때 눈에 띄었던 파출소를 향해 달려갔다. 스쳐 가는 느낌이었으나 텐트가 타는 것을 보고 마음 한구석에 피어났던 묘한 쾌감이 독침처럼 가슴을 찔러 왔다. 아닐 거야, 아닐 거야, 하고 미친 사람처럼 뇌까리며 파출소로 달려갔다. 화상을 입은 사람은 바로 현이었다. 이름과 직업까지 분명했다. 상태를 물어도 명확히 말할 수 없다며 병원으로 가 보라고만 했다. 물어물어 연신내 병원을 거쳐 H 병원까지 찾아갔다.

수술 중이라는 직원의 안내를 받고 가족 대기실로 갔더니 몇몇 사람들이 침통한 표정으로 서성거리고 있었다. 가족끼리 얼싸안고 우는 사람들도 눈에 띄었다. 전광판에 적힌 수술 중인 환자의 이름을 살펴보자 '현서영'이라는 녹색 글자가 깜박거렸다. 더는 확인할 것도, 나로서 어찌할 방안도 없었다. 털퍼덕 의자에 주저앉아 동공에 머물러 흔들거리는 전광판을 다시 보는데 바로 앞자리에 있는 남자가 현의 이름을 부르며 흐느끼고 있었다. 하마터면 현이 얼마나 다쳤느냐고 물을 뻔했다. 다시 보니 그는 현의 남편 백 교수님이었다. 나는 마치 내가 저지른 사고의 결과를 보고 있는 것 같은 착각 속에 빠져 후들거리는 다리로 뒷걸음쳐 병원 밖으로 나갔다.

집에 들어서자 내 표정을 본 아버지가 눈을 휘둥그레 뜨고 바짝 다가와 무슨 일이라도 있었냐며 양손으로 어깨를 붙잡았다.

"선생님이 화상을 입고 병원에 실려가셨어요."

울음이 터지려는 것을 참고 간신히 대답하자 아버지는 내 얼굴을 감싸고 살펴봤다. 눈빛 속에는 의심과 걱정이 가득했다.

"너는 오늘 백숙집에 갔었잖아."

"저는 텐트가 타는 것을 보고 비웃기만 했어요."

"그게 무슨 소리야? 네가 불을 질렀어?"

조급하게 묻는 아버지에게 울먹이며 자초지종을 얘기하자 일단 안심하는 표정을 지으면서도 거기도 결국 현서영 때문에 갔던 것이었냐고 분통을 터뜨렸다. 그러면서도 심정은 이해되지만 죄책감을 느낀다는 건 너무나도 잘못된 비약이라고 타일렀다.

"어쨌든 간에 선생님은 그 안에 계셨고 저는 불구경만 하다 간 셈이잖아요."

"네가 불을 낸 것도 아니고 선생님이 그 안에 있는 것도 몰랐었잖아. 너는 선생님이 하루속히 회복하기를 바라면 되는 거야."

나는 아버지의 말이 전혀 귀에 들어오지 않았다. 건성으로 들으며 서 있다가 방으로 들어가 침대에 머리를 묻고 있는데 백 교수님이 흐느끼던 모습이 눈에 아른거렸다. 현의 얼굴에 하얀 천을 덮는 상상도 비껴가지 않았다. 불안 감과 함께 비겁한 짓을 했다는 생각에 다시 방문을 열고 나가 병원에 가 봐야겠다고 했다. 아버지는 가서 뭘 어떻게 하겠냐며 말렸지만 이내 나를 데리고 H 병원으로 갔다. 뜰에 있는 의자에서 기다리는 동안 아버지 혼자 안으로 들어갔다가 한참 만에 나왔다. 쪼그리고 앉아 있다가 벌떡 일어나 화상이 어느 정도냐고 다급하게 묻자 세세하게 알아보지는 못했지만 수술은 잘 끝났고 화상집중치료실에 있다고 했다.

당장에 큰불은 끈 심정이었으나 집으로 돌아오는 내내 머릿속은 여전히 현의 생각뿐이었다. 들어가 쉬라는 아버지의 말을 듣고 방문을 여는 순간 나는 선생님! 하고 소리쳐 불렀다. 침대 위에 앉아 발을 흔들고 있는 현의 두 눈에서 빨간 핏물이 흘러내리고 있었다.

"선생님이 여길 어떻게 오셨어요?"

손을 뻗으며 침대를 향해 다가가자 현이 장난이라도 치는 것처럼, 같이 불구경하러 가자며 창문 밖으로 폴짝 뛰어내렸다. 눈을 떴을 때는 S 병원 침대 위에 누워 있었다. 현을 부르며 창밖으로 몸을 수그리다 떨어져 화단 돌에 머리를 찧고 정신을 잃었다는 것이다. 아버지는 조금 쉬면 괜찮을 거라면서 현도 전신 화상이기는 하지만 치료 잘 받고 있더라고 소식을 전해 줬다. 의사는 내게 편집증의 하나인 망상장애 증세인데 누구나 다 그런 경우가 있다며 마음을 편하게 가지라고 했다. 그 후 나는 멀쩡하다가도 갑작스레 온몸이 전기에 감전된 것 같은 고통을 겪곤 했으며, 음식을 먹지 못하는 것은 물론 편히 숨을 쉴 수도, 잠을 잘 수도 없었다.

혼돈과 고통의 정신세계를 넘나들고 있을 즈음 뜻밖에도 백 교수님이 병실로 찾아왔다. 그가 북받치는 심정으로 전해 준 현의 상태는 상상 이상으로 끔찍했다. 괴물의 얼굴이라고까지 표현했다. 그때까지 나는 현이 심한 전신 화상이긴 하지만 얼굴이 그 정도일 줄은 상상조차 하지 못했었다. 그는 이 모든 게 다 어느 놈인가의 방화 때문이라고 했는데 대놓고 말하지 않았을 뿐 나를 가리킨 말이었다. 나는 내가 그랬다고 발악을 했다. 그가 돌아간 후 뭔가 비장한 결심에 쫓기게 되었다. 무엇보다, 현의 모습을 내 눈으로 직접 확인해야만 했다. 그러나 아버지나 의사가 내 요구를 들어줄 리는 없었다. 현에게 가 보겠다고 매달리면 매달릴수록 오히려 경계만 더 심해졌다.

궁리 끝에 며칠간 밥도 잘 먹고 하자는 대로 심리치료도 적극적으로 받았다. 누가 무슨 말을 하면 귀담아듣는 표정도 지었다. 내 작전은 생각보다 빠르게 효과를 발휘했다. 외출을 허락받은 것이다. 곧바로 현이 입원해 있는 H 병원 화상병동을 찾았다. 병실을 말해 주지 않아 한 시간이 넘도록 입원실을 헤매다가 현의 이름과 '보호자 외 면회금지'라는 표식이 붙어 있는 방을 찾아냈다. 반가움과 슬픔에 가슴이 터질 것만 같았다.

마음을 가다듬고 있는데 문이 열리더니 환자복 차림의

여인이 울부짖으며 달려나왔다. 얼굴을 보지는 못했지만 그 여인이 현이라는 사실을 직감했다. 영락없이 환상을 보고 있는 것만 같았다. 뒤쫓아가 비상계단 문을 열고 난간 사이로 뛰어내리려는 현을 붙잡고 정신 차리라고 애원했다. 뒤따라 달려온 사람들도 함께 붙잡으면서 소리쳤다. 나를 보고 이성을 되찾은 현이 얼굴을 노출하지 않으려고 애쓰면서 거칠게 화를 냈다. 알아보기도 힘들게 바뀌어 버린 현의 얼굴은 백 교수님의 말을 듣고 상상했던 모습 그 이상이었다. 눈동자를 마주한 짧은 순간 현의 슬픈 영혼을 고스란히 느낄 수 있었다.

S 병원으로 돌아와 현의 '외로운 고통'을 조금이나마 덜 수 있는 방법을 생각해 봤지만 해결책을 찾을 길이 없었다. 고심 끝에 다시 병원을 찾아가 백 교수님을 만났으나 현에게 도움이 되는 그 무엇도 이루어내지 못했다. 당장에 현이 또다시 뭔가 일을 저지를 것만 같아 한순간도 마음 편히 있을 수가 없었다. 아니나 다를까. 견디기 힘든 며칠을 보낸 후 아버지의 감시를 피해 다시 현의 병원에 갔을 때 간호사실을 지나면서 자살시도 얘기를 듣게 되었다. 이제 더는 현을 죽음보다 낯설고 두려운 세계 속에 혼자 있

도록 내버려둘 수가 없었다. 답을 찾지 못한 채 현을 방치하고 있는 고통은, 적어도 나에게는 의사나 아버지가 말한 정신의 문제가 아닌, 실제의 물리적인 현상이었다. 전보다 한결 더 강한 전율에 휩싸인 가슴은 제대로 호흡할 수 없었고, 순환을 멈춘 머릿속 혈관은 터질 듯 부풀어 내 이성을 파괴했다.

결단 끝에, 쾌쾌한 가스 냄새가 코를 찌르는 주방 한쪽의 가스레인지 위로 얼굴을 깊숙이 밀어 넣고 현을 외쳐 부르면서 손잡이를 돌렸다. 모든 일은 순간이었다. 나는 결국 현과 같은 병원에 입원했다. 상상을 초월한 내 행동을 본 아버지가 고민 끝에 내린 선택이었다. 아버지 말을 듣고 달려온 현이 붕대에 감겨 누워 있는 나를 보고 울기 시작했다. 나도 쏟아지는 눈물을 주체할 수가 없었다. 현을 만나러 서울에 온 지 1년이 지나 비로소 얼굴을 마주한 것이다. 약속을 지키지 못해 미안하다는 말을 듣는 순간 바위처럼 가슴을 짓누르고 있던 그간의 한이 아지랑이 거치듯 사라졌다. 결혼보다 몇 배나 더 소중한 사랑을 되찾은 기분이었다. 아버지에겐 미안했으나 사고를 내기 잘했다는 생각마저 들었다. 추측인지 몰라도 현은 그때 어쩌면 나로 하여금 자신을 단념시키려 했던 마음을 포기했을 것이다. 그리고 이런 짓은 모두에게 너무 가혹한 처사라고 나무랐지만 열심히 치료받고 하루빨리 퇴원해서 씩씩하게 살자는 말도 했다. 그 말은 화상의 고통을 이겨 낼 수 있는 원동력이 되었다.

현과 같은 공간에 있다는 사실도 큰 기쁨이었다. 현의 병실은 디귿 자로 이어진 화상병동의 첫 모퉁이였고 나는 모퉁이를 막 돌아 두 번째 병실이었다. 함께 문을 열면 서로의 행동을 대충이나마 알 수 있었다. 가끔은 비상계단이나 한 층 아래로 내려가 얘기도 나누었다. 아버지도 우리의 만남을 조용히 도와주곤 했다. 퇴원은 내가 먼저 했지만 오래지 않아 현도 퇴원했다. 우리는 틈틈이 공원을 산책하며 정상인들로부터 소외된 외로움을 달랬다. 호기심을 감추지 못하는 꼬마 아이들이 스쳐 지나갔다가 일부러 쫓아와 쳐다봐서 들고 있던 초콜릿을 나눠 주자 아이 엄마가 얼른 빼앗아 슬그머니 쓰레기통에 버리는 일도 있었다.

얼마 후 현은 강연 활동을 시작했고 나는 요리 공부를 다시 시작했다. 현은 내게 본보기가 되어 주기 위해서라도 매사에 열정을 쏟았다. 갑자기 몸이 좋지 않아 강연을 중단하고 한동안 칩거 생활을 한 적도 있으나 이후 수원 전통무형문화재전수회관에서 봉산탈춤을 배우기 시작했다. 이혼 사실은 뒤늦게 알게 되었다. 나는 고모가 장만해 둔 은평한옥마을에서 살면서 아무도 모르게 현의 일을 도왔다. 현을 매일 볼 수 있게 되어 더는 부러울 것도, 바랄 것도 없었다. 현의 얼굴이 변한 것은 아무런 문제가 되지 않았다. 현은 마침내 탈춤 무대에 섰고 관객들에게 큰 호응을 얻었다. 현도 탈춤을 좋아했으며 특히 7과장의 미얄할미역은 춤사위에 감정을 담을 수 있고 남의 일 같지 않은 느낌이 든다고 했다. 나는 계속해 오던 요리 공부와 호텔 주방 아르바이트를 그만두고 본격적으로 현의 공연을 돕기 시작했다. 그렇게 일상을 함께 하는 우리를 보고 고모가 먼저 결혼을 권했다. 나를 생각해서라도 식을 올려야 하지 않겠냐는 제안에 현은 즉석에서 그러겠다고 대답했다. 뜻밖이었다.

2

결혼 후 울산바위가 바로 올려다보이는 미시령계곡 중턱에 레스토랑을 차리고 숙의 끝에 '라클라쎄'라고 이름 지었다. 기존에 있던 민박집 하나를 구입해 새롭게 꾸몄는데 기대 이상으로 아늑하고 이름대로 품격이 있어 보였다. 현의 예술적 감각이 한몫했음은 당연하다. 살림집은 레스토랑 옆으로 나 있는 별채를 수리해서 마련하고 '정선당'이라 불렸으며 주방은 아무 쪽에서나 편하게 사용할 수 있도록 했다. 레스토랑 주방 보조로 가까운 원남동에 사는 아주머니도 채용했다.

현은 탈춤을 그만두고 설악산 야생화 그리기에 몰두했다. 현이 처음으로 그림을 그리러 나가는 날, 나는 책상 서랍 깊숙한 곳에 넣어두었던 작은 꾸러미를 꺼내 쑥스럽게 내밀었다. 귀국하기 전 뉴욕 화방에서 샀던 붓과 스케치 연필이다. 현은 꾸러미를 물끄러미 바라보다가 나를 꼭 끌어안고 한참을 다독임으로써 그날의 아픔을 표현하고 위로했다.

우리는 하루 24시간이 부족할 만큼 행복에 빠졌으며 서

로를 '귀여운 고릴라'와 '화상선녀'라고 부르며 우리만의
세상을 만들어 갔다. 나는 오로지 현과 함께함으로써 심장
이 박동하는 의미가 부여되었고 삶의 기쁨을 느낄 수 있었
다. 라클라쎄는 소규모의 예약제로만 운영했는데 시간이
지나면서 찾는 사람이 제법 늘어 갔다. 나는 잠시라도 현
과 떨어져 있으면 쓸쓸했다. 레스토랑 일을 하면서도 틈만
나면 현을 찾았다. 점심과 저녁 사이의 쉬는 시간은 현과
함께 있을 수 있는 황금 같은 시간이다.

"색채 원근법이 탁월합니다. 입체감이 손에 잡힐 것 같
아요."

목소리를 굵게 가다듬어 아는 체를 하자 현이 부엉이 눈
을 뜨고 바라봤다.

"와아, 우리 서방님 미술 식견이 언제 그렇게 넓어졌어?"

미국에 가 있을 때 화가의 대화상대가 되기 위해 조금이
나마 미술공부를 해 두었다고 어깨를 으쓱해 보였더니 현
은 코가 닿을 만큼 얼굴을 들이밀고 내 눈을 들여다봤다.

"그렇게 하나밖에 모르다가 내가 먼저 죽기라도 하면 어
쩌려고 그래?"

"어차피 그때까지만 살 건데 뭐가 걱정이에요."

"그럼 내 묘지는 누가 지켜 주고?"

"귀신이 되어서도 곁에 있을 테니까 걱정 말아요."

"농담이라도 그런 소리 하지 마. 그런데 라클라쎄를 이렇게 비워도 괜찮아?"

그럴 때마다 나는 보조 요리사를 핑계 댔고 현은 이따 보자며 내 등을 떠밀어 보내곤 했다. 현은 계곡의 생동감을 배경으로 난쟁이붓꽃, 솜다리꽃, 구절초, 투구꽃 등 설악산의 야생화를 개성 있는 화풍으로 그렸는데 때론 날아오를 것 같은 환희가, 때론 눈물이 배어날 것 같은 고독과 슬픔이 고스란히 담겨 있었다. 작품이 많진 않았지만 출품할 때마다 입상함으로써 설악산의 여류화가로 조금씩 알려지게 되었다. 문예지의 화가탐방기사 때문에 덩달아 나까지 기사화되기도 했다. 취재하던 기자가 나와의 만남에 관해 물을 때 현은 사제지간이었다는 내용까지 있는 그대로 말했고 같은 장소에서 화상을 입었냐고 질문했을 때도 그런 건 아니지만 운명인지 나중에 남편까지 그렇게 되었다고 웃음을 곁들여 대답했다. 감추지 않는 당당함으로 내 기를 살려주기 위함이었다.

현이 곁에 없을 때면 나는 요리에 정성을 쏟으면서 허전함을 메웠다. 라클라쎄를 찾는 손님들은 내 요리에 호평을 아끼지 않았다. 그러나 레스토랑 일이라는 게 재료 구입하랴, 음식 만들랴, 세팅하랴, 설거지하랴, 계산하랴, 한창 바쁠 때는 손이 열 개라도 부족했다. 그럴 때 현은 그림을 그리다가도 곧잘 와서 라클라쎄 일을 도왔는데 처음 오는 사람들은 안 보는 척 우리를 흘끔흘끔 쳐다봤다.

"지금도 계속해서 우리만 쳐다봐요."

"신경 쓰지 마. 저분들 우리 구경하러 왔을 수도 있어."

"우리가 무슨 동물원 원숭이예요?"

"고릴라를 사랑하는 선녀잖아."

연신 웃음을 띠고 말하는 현의 이마에 땀방울이 반짝였다.

"무리하다가 또 탈춤공연 때처럼 쓰러지면 어떻게 해요."

"지금이야 이런 서방님이 있는데 그럴 리가 있겠어?"

현은 양 손바닥을 펼쳐 반들반들한 내 얼굴을 감싸며 쌩그레 웃었다. 점심시간이 지나고 한가해지면 우리는 무릉도원 같은 풍경을 안겨 주는 전망 좋은 창가에 앉아 향기로운 차에 행복을 둥둥 띄워 마셨다.

"선생님 눈동자 색이 조금 변한 거 같아요."

"고양이가 어쩌고저쩌고하면서 놀릴 때는 언제고?"

"요즘은 갈색이 아니라 오렌지색이에요. 예쁘지만."

"그런 지가 꽤 됐어. 자기는 내 얼굴에 너무 무심한 거
아냐?"

"나는 선생님을 자세히 본 적이 없어요. 보자마자 향기
에 취하거든요."

"오죽하면 편집증이라는 말까지 들었겠어."

"그걸 어떻게 알아요?"

"내가 자기에 대해 모르는 게 있는 줄 알아?"

현은 눈을 초승달처럼 가늘게 떴다. 나는 손장난을 치며
뭘 그렇게 많이 아느냐고 따졌고 현은 자기 손바닥이 부처
님 손바닥이라며 한바탕 웃어댔다.

꿈같은 신혼생활을 보내는 동안 사계절이 지나고 다시
겨울이 찾아왔지만 현을 향한 나의 갈증은 여전했다. 며칠
째 계속 날씨가 쾌청해 설악의 겨울 같지 않다며 따스한
햇볕을 즐기던 어느 날이었다. 라클라쎄를 묵묵히 내려다

보고 있던 울산바위가 흐릿해지더니 금세 눈발이 날리기 시작했다.

"오늘 예약이 좀 있는데……."

화구를 챙기던 현은 눈 내리는 설악산의 풍경이 더욱 일품 아니겠냐며 걱정 말고 손님 맞을 준비나 잘하라고 했다. 최근에 현은 우리가 '선녀골'이라고 이름 붙인 계곡 상류에서 눈 속에 핀 노란 복수초를 발견해 그림을 그리고 있었다. 추위를 대비해 안에 들어가 그릴 수 있도록 1인용 돔형텐트도 하나 고정해서 설치해 둔 곳이다. 눈도 오는데 오늘은 가지 않는 게 어떠냐고 했더니 보온팩에 뜨거운 물도 가득 담아 가니까 걱정하지 말라며 가방을 툭 쳐 보였다.

화구를 가져다주고 돌아올 때까지만 해도 그치는가 싶었던 눈은 오후 들어 폭설로 바뀌었다. 예약 취소도 잇따랐다. 뉴스에서 설악산을 비롯한 곳곳의 교통통제 현장이 중계되자 남아 있던 몇몇 손님들도 서둘러 돌아갈 채비를 했다. 마지막 손님을 배웅하고 올려다본 하늘에서는 천지를 메우고도 남을 만큼의 엄청난 눈이 잿빛 하늘을 빠져나오듯 앞다퉈 쏟아지고 있었다. 얼마 지나지 않아 사방은 어둑어둑하고 설악산 전체가 마술처럼 회색 커튼 뒤로 사라졌다. 터널 입구 이정표도 가드레일도 보이지 않고 까치가 놀던 앞마당의 느티나무 꼭대기도 감쪽같이 사라졌다. 온 세상이 맥없이 하얀 눈에 정복당하고 말았다.

아주머니를 일찍 퇴근시킨 다음 방한화를 챙겨 들고 선녀골을 향해 길을 나섰다. 눈발이 예사롭지 않으면 짐을 놔두고라도 당연히 돌아왔어야 한다. 나를 기다리고 있는 건 아닌지 마음이 바빠졌다. 중간에 만나면 핑계 김에 눈싸움이라도 한바탕 할 요량으로 시야를 멀리 두고 걷다가 길턱에 발이 빠져 그대로 나동그라졌다. 현 혼자 화구를 들고 왔더라면 발을 접질리기 십상이었다.

옷을 털고 일어나는데 앞쪽에 손을 맞잡고 걸어오는 두 사람의 모습이 눈발에 흔들거리며 보였다. 대번에 현이라는 사실을 알았지만 고개를 갸우뚱했다. 나 외에 현의 화구를 둘러메고 내려올 사람이 설악산에 있을 리 없기 때문이다. 두 사람은 함께 소리 내어 웃기도 했다. 우리는 거의 동시에 서로를 마주봤다. 생각조차 못 했던 백 교수님이었다. 나는 선뜻 할 말이 떠오르지 않아 고개만 꾸뻑하고 입을 다물었다. 그는 나를 안기라도 할 것처럼 잡고 있던 현의 손을 놓고 팔을 벌려 반가운 표시를 했다.

"라클라쎄 일찍 끝냈어?"

현은 다소 어색한 웃음을 지으며 다가왔다. 어떻게 된 일이냐는 내 물음이 끝나기도 전에 백 교수님이 화구를 왼쪽 손으로 바꿔 들고, 오랜만이네, 하면서 손을 내밀었다.

"인터뷰 현장을 찾아와 봤는데 생각보다 쉽게 만나지더군."

그러고는 미끄러워서 손을 붙잡고 왔으니까 오해는 말라면서 화구를 건네줬다. D 콘도에 왔다가 가는 길이라고 묻지 않은 말도 했다. 얼마 전 잘 알려지지 않은 케이블 방송에서 현이 겨울꽃 그림을 그리고 있는 현장까지 찾아와 인터뷰했던 일이 떠올랐다. 그때 나도 곁에 있었다. 아무리 그렇다 해도 뭔가 약속이 되어 있지 않고는 우리만 아는 선녀골을 그렇게 쉽게 찾아갈 수는 없는 노릇이다.

"며칠 전부터 라클라쎄 예약을 하려고 했는데 안 되더래."

현이 말을 하다가 굳어 있는 내 얼굴에서 시선을 멈췄다. 나는 속으로 어쩐지 날씨 걱정 없이 그림을 그리러 나가더라니 싶었다.

"얼굴은 야윈 듯해도 잘 있는 모습을 보니까 참 좋아."

그가 하얀 이를 드러내며 웃어 보이고는 만사 제쳐 놓고 올 테니까 언제 한번 정식으로 초대하라고 너스레를 떨었다. 자기가 여전히 현의 보호자나 되는 것으로 착각하고 있었다. 그러자 현이 눈을 치켜뜨고 그의 팔을 붙잡았다.

"오늘은 어차피 차도 못 가니까 저희 레스토랑으로 가세요."

"여차하면 콘도에 하루 더 묵으면 되지 뭐."

"체크아웃까지 했다면서요."

뜻밖의 상황에 당혹스러운 쪽은 나였다. 두 사람이 서로를 대하는 태도나 말투는 나로서는 도저히 따라갈 수 없을 만큼 어른스럽고 자연스러웠다. 나는 아무리 표정을 풀려고 해도 점점 더 굳어지기만 했다. 현이 나를 쳐다보며, 그게 낫겠지? 하고 동의를 구했다.

"그러세요, 교수님."

나는 엉거주춤 대답하고 앞장서서 걸었다. 수직으로 떨어지던 눈발이 이제까지 들리지 않던 바람 소리와 함께 정면에서 달려와 끈질긴 파리처럼 얼굴에 달라붙었다가 떨어졌다. 뒤에서 오고 있는 두 사람은 아무 말도 하지 않고 내 뒤를 따라왔다. 나도 계속 입을 다물고 걷기만 했다. 아까처럼 보이지 않는 길턱 밑으로 다시 발이 빠져 휘청했으나 뒤돌아보지 않고 그냥 갔다. 뒤따라오다가 보았으면 알아서 조심할 것이다. 생각할수록 백 교수님도 물론이지만 무엇보다 현의 태도를 이해할 수가 없었다. 불쾌감으로부터 도망치듯 발걸음을 서둘러 두 사람과의 거리를 최대한 벌렸다.

"바닥 깊이가 안 보여. 조심해."

그의 말소리가 쪼르르 달려와 내 귀를 건드렸다. 현의 말소리는 들리지 않았다. 필시 내 기분을 의식해서 입을 다물고 있을 것이다. 나는 길 안내를 하는 방자처럼 외롭게 앞만 보고 걸었다. 내가 먼저 집에 들어오고 얼마 지나지 않아 현이 들어왔다. 언제 바꿔 신었는지 발에는 내가 챙겨 갔던 방한화가 신겨져 있었다. 현은 아무 말도 하지 않고 운동화를 바닥에 내려놓고는 머리며 옷에 잔뜩 쌓인 눈을 털었다. 그는 보이지 않았다.

"교수님은요?"

"꼭 그렇게 불쾌한 티를 내야겠어?"

현은 화구통을 마루 위로 올려놓으면서 퉁명스럽게 말

했다. 백 교수님은 그냥 간 것으로 보였다.

"나도 몰래 기분이 조금 그랬어요."

"그 정도는 이해해 줄 수 있는 일 아냐? 사람이 기본적인 예의는 갖춰야지."

나에 비해 현은 하고 싶은 말을 다 했다. 예의를 지키지 않은 쪽은 두 사람 아니냐고 반박하고 싶었지만 아무 말도 하지 않은 채 현을 비켜 문을 열고 라클라쎄로 건너갔다. 현은 말없이 나를 쳐다만 보고 있었다.

하늘에서 떨어지는 건지 산에서 날려 오는 건지 메뚜기 떼 같은 눈은 사방 천지에서 마구잡이로 쏟아지고 있었다. 마치 딴 세상에 와 있는 것 같은 느낌이 들었다. 다른 때 같았으면 현과 나란히 앉아 눈이 제정신이 아닌 것 같다고 시시덕거리며 구경하고 있었을 것이다. 백 교수님과 미리 약속하고 만난 건 아닐 거라는 생각도 들었지만 마음은 허전하기 짝이 없었다. 울적한 마음으로 선반에서 위스키병을 내려 유리컵에 듬뿍 따라 맛을 느낄 겨를도 없이 단숨에 마셨다. 술이 목구멍을 넘어가는 순간 목과 가슴이 화끈거리고 기분이 조금 풀리는 것 같았다. 이제껏 술을 이

만큼 마셔 본 적은 없었다.

풀렸던 감정 속으로 느닷없이 외로움이 들이닥쳤다. 다시 같은 양만큼 두 잔을 더 마셨더니 사방이 빙빙 돌고 몸이 흔들거렸다. 잔을 테이블에 내려놓는데 욱! 하고 올라오는 술이 목구멍을 싸하게 건드렸다. 밖으로 뛰어나가 한바탕 토하고 싶었으나 현이 어디선가 지켜보고 있을 것만 같았다. 억지로 침을 삼켜 구역질을 참으면서 테이블에 손을 짚어 몸을 지탱했다. 흔들리는 창틀마다 눈이 쌓여 바깥세상은 아예 볼 수도 없었다. 테이블, 의자, 진열장은 물론 어두워진 홀 안의 모든 것들이 알라딘의 담요처럼 사방을 빙빙 돌았다.

휘청거리는 걸음으로 벽을 짚으며 걸어가 전등 스위치를 올린 다음 조심스럽게 의자 위에 앉으려는데 문짝에 매단 종이 땡그랑 울렸다. 홀 안의 공기가 금세 부드러워졌다. 미안하다고 말할 준비만 한 채 구역질이 나는 걸 간신히 참으면서 현의 손길을 기다렸다. 현이 어깨를 감싸 주는 순간 몸과 마음이 다 편해질 것만 같았다. 몸이 앞뒤로 흔들거리는 것을 이를 악물고 버티고 있는데 신발에 붙은 눈이 바닥에 짓이겨지면서 빠드득 소리를 냈다. 현의 발소리가 아니었다.

"불이 켜져 있어서 들어왔네. 얼굴이 안 좋아 보이는데?"

백 교수님이었다. 그는 내 어깨를 한번 두드리고 옆자리
에 앉아 잔 하나를 바로 세우더니 위스키를 따랐다. 소리
로 보아 꽤 많은 양을 따르는 것 같았다.

"나도 술은 잘하지 못하지만 오늘은 너무 기뻐서 한잔하
고 싶어."

이어 조용히 병을 내려놓고 단숨에 잔을 비웠다.

"저승길로 들어설까 봐 겁나서 돌아왔네. 눈이 앞을 가
려 이승인지 저승인지 구분이 안 되더라고."

속이 불편해 아무 말도 하지 못하고 몸을 구부린 채 얼
굴을 마주봤다. 웃음을 머금고 있는 그의 얼굴이 음흉한
저승사자 같았다. 그는 다시 아까처럼 위스키를 따라 마시
고 잔을 내려놓았다. 잘 오셨다고 대답하려 했지만 입을
벌리는 순간 토할 것만 같았다.

"내가 다시 온 게 싫은 모양이구만."

"……아닙니다."

간신히 대답을 마치고 입을 틀어막으면서 레스토랑 밖
으로 뛰쳐나갔다. 한참 구역질을 하고 있는데 묵직한 손이

내 등을 부드럽게 치고 있었다. 나는 어른스럽지 못한 꼴을 보여 준 것 같아 부끄러웠다.

"술은 주량대로 마셔야지. 속이 불편한 건 나도 마찬가지지만."

내가 고맙다며 허리를 펴고 바로 앉았는데도 그는 한참이나 더 등을 쓰다듬어 줬다.

"오늘의 내 심정은 자네가 잘 모를 걸세. 고맙네."

그 말을 끝으로 백 교수님은 하늘도, 땅도, 길도 없는 '눈의 나라'로 걸어 들어갔다. 뭐라 말할 겨를도 없이 한바탕 더 토했는데도 어지럽기는 마찬가지였다. 몸이 흔들거려 그를 부르고 싶어도 부를 수가 없었다. 정신을 가다듬고 그가 걸어간 방향을 바라봤지만 찾을 수가 없었다. 간신히 일어나 쫓아가는데 갑자기 몸이 땅속으로 빠지는 느낌과 함께 눈이 배꼽을 훌쩍 넘어갔다. 양팔을 펼치고 무릎과 몸통으로 눈을 헤집고 빠져나가려 했지만 만만치 않았다.

"조심해야지. 바닥이 팬 곳이 많아."

어디서 나타났는지 그가 다가와 내 팔을 끼고 앞으로 걸어 나갔다. 바닥은 평지였고 깊이도 무릎 정도로 낮아졌다.

"야박했던 게 마음에 걸렸던 모양이지? 걱정 말게. 콘도

까진 갈 수 있으니까."

그러고는 다 이해할 수 있다며 눈을 찡긋 떠 보이고 나서 늦었지만 결혼을 축하한다고 했다. 그 말 때문이랄 수는 없지만 그에게 뜻밖의 친밀감이 느껴졌다.

"우리 선생님과 무슨 얘길 하셨어요?"

내 말에 그는 눈을 크게 치켜떠 보이고 얼굴을 가깝게 들이밀었다.

"자네가 불을 지른 거라고 고자질이라도 했을까 봐서 하는 소린가?"

"그게 뭔 얼토당토않은 말씀이세요?"

"자네 입으로 말하지 않았어?"

그가 자세를 바로 하면서 놀리듯 말했다.

"그땐 제가 제정신이 아니었던 걸 교수님도 아시잖아요."

"무의식중에 진실을 말했던 게 아니고?"

"말도 안 돼요. 설마 선생님에게 그런 엉터리 얘길 하신 건 아니죠?"

"걱정 말게. 내가 이제 와서 그런 말을 할 만큼 비겁한 놈은 아니니까."

"생색내지 마세요. 모함하지 않는 거죠."

"그런 말로 나를 설득하려 들진 말게. 이미 다 지나간 일이지만 내가 주먹 망원경 놀이를 하는 동네 아이들도 만나 보고 그날 행적도 다 알고 있으니까 말이야."

그의 표정은 웃는 듯 보였지만 그렇다고 웃자고 하는 말만은 아니었다. 나는 그의 양쪽 어깨를 잡아 사정없이 흔들어대면서 또 무슨 엉터리 같은 소릴 하려고 그러느냐고 대들었다.

"죽이려 드는 걸 보니까 어지간히 화가 난 모양이군. 알겠네. 오늘부로 자네 말을 완전히 믿겠네."

그는 내 손에서 빠져나와 낄낄거리며 웃었다. 이후 거기에 대해 특별한 말을 더 하진 않았지만 그는 이미 나의 결백을 믿고 있었다는 느낌이 들었다. 나는 계속해서 어린 시절 아버지와 놀듯이 다시 다리를 붙잡아 넘어뜨리고 등에 올라타 소리쳤다.

"믿어 주는 것이 아니라 오해했었다고 사과하세요. 빨리요."

그는 아무 대답도 하지 않고 죽은 척 가만히 엎드려 있었다. 내가 다시 등을 흔들어대자 벌떡 등을 세우고 기침

을 하는데 입안에서 눈덩이가 부서지면서 튀어나왔다. 그
러고는 고꾸라지는 흉내를 내면서 언덕진 아래쪽으로 쭉
미끄러져 내려갔다. 잠시 후 그가 내려간 쪽에서 메아리
같은 소리가 들려왔다.

"잘 살게!"

"가지 마세요!"

나는 쫓아가는 것을 그만두고 벌렁 드러누웠다. 눈 속은
뜻밖에 포근하고 편안했다. 억울한 마음도 말끔히 사라졌
다. 온 하늘의 눈이 사선을 그리며 나를 겨냥해 달려오고
있었다.

얼마나 그렇게 있었을까. 숨이 제대로 쉬어지지 않아 퍼
뜩 눈을 떴다. 잦아들던 눈발이 목과 어깨를 지나 내 눈코를
덮어가고 있었다.

"여기서 뭘 하고 있어? 얼마나 찾았는지 알아? 괜찮아?
어디 다친 덴 없어? 술 마셨어? 얼마나?"

현이 그렁그렁한 눈으로 나를 보다가 품에 안으면서 온
몸에 쌓인 눈을 닦아냈다.

"교수님을 그냥 가시게 해서 미안해요."

마음이 편안해진 나는 횡설수설 백 교수님 얘기를 늘어놓았다. 나를 오해하고 있더라는 말은 꺼내지 않았다.

"교수님도 술을 마셨다고? 술은 거의 못 하시는데."

그러고는 다시 장갑을 벗은 손으로 내 얼굴을 닦아줬다.

"……그래서 잘 가시긴 한 거야?"

"예, 도로 쪽으로 내려가시는 걸 봤어요."

"잘 가셨으면 된 거지 뭐."

현은 계속해서 넘어지고 휘청거리는 나를 부축해 집으로 돌아와 침대에 눕히고 따뜻한 이불을 덮어 줬다. 그 후 곧바로 잠에 빠져 뒤죽박죽 긴 꿈을 꾸다가 일어났는데 현이 보이지 않았다. 머리가 몹시 아팠지만 그제야 제정신으로 돌아온 듯했다. 조금 전까지의 일들이 까마득한 옛날 일처럼 뒤엉켜 생각이 났다. 이마를 짚으며 일어나 문을 열고 현을 몇 차례 불렀으나 대답이 없었다. 서둘러 옷을 걸치고 나가려는데 쪽문 열리는 소리가 났다. 현의 손에는 낯선 목도리가 들려 있었다.

"어디 갔다 와요?"

"전화벨이 울리는 것 같아 홀에 가보고 오는 길이야. 잘못 들었나 봐."

현의 표정이 어딘지 개운치 않아 보였다. 나는 직감으로 현이 백 교수님의 전화를 기다리고 있었다는 것을 알 수 있었다.

"교수님이 걱정돼요?"

"어디든 도착하면 전화하겠다고 했었거든."

쓸데없는 걱정을 한다는 생각에 은근히 부아가 치밀기도 했다.

"아까 자기가 누워 있던 곳까지 나가 봤더니 이게 떨어져 있었어."

현은 계속 내 마음은 아랑곳하지 않고 잘 가는 걸 분명히 봤느냐고 되물으면서 백 교수님 걱정을 늘어놓았다.

"내게 잘 살라는 말도 해 주고 내려가셨는데요."

"그런데 자기는 눈 속에서 자고 있었던 거야, 정신을 잃고 있었던 거야?"

"뭐가 어떻게 된 건지 기억이 잘 안 나요."

"나는 자기가 누구에게든 좋지 않은 느낌을 주는 건 싫어."

서운했던 감정이 완전히 풀어지지는 않아도 현의 마음을 다른 측면에서 이해할 수 있는 말이었다. 그 일이 있고 나서 우리는 잠시 머쓱했으나 이내 제자리로 돌아왔다. 무엇보다도 나는 현과의 틈새를 잠시도 견딜 수 없었다.

3

백 교수님이 미시령터널 길 계곡 진입로 부근에서 제설차에 발견되어 이송 도중 사망했다는 사실을 알게 된 건 그로부터 2주가 지난 후였다.

"현서영 선생님 계신가요?"

라클라쎄 전화를 받는데 현서영 선생님이라는 표현도 자연스럽고 말하는 분위기로 보아 예약전화는 아니었다. 나를 흘깃 바라보면서 전화를 받는 현의 얼굴에 반가움과 긴장감이 배어 있었다. 언니라는 호칭과 연락하지 못해 미안하다는 말을 하는데 누구인지는 딱히 감이 잡히지 않았다. 궁금한 마음으로 지켜보고 있는데 인사를 나누던 현이 갑자기 의자에 털퍼덕 주저앉았다. 소름이 돋아 있는 얼굴은 백지장이었다.

"그게 무슨 말이에요?"

그 말을 끝으로 한참을 듣기만 하다가 통화가 끝난 것 같았다. 수화기를 내려놓는 현의 손이 사정없이 떨렸다. 조용히 다가가 무슨 일이냐 물었는데도 대꾸 없이 눈물만 줄줄 흘렸다. 가족 중 누군가에게 좋지 않은 일이 일어난 건 분명해 보였다. 걱정스러운 마음으로 지켜보고 있는데 현이 나를 똑바로 보며 물었다.

"내려가면서 잘 살라는 말까지 했다고 하지 않았어?"

듣고 보니 그날의 얘기였다. 얼떨결에 그랬던 것 같다고 대답했더니 갑자기, 그랬던 것 같다가 아니라 그랬다고 하지 않았느냐며 언성을 약간 높였다.

"어렴풋이 들렸었어요. 그런데 그게 왜요?"

"다시 잘 생각해 봐. 그랬어? 아니면 그랬던 것 같아?"

"그랬던 것 같았어요."

"그럼 잘 모르는 거잖아."

그리고 더 묻지 않았다. 나는 잘못이라도 저지른 사람처럼 말없이 현의 표정만 살폈다. 현은 창밖을 바라보면서 연신 눈물을 닦았다.

"제설차가 눈 속에서 질식해 있는 교수님을 발견했대."

"예? 교수님이요? 그래서요? 그래서 어떻게 되었대요?"

"헬리콥터로 이송했는데 이미 사망해 있었다나 봐."

"아까 잘 생각해 보라며 다그친 이유가 설마 나와 관련이 있다고 생각한 거예요?"

차마 내 입으로, '나는 결백하다'는 말을 꺼낼 수가 없었다.

"그냥 확인하려고 한 말이야."

말하는 내용과 달리 목소리는 여전히 냉랭했다.

"모든 게 다 우연이에요."

"그 모든 거라는 것이 뭔데?"

어느덧 눈물범벅이 된 현은 한결 잦아든 목소리로 물으면서도 내 말에 관심을 기울였다.

"내가 그날 술을 마신 거, 교수님이 라클라쎄로 다시 오신 거, 길턱에 빠진 나를 꺼내 준 다음 눈밭에서 같이 장난친 거, 교수님이 가시다가 눈 속에서 사고를 당한 것들 말이에요."

그 밖에도 그날 백 교수님한테 아버지 같은 친밀감을 느꼈던 사실까지 자세히 설명했다. 말을 하는 동안 나를 믿어 달라고 하소연하는 것 같아 너무나도 억울했지만 현의 심정을 생각해 최대한 부드럽게 설명했다. 내 말을 다 들은 현은 교수님을 그냥 보낸 게 잘못이었다는 죄책감 때문에 말투가 곱지 않았다고 사과한 후 대화를 매듭지었다. 나 또한 해명이든 설명이든 그 일에 관한 말을 더는 하고 싶지 않았다. 다만 현의 아픔을 위로할 길이 없어 안타까울 따름이었다. 현은 다음 날부터 머리에 하얀 리본을 달고 검은 상복을 입었다. 그림을 그리러 나가지도, 레스토랑에 나와 보지도 않은 채 슬픔에 잠겨 있기만 했다. 나는 현의 슬픔에 짓눌려 백 교수님의 죽음에 대해 나름대로 애도할 겨를이 없었다. 현이 좋아하는 단호박스프와 아보카도 샐러드를 정성껏 만들어 내놓아 봤으나 마지못해 몇 수저 뜨는 시늉만 했다.

예기치 못한 일에 가슴이 아프면서도 현이 계속해서 상복을 입고 있다는 사실이 마음 편치 않았다. 그토록 애절하게 슬퍼하는 모습도 처음이었다. 병원에서 거울에 비친 자신의 모습을 보고 죽으려고 했을 때나, 화상으로 누워 있는 나를 보았을 때와는 또 다른 슬픈 표정이었다. 삶과 죽음을 초월한 사람처럼 미동도 없이 설악산을 바라보고 있는, 현의 처연한 모습은 내 가슴을 더욱 저리게 했다.

"내가 어떻게 할 수도 없고 숨이 막혀 못 견디겠어요."

"부담을 줘서 미안해."

그 말은 거듭 내 마음을 편치 않게 만들었다.

"나도 슬프다고요. 차라리 내가 죽는 게 나을 뻔했어요."

현은 뭔가 반박하려고 숨을 들이쉬다가 다시 눈물을 쏟았다.

"그러게 애초에 좀 더 너그러웠더라면 좋았잖아."

변명의 여지를 가차 없이 잘라내는 현의 모진 말은 나를 더없이 슬프게 했다.

"지금 무슨 말을 하고 싶은 거예요? 내 입장에서 나를 옹호해 주면 안 돼요?"

"솔직히 지금 심정에 그런 변명을 들어주고 싶진 않아."

"변명요?"

나는 입을 다물고 말았다. 현은 당혹스러워하는 나를 보고 자신의 성격이 그래서 미안하다는 말을 겨우 했을 뿐 표정에는 아무런 변화가 없었다. 우리는 꽤 긴 시간을 그대로 있었다. 결혼 후 처음으로 현의 감정에 혼란을 느끼기도 했다. 내 기억이 맞는다면 현은 우연이라는 말로 변명하는 것을 싫어하는 성격이다. 그런 성품에 내 말을 그대로 받아들였을 리가 없다는 생각마저 들었다. 비통한 심정에 빠져 허우적대고 있는데 현의 맥 빠진 목소리가 들려왔다.

"나무라자고 한 소리는 아냐. 결과가 그러다 보니까 나왔던 말이지."

다시 그 얘기였다.

"선생님은 나와 결혼까지 했잖아요."

내가 듣기에도 너무나 상황에 맞지 않는 말이다. 현은 나를 물끄러미 쳐다보다가 힘없이 내 팔을 잡았다.

"맞아. 내가 내 일에 괜히 자기한테 생트집을 잡는 거야."

"선생님만의 일이라는 생각은 안 해 봤어요."

내친김에 현의 솔직한 심정을 좀 더 과감하게 물어볼까 하다가 그럴 시기가 아니라고 생각해 꾹 참았다. 그러나 표현하지 않은 감정은 더욱더 예리한 날을 세우고 나를 반격했다.

나는 현을 만난 후부터 이제껏 한순간도 나만의 시간을 가져 본 적이 없다. 현이 백 교수님과 결혼해서 살고 있을 때도 마찬가지였다. 그런 나만의 외골수 인생 속에 현을 억지로 가둬 둘 수는 없지 않냐는 반문도 해 봤다. 시간이 지날수록 무심코 떠올랐던 생각들은 어느덧 사실이 되어 나의 결단을 촉구했다. 고민 끝에 길든 짧든 현과 떨어져 지난날을 톺아보는 쪽으로 가닥을 잡았다. 그편이 현에게도 휴식이 됨과 동시에 자신의 진정한 마음을 알게 되는 계기가 될 수 있을 것이다. 그런 후 진솔한 대화를 통해 서로의 마음을 알고 그에 맞는 새로운 삶을 시작하는 것이 좋을 것 같았다. 마음 한구석에는 그렇게라도 해서 나의 가치를 새롭게 인식시키고 싶은 마음도 도사리고 있었다. 문제는 내가 단 하루라도 현의 곁을 떠나서 살아갈 수 있느냐인데 이를 악물고 견디면 못 할 것도 없다. 나는 현이 상복을 벗고 어느 정도 정상적인 일상을 맞이할 때까지 기다렸다가 어렵게 말을 꺼냈다.

"나 여행 좀 다녀오고 싶어요."

"나랑 같이? 아님 혼자? 라클라쎄는 어떻게 하고?"

"휴업하고 혼자요."

현은 내 진의를 파악하는 데 오랜 시간이 걸리지 않았다. 한참 만에 그러고 싶으면 그렇게 하라고 담담하게 대답하더니 백 교수님 가족이 고인의 넋을 위로할 겸 마지막 행적을 찾아 주말에 내려오겠다고 했는데 내가 없으면 괜

히 오해받을 수도 있지 않겠냐고 뜻밖의 말을 했다. 나는
바로 여행을 다음 주로 미루겠다고 대답했다. 그러고는 예
약 고객마다 전화를 걸어 양해를 구하고 삼 일 후부터 휴
업에 들어갔다. 적막해진 라클라쎄 주차장은 금세 새들의
놀이터가 되었고 우리는 무거운 마음으로 백 교수님의 가
족을 기다렸다. 다른 한편으로는 내가 여행을 떠나는 날을
기다리고 있는 셈이기도 했다. 그동안 현은 변함없이 그림
을 그렸고 나는 정선당과 라클라쎄 주방을 정리하는 등,
내가 떠난 후를 대비해 필요한 일을 했다. 현이 편하도록
채소와 고기도 조금씩 봉지에 담아 작은 냉장고에 분류해
놓았다.

승합차 한 대가 주차장에 들어섰다. 현은 미리 나가 기
다리고 있다가 백 교수님 부모님을 향해 정중하게 머리를
숙였다. 나도 조금 떨어진 곳에서 함께 인사를 했다. 백 교
수님 어머니는 나는 거들떠보지도 않은 채 현을 노려보더
니 느닷없이 달려가 많지도 않은 머리채를 잡아 흔들었다.
  "이 천하에 배은망덕한 년!"
  그러더니 자기네가 그토록 위해 줬는데 무슨 원한을 가

지고 집에 들어왔다가 멋대로 이혼해 딴 사내랑 살고 있으면서까지 자기 아들을 불러들여 죽게 만들었냐며 입에 거품을 물었다. 갑작스러운 상황에 놀란 건 나뿐이 아니었다. 곁에 있던 가족들이 하나같이 질겁하여 나보다 먼저 백 교수님 어머니를 붙잡아 현으로부터 떼어 놓았다. 손에는 머리카락이 한 움큼 쥐여 있었고 현의 얼굴은 새파랗게 질렸다.

"엄마답지 않게 이게 무슨 행동이에요? 올케가 무슨 죄예요?"

"당신 이러려고 가 보자고 했어?"

백 교수님 누나와 아버지가 언성을 높여 나무랐다.

"장모님, 먼저 자초지종을 들어 보시고 마지막 장소에 가셔서 처남의 넋을 위로하신 다음에 궁금한 점이 있으면 되묻고 따져 볼 게 있으면 따져 보셔야 합니다."

매형으로 보이는 남자도 끼어들었다. 나는 현의 흐트러진 머리와 창백해진 얼굴을 보면서 온몸을 부들부들 떨었다. 같은 일이 또 벌어지면 나 자신도 무슨 일을 저지를지 모를 상황이었다.

"올케, 미안해. 엄마가 순간적으로 폭발하신 거야. 이해해 줘."

"아니에요, 언니. 저는 어머님 말씀이 백번 옳다고 생각해요. 오빠가 그렇게 된 건 다 저 때문이에요. 결혼을 한 것도, 이혼을 한 것도, 그리고 그날 여기까지 오게 된 것도요. 제가 무슨 낯짝으로 이해한다, 안 한다 말할 수 있겠어요. 그날만 해도 어떻게든 가지 못하게 해야 했는데 제 잘못이 커요. 정말 죄송합니다."

현의 반응은 모두를 놀라게 했다. 백 교수님 어머니가 난리를 피울 때도 현은 저항 없이 몸을 맡기고 있었다. 한마디로 어처구니가 없었다. 현이 무슨 잘못을 저질렀다는 건지 도저히 이해되지 않았다.

"선생님이 무슨 잘못을 했는데요? 선생님은 감정도 없어요? 선생님이 백 교수님을 협박해서 멋대로 결혼하고 이혼했나요? 그날 일만 해도 그렇죠. 선생님이 교수님을 벼랑으로 떠밀기라도 했어요, 아니면 교수님을 이곳까지 오시라고 했어요? 교수님이 인터뷰 화면을 보시고 갑자기 오셨다 가신 거잖아요. 가시지 말라고 붙잡기도 했고요. 안 그래요? 대답해 봐요. 내 말이 틀렸냐고요?"

모두가 각자 할 말을 찾고 있기라도 하는 듯 멍한 눈으로 쳐다보고 있는데 잠자코 있던 현이 내 말을 가로챘다.

"어쩜 그렇게 자기 생각만 해? 지금 자기가 그렇게 말할 자격이 있어? 며칠 전에 인사하고 나간 자식이 우리 집에 들렀다가 죽어서 나타났는데, 그 심정을 생각 안 해 봤어? 내 머리끄덩이가 뭐 그리 대단하다고……. 조금이라도 서러움이 가신다면 나는 아무래도 상관없어. 그리고 자기는 지금 이 자리에 있을 필요도 이유도 없는 사람이야."

나는 한마디 말도 못 하고 서 있다가 라클라쎄 안으로 들어갔다. 백 교수님 가족이 왔을 때 내가 없으면 오해를 받을 수 있지 않겠느냐고 말했던 것과는 전혀 앞뒤가 맞지 않는 태도였다. 모두의 눈초리가 따갑게 뒤통수에 머물렀다. 현은 나를 야단치면서 은연중 우리가 백 교수님의 결과에 책임이 있는 것으로 몰아붙였다. 모든 게 억울하기 짝이 없었다.

그런데 잠시 후 어떻게 된 일인지 백 교수님 가족들은 현과 함께 조용히 밖으로 나갔다가 되돌아와 돌아갈 채비를 했다. 아마도 선녀골에 다녀오고 마지막으로 나와 헤어졌던 곳에도 가본 듯했다. 어쩔 수 없이 라클라쎄의 문을 열고 밖으로 나갔다. 차를 타기 전에 백 교수님 아버지가 현을 향해 말하는 소리가 들렸다.

"물어보고 싶은 게 하나 있었는데 준규가 싫어할 것 같아 안 하겠다. 이미 저세상으로 간 아들놈 속을 또 썩이고 싶지 않아서 말이다. 잘 살아라."

이어서 인사를 하러 다가가는 나를 향해서도 기왕에 인연을 맺었으니 잘 살라고 한 후 차에 올라탔다. 백 교수님 누나도, 오늘 어머니의 신경이 예민해져 있는 상태라 본의 아니게 결례했다며 사과했다. 진심으로 행복하기를 바란다고도 했다.

백 교수님 가족이 다녀간 다음 날 현과 여행 얘기를 매듭지었다. 현은 다소 놀라는 표정이었지만 이번에도 이유를 묻지 않았다.

"어차피 결정한 거 내 걱정하지 말고 마음 편하게 잘 다녀와."

"미안해요. 내 생각만 해서."

"괜찮아. 내 곁에 있기 싫은 걸 어쩌겠어."

현의 그 말은 내 생각과는 정반대의 내용이었다. 굳이 표현하자면 '나만 사랑하는 현 곁에 있고 싶어서'가 맞는 말이다. 하고 싶은 말이 많았지만 그런 건 아니라는 대답만 하고 입을 다물었다.

"그래도 찾지 않는다고 기다리지 않는다고는 생각하지 마."

나는 뭔가 울컥 올라오는 느낌을 누르면서 간신히 그러겠다고 대답했다.

"라클라쎄는 아주머니랑 둘이서 커피라도 팔 거야."

"성가실 텐데요."

현은 알아서 할 테니 걱정 말라며 자연스럽게 내 가방 챙기는 걸 도와주고 화구를 챙겨 먼저 나갔다. 다른 때 같았으면 당연히 내가 화구를 들고 앞장섰을 것이다.

차를 놔둔 채 가방을 메고 집을 나섰다. 한두 발자국 걸음을 옮기다 무심코 고개를 돌렸는데 현이 저만큼 위에서 나를 보고 있다가 손을 들어 보인 후 갈 길을 갔다. 나는 속초로 가서 버스를 타고 아무 데나 갈 계획이었다. 그러나 갑자기 그 '아무 데'라는 곳이 막막했다. 터덜터덜 도로 쪽으로 내려가는데 왠지 등 뒤에서 현이 쫓아오고 있을 것만 같은 생각이 들어 고개를 돌려 봤으나 휑한 오솔길만 보였다. 다시 한참을 걸어갔다. 불현듯 가뜩이나 슬픈 현에게 내가 엉뚱한 올가미를 씌워 괴롭히고 있는 건지도 모르겠다는 생각이 솟구쳤다. 나를 기다리겠다는 뜻의 말을 여러 차례나 에둘러서 하던 현의 표정도 어른거렸다. 쓸쓸하고 슬픈 표정이 분명했다. 백 교수님 부모님이 왔을 때 내가 없으면 오해받는다는 말도 나를 잡기 위해서였는지도 모른다. 머릿속은 빠르게 후회와 그리움으로 채워졌다.

오솔길을 벗어나 백 교수님이 발견되었다는 차도로 올라서자 미시령터널을 빠져나온 차들이 바람을 뿌리면서 달렸다. 소음과 함께 혼란스럽던 내 마음도 허공에 뿌려졌다. 나는 망설임 없이 방향을 바꿔 오던 길로 되돌아 걸음을 서둘렀다. 저만큼 앞쪽에 백 교수님과 뒹굴면서 입씨름했던 언덕 그루터기가 뒤늦게 눈에 띄었다. 잘 살라고 말하던 그의 다정한 목소리가 들려오는 듯했다. 새삼스럽게 그를 잊지 못하는 현을 이해할 것도 같았다.

발걸음이 점점 빨라졌다. 정선당을 지나 선녀골까지 단숨에 올라갔으나 현은 보이지 않았다. 급히 정선당으로 되돌아가 먼저 방을 둘러봤는데 거기에도 없었다. 다시 주방쪽으로 들어가 라클라쎄 홀 안을 들여다봤다. 현은 울산바위가 보이는 창가에 넋을 놓고 앉아 있었다. 내게 보여 줬던 모습과는 달리 그림을 그리러 가지 않은 것이다. 식탁 위에는 까만 와인병과 잔이 놓여 있다. 달려가 덥석 안아 주고 싶은 충동을 누르면서 좀 더 지켜봤다. 꼼짝도 하지 않던 현이 갑자기 손바닥으로 얼굴을 감싸고 흐느껴 울기 시작했다. 나는 움찔하며 자리를 지켰다.

"다 내 잘못이에요. 미안해요, 오빠!"

이번에는 좀 더 커진 목소리로 울며 소리쳤다. 모처럼 내 눈치 보지 않고 편하게 울고 있는 것이리라. 현은 어깨를 들썩이며 흐느끼다가 눈을 훔친 다음 흔들리는 손으로 잔을 들었다. 나는 살그머니 주방문을 빠져나와 터덜터덜 차도로 향했다.

4

텅 빈 마음으로 정류장까지 걸어가 버스를 타고 속초시 외버스터미널로 향했다. 막막했던 '아무 데나'라고 하는 곳은 쉽게 결정되었다. 만에 하나 현에게 급한 일이라도 생겼을 경우를 생각해 너무 멀리 갈 수는 없다. 그렇다고

속초 시내에 있는 것도 우스울 것 같아 일단 강릉으로 가
서 어디든 레스토랑 일자리를 찾아보기로 했다.

시외버스를 타고 강릉으로 가서 길을 물어 중앙동으로
갔다. 가 본 적은 없지만 번화가라는 정도로만 알고 있는
곳이다. 은행과 방송국이 가까이 있는 한 오층 건물에 레
스토랑 간판이 보여 무작정 들어갔다. 머릿속에는 백 교수
님을 부르며 흐느끼던 현의 모습이 떠나지 않았다. 막 들
어서선지 홀 안이 잠깐 어두웠으나 이내 눈에 들어왔다.
점심시간이 지났다고는 하지만 규모에 비해 손님이 적었
다. 우물쭈물하고 있는데 젊은 손님 한 사람이 들어오다가
나를 피하듯 몸을 움츠리면서 안으로 들어갔다. 그때 들어
설 때부터 나를 보고 있던 여주인인 듯한 사람이 계산대로
걸어가 가까이 오라고 손짓을 했다. 얼굴에는 짜증이 잔뜩
배어 있다. 말없이 다가가 인사했더니 천 원짜리 한 장을
꺼내 탁자 위에 소리 나게 올려놓았다.

"손님 오기 전에 어서 가세요."

어이없는 눈으로 쳐다보자 목소리를 조금 더 키웠다.

"적어요?"

주인은 지폐 한 장을 더 꺼낼 참이었다.

"주방 일자리 있는가 여쭤보려고 왔습니다."

"지금 누가 농담하자고 했어요? 그 얼굴로 무슨 주방 일을 해요?"

주인은 지폐를 치우면서 화를 버럭 냈다. 그러더니 말이 너무 심했다고 여겼는지 조금 부드럽게 말했다.

"우리는 주방일 할 사람 필요하지 않아요."

아무 말도 못 한 채 뒤돌아서서 조용히 문을 열고 계단을 내려갔다. 무슨 생각으로 그 레스토랑에 들어갔는지도 잘 모르겠고 너무나 단순하게 행동한 사실이 후회막심했다. 현 생각이 다시 나면서 눈물이 솟구쳤다. 현은 내가 집을 나가기를 기다리기라도 했던 사람처럼 백 교수님을 소리 내어 부르면서 울고 있었다. 물밀 듯이 슬픔이 다시 밀려왔다.

마음을 다잡고 계획을 바꿔 호텔을 알아보기로 했다. 짧은 기간이지만 호텔은 아르바이트한 적도 있고 그쪽은 조리사를 구하고 있는 경우가 많다는 사실도 알고 있다. 먼저 경포대 인근의 R 호텔을 찾아가 몇 단계를 거쳐 책임주방장과 마주했다. 이런저런 경력을 얘기하면서 일자리를 물었더니 자기네는 지금 사람이 필요하지 않다며 D 호텔에 가면 보조 자리가 있을 거라고 했다. 경력이 괜찮은 편이니 이력서도 써서 가라는 귀띔까지 해줬다. D 호텔은 호텔 규모가 R 호텔에 비해 객실 수가 두 배 이상은 되어 보이는 4성급이었다. 로비에서 파악한 책임주방장은 둘이었는데 내가 만난 여자 주방장은 그중 상급자인 실장이었다. 척 보기에 몸집이며 성격이 남자다운 분위기였다.

"화상을 입은 모양인데 핫키친 일을 해도 괜찮겠어요?"

요리하다 화상을 입은 것으로 여기는 것 같았다. 나는 주방에서 입은 화상이 아니라면서 어떤 일이든 상관없다고 말했다.

"결혼은 아직 안 했을 테고."

바로 결혼했다고 말했으나 실장은 거기에 대해서 더는 관심을 두지 않고 3교대 오후조 두 시부터 밤 열 시까지 보조 자리가 비어 있다며 일하겠냐고 물었다. 열심히 하겠다고 대답하자 한가할 때 보건소에 가서 건강진단서를 떼어 제출하라고 말한 다음 곧바로 다른 조리사를 불러 숙소 안내를 지시했다. 숙소는 호텔에서 꽤 떨어진 곳에 있는 다가구주택이었다. 안내해 준 조리사는 출퇴근 전용 승합차가 있으니 편하게 사용하면 되고, 부주방장과 같은 집에

기거하는 거라고 설명해줬다.

그렇게 해서 현의 곁을 떠나서는 하루도 견디지 못할 것 같았던 나는 새로운 생활을 시작하게 되었다. 첫날 숙소에 들어갔는데 낯선 환경도 그렇고 현 생각에 도저히 잠을 이룰 수가 없었다. 라클라쎄는 외따로 떨어져 있는 집은 아니어도 저녁이면 저녁대로 새벽이면 새벽대로 들려오는 새소리나 짐승 소리가 무섭게 느껴질 때도 있다. 현이 아직도 슬퍼하며 울고 있는 건 아닌지, 어두운 산속을 무서워하고 있는 건 아닌지 염려되기 짝이 없었다.

핫키친 쪽은 그릴이며 튀김통이 잠시도 쉴 틈이 없어 온종일 열기로 가득했다. 화상 때문에 땀이 잘 배출되지 않는 나는 열을 마주하면 얼굴이 화끈거리고 시뻘겋게 부어오르기도 한다. 내가 힘들어 보였는지 한 직원이 이 정도는 아무것도 아니고 단체 여행객이 밀려들 때는 말이 3교대지 거의 매일 연장근무를 한다면서 열에 익숙해지는 것 말고는 방법이 없다고 말해 줬다. 나를 면접했던 실장은 첫날 내가 일하는 것을 보고 마음에 드는 눈치였다.

일을 마치고 부주방장과 함께 차를 타고 숙소로 가는

데 현이 걱정되고 너무나 보고 싶었다. 생각 끝에 살그머니 훔쳐보고 올 요량으로 부주방장에게 내일 출근하기 전에 어디 좀 다녀오겠다고 하자 승합차를 사용하라고 대수롭지 않게 허락했다. 잠을 설치고 아침 일찍 집으로 향했다. 두 시간이 조금 못 되어 멀리 라클라쎄가 보이는 오솔길로 접어들었다. 조급해진 마음으로 차를 한쪽에 세워 두고 조심조심 다가가 안을 들여다봤다. 설악산이 보이는 테이블에 커피잔을 내려놓는 현의 모습이 보였다. 재빨리 몸을 구부려 자리를 떠나 차에 올라타고 강릉으로 되돌아왔다. 짧은 순간이지만 현을 보고 나니 살 것만 같았다.

다시 힘들게 하루를 더 보내고 출근 사 일째 되는 날이었다. 부주방장이 실장의 지시라며 보건소에 가서 건강진단을 받으라고 해 출근하기 전에 내곡동에 있다는 보건소로 향했다. 의사가 문진표와 내 얼굴을 보면서 화상에 대해 자세히 물었다. 손으로 턱을 받친 채 고개를 돌려 가며 살펴보고는 처방전을 끊어 줄 테니 얼굴이 쓰릴 때 연고를 바르라고 했다. 내가 걱정스레 직업을 말하자 일에 지장을 줄 정도는 아니라며 채혈과 엑스레이 촬영을 끝내고 삼 일 후에 보건증을 찾아가라고 했다. 보건소를 나오면서 핑계

김에 현에게 전화할까 하다가 그대로 호텔로 향했다. 조리실로 가기 위해 화물전용 엘리베이터를 탔는데 배가 불룩 튀어나오고 얼굴 살이 불독처럼 늘어진 남자가 곱지 않은 시선으로 나를 쳐다봤다.

"너 뭐야? 주방이야?"

남자는 욕이라도 퍼부을 것 같은 표정을 짓고 다짜고짜 반말로 물었다. 그렇다고 했더니 언제 왔느냐고 따지듯 되물었다.

"오늘이 사 일쨉니다."

팔층에서 함께 내린 남자는 팔자걸음을 서둘러 조리실로 들어가면서부터 주방장을 찾았다. 식재료를 점검하고 있던 주방장이 황급히 달려와 열중쉬어 자세를 취했다.

"저 자식 누가 주방에 데려다 놨어?"

"실장님이 면접 보셨습니다."

"당장에 가서 실장 찾아와!"

내가 어색하게 서 있다가 가운을 걸치려 하자 남자는 달려오는 실장을 보고 소리쳤다.

"저 자식 가운 뺏고 바로 내보내!"

"사장님, 무슨 일이라도 있습니까?"

"노 실장은 저 자식 얼굴이 안 보여?"

"그냥 화상을 입었을 뿐입니다. 일도 고급스럽게 잘하고요."

"그냥 화상이라고? 얼굴에서 진물이 줄줄 흐르고 있잖아!"

"화상이라 그냥 그래 보일 뿐입니다."

"어쨌거나 저 꼬라지로 조리 가운 걸친 모습을 보면 손님이 음식 맛이 나겠어?"

남자는 계속 저런 자식 월급 주려고 호텔 운영하는 줄 아느냐면서 나를 거의 범죄자 취급했다. 도저히 더는 듣고 있을 수가 없었다. 나는 천천히 걸어가 들고 있던 가운을 사장의 얼굴을 향해 내던졌다.

"내가 비록 화상을 입어 얼굴이 이 지경이 되었지만, 당신 같은 족속 아래서는 나도 일하기 싫습니다. 에이, 쓰레기 같은 인간!"

"뭐? 쓰레기?"

사장은 윗옷을 벗어던지고 내 멱살을 잡았다. 내가 비웃으면서 얼굴을 바짝 들이밀자 곁에 있던 주방장이 달려들어 사장의 팔을 잡았다. 사장은 주춤하다가 팔을 내리고 분을 삭이는 고갯짓을 했다. 나는 한순간도 눈을 떼지 않고 사장을 노려봤다. 사장이 주변을 둘러보다 재료 상자 위에 앉아 호흡을 가다듬고 나를 향해 손짓했다.

"당신 이리 가까이 와 봐."

나는 아무런 반응도 보이지 않은 채 조리실 문을 열고 밖으로 나와 직원 휴게실에 놔둔 소지품을 챙긴 다음 엘리베이터 앞에서 걸음을 멈췄다. 버튼을 누르고 기다리고 있는데 주방장이 나를 부르며 다가왔다. 손에는 봉투 하나가 들려 있었다.

"한정호 씨 미안해. 내가 대신 사과할게. 이거 한 달분이야."

주방장이 봉투를 내 주머니에 넣고 있는데 엘리베이터 문이 열렸다. 나는 봉투를 내던지고 엘리베이터를 탔다. 닫히는 문 사이로 봉투 안에 있던 돈이 공중에 흩날리며 바닥으로 떨어지는 모습이 보였다.

호텔 문을 나서는데, 현이 백 교수님 일로 나와 신경전을 벌이다가 내가 누구에게든 좋지 않은 느낌을 주는 건 싫다고 했던 말이 떠올랐다. 현의 남편으로서 남에게 인간이하의 대접을 받았다는 사실이 죄스러웠다. 이번 여행의 어리석음도 깨달았다. 속 좁은 질투심에 현을 산골에 혼자 있도록 하고 집을 뛰쳐나온 내 행동이 후회스럽고 창피했다.

곧바로 숙소로 가 가방을 챙겼다. 생각해 보면 어차피 내일 아침에도 현을 살펴보고 오지 않으면 못 견딜 판이다. 속초로 가는 차가 바로 없으면 택시를 타고서라도 집으로 달려갈 생각으로 서둘러 터미널에 갔더니 다행히도 곧 출발하는 버스가 있었다. 넉넉한 오후의 햇볕이 차창에 반짝이면서 이제까지 해 본 적 없는 생각을 불러일으켰다. 현이 백 교수님의 죽음을 그토록 애도한 것이나 그 어머니에게 무지막지한 수모를 당하면서도 가만히 있었던 것은, 사고가 나던 날 내 생각만 하느라 그를 챙기지 못했던 미안함 때문이었을 것이다. 생각이 거기에 미치자 그날 백 교수님을 그냥 가게 한 것은 현이 아니라 마지막까지 함께 있었던 내 잘못이었다는 사실도 깨달았다. 나는 그저 그가 자발적으로 갔다는 사실에만 초점을 맞췄었다.

새로운 심정을 가슴에 담고 현과 만날 생각을 하니 지난 오 일간의 경험은 슬플 것도 속상할 것도 없었다. 속초

터미널에서 내려 시내버스를 타려고 동명동사거리 쪽으로 걸어가는데 바로 앞에 두 여자가 시장 보따리를 들고 걸어가는 모습이 보였다. 그 순간 느껴진 반가움과 포근함과 사랑스러운 마음은 내 삶의 의미를 다시 한번 일깨워 주는 엄한 가르침이었다. 성큼성큼 다가가자 보조 아주머니가 먼저 보고 반갑게 부르면서 현을 쳐다봤다. 현은 위아래로 나를 한참 훑어보더니 피식 웃었다.

"밥은 제대로 먹고 다녔어?"

현도 설면하게 대하지 않았고 나는 들고 있던 보따리를 받아 들었다. 생각보다 묵직했으며 한눈에 봐도 라클라쎄 요리에 필요한 재료들이었다.

"커피만 팔겠다고 했잖아요."

"아주머니랑 상의했는데 어차피 그럴 바에는 이게 낫겠더라고."

현은 아무 일도 없었던 사람처럼 편안하게 대답하고는 보따리를 들지 않은 내 손을 힘주어 잡았다. 조금 더 걸어가서 주차장에 세워 놓은 차에 올랐다. 정선당을 향해 가는 동안 별말은 하지 않은 채 눈을 마주쳐 웃기만 했다. 말을 하면 자칫 반가움이 흐트러질 것 같은 기분이기도 했다. 아주머니는 사거리에서 내려 인사를 하고 자기 집 쪽으로 길을 건넜다. 우리는 실실 웃어가며 미시령계곡 길로 향했다.

"생각보다 빨리 왔네?"

"선생님, 힘들죠?"

"뭐가?"

"내가 너무 철이 없어서요."

"그렇긴 하지만 갑자기 철들어 버린 서방님도 싫어."

"나는 어차피 선생님 없이 오 일을 못 넘기는 철부지니까요."

"삼 일이 아니고?"

"나를 봤어요?"

우리는 서로를 쳐다보면서 한바탕 웃어댔다. 설악의 공기는 맑고 상쾌했으며 앞마당 느티나무는 잔바람에 가지를 흔들면서 반가움을 전했다.

내가 집으로 돌아온 후 우리는 묶어 두었던 사랑 보따리라도 풀어헤친 듯 그 어느 때보다 행복한 하루하루를 보냈다. 나는 귀여운 고릴라로 돌아가기 위해 말 한마디 행동

하나하나에도 신경을 썼다. 새삼 현 없이 며칠을 어떻게 견뎠는지 신기하기만 했다. 현은 그런 나를 눈치채고 웃음을 참으며 놀렸다.

"자기 왜 그래? 완전 백기 든 고릴라야?"

"알아서 속죄하는 거예요."

"선녀도 잘한 거 하나 없어. 반성도 많이 했고."

"선생님이 반성을 했다고요?"

"아직도 선생님이야?"

"음, 나도 생각해 보긴 했는데…… 현과 허니를 섞어 '현이'라고 하면 어때요?"

여러 가지 얘기 끝에 결국 '현'이라고 부르기로 했다. 그리고 백 교수님과 마지막 대화를 나누었던 장소로 찾아가서 다시 한번 슬픔을 함께하기도 했다.

이런저런 큰일이 벌어진 걸 아는지 모르는지 설악산은 두 계절을 아우르면서 새로운 자태를 보여 주기에 바빴다. 마당에는 진달래꽃이 피는가 하면 대청봉은 여전히 눈부신 백설이 자리를 차지하고 있다. 현의 화폭에 눈밭 속 복수초 대신 보랏빛 노루귀가 담기고 울타리 밑 호랑버들이 고갯짓을 하는 동안 우리는 사랑과 그림과 레스토랑에 공을 들이면서 점점 더 행복해져 가는 하루하루를 맞이하고 보냈다. 나는 이런 행운을 안겨 준 하늘에 감사해하며 세상에 있는 모든 것들을 함께 사랑했다.

5

마당의 느티나무가 한껏 푸르르고 풍요로운 여름이 절정을 이루는 가운데 문득 정기검진을 너무 오래 받지 않았다는 생각이 떠올라 함께 H 병원에 가보기로 했다. 현은 선뜻 내키지 않아 했지만 나를 위해서라도 뿌리치지는 않았다. 결혼 후 처음으로 둥지를 벗어나는 서울 나들이는 어색하면서도 그런대로 다른 재미도 있었다. 샌드위치와 텀블러의 따끈한 커피 맛을 즐기는 재미 또한 쏠쏠했다.

"병원 다녀와서 우리 아무 데나 여행 한번 가요."

"자기는 이미 갔다 왔잖아."

우리는 바로 키들키들 웃었다. 서울이 가까워지자 현은 왜 이렇게 오랜만에 왔느냐고 야단치면 뭐라고 하냐며 편치 않은 심경을 드러냈다. 신혼 재미에 빠져 시간 가는 줄 몰랐다 하자고 얼렁뚱땅 대답하면서 슬쩍 현의 얼굴을 봤다. 현은 웃음 대신 다소 어두운 표정으로 둘 중 하나라도 어디가 좋지 않으면 어떻게 하냐고 걱정했다. 내가 일어나지도 않은 일에 왜 속을 끓이느냐며 걱정도 팔자라고 하자 그제야 어설픈 미소를 지었다.

2년여 만에 보는 도시는 낯설고 부산스럽고 시끄러웠다. 우리는 동시에, 이 세상에 정선당만 한 곳이 없다는 말을 꺼내다가 가볍게 웃었다. 병원에 도착해서도 입술을 지그시 깨무는 현의 모습에서 조금은 긴장하고 있다는 것을 알 수 있었다. 옆구리를 건드리며 뭐 찔리는 거 있냐고 물어도 아니라고만 했다. 내가 주먹을 들고 작은 소리로 파이팅! 하자 말없이 내 어깨에 머리를 기댔다. 메모해 준 대로 기초검사를 끝내고 한 시간쯤 기다린 끝에 진료 차례가 되었다. 우리가 함께 진찰실에 들어가자 의사가 자리에서 일어나 반가운 얼굴로 맞이했다.

"두 분 결혼하셨어요?"

대답 대신 현을 바라봤더니 그렇다고 대답하고는 살짝 목례를 했다. 화상외과 의사는, 아 그러셨군요, 하면서 현에게 신랑이 잘해 주냐고 물었다. 현은 살짝 멋쩍어하면서도 네, 하고 또렷하게 대답했다. 의사는 돋보기를 들어 내 얼굴을 살펴보더니 현재 특별한 문제는 없고 피부 이식 후 발생할 수 있는 단순한 습진이 조금 생겼다며 연고를 처방해 줬다. 그런 다음 차트를 바꾸고 현의 얼굴과 목을 들여다보고 만져 보면서 식사는 잘하느냐고 물었다. 그러더니 살그머니 의자를 끌어당겨 두 눈을 살펴보다가 오른쪽 눈에 시선을 고정했다.

"이쪽 눈 색깔이 원래부터 그러셨던가요?"

현은 나를 한차례 바라보고서 원래는 약간 갈색인 편이었는데 언젠가부터 오렌지색으로 변해 있더라고 대답했다. 의사는 바짝 다가가 손가락으로 눈을 벌려 살펴봤다.

"눈 다친 적 있으세요?"

"없었습니다."

"불편했을 것 같은데, 눈 때문에 어디든 병원에 가 본 적은요?"

현이 대답을 못 하고 어물거리자 눈이 썩 좋아 보이지 않는다며 안과 진찰을 받아 보라고 했다.

안과 대기석에 앉아 있는 동안 현이 손거울로 눈을 들여다보다가 나를 향해 깜빡거려 보였다.

"그렇게 많이 이상해?"

치켜뜬 눈은 분명히 오렌지색이었다. 사실 나는 꽤 오래 전부터 현의 눈 색깔이 변했다는 느낌이 들었었다. 그런데도 도대체 왜 거기에 대해서 한 번도 말을 꺼내지 않았었는지 이해할 수가 없다.

"내가 너무 무심했었나 봐요."

"걱정하지 마. 보나마나 적외선 치료하고 안약 처방해 줄 거야."

이번에는 현이 시무룩해진 나를 향해 밝은 표정을 지어 보였다. 현의 눈에서 시선을 떼지 않자 내가 말했던 것처럼 미리부터 걱정하지 말라며 생긋 웃기까지 했다.

나이 지긋한 여의사는 들어설 때부터 현의 눈에 시선을 고정한 채 부부냐고 한마디만 묻고 바로 여러 종류의 검사를 시작했다. 생각보다 긴 검사 시간 동안 나는 점점 불안감에 빠져들었다. 침대에 눕혀 다시 검사를 마친 의사는 현이 자리에 앉을 때까지 허리를 세운 채 기다리고 있었다.

"이물감이나 통증이 없었어요?"

"통증은 없었고 뭔가 떠다니는 것 같은 게 보이다 말다 했습니다."

현의 대답은 나도 전혀 몰랐던 사실들이다.

"남편분은 부인의 눈이 이상하다고 느끼지 않으셨 어요?"

힐책과 같은 의사의 질문에 나는 얼굴이 화끈거릴 만큼 당혹스러워 바로 대답할 수가 없었다. 현이 얼른 표정을 바꾸며 끼어들었다.

"원래가 약간 갈색이었거든요."

"지금처럼요?"

"지금과는 달랐습니다."

"그럼 그 원래라는 게 언제를 말하는 거죠?"

현은 갈색인 건 어렸을 적부터였고 지금처럼 노랗게 된 건 하루아침에 변한 게 아니어서 자신부터도 그런가 보다 하고 넘어갔다고 나를 변명해 줬다. 한동안 탈춤을 춘 적 이 있는데 탈을 쓰고 있으면 눈이 가려웠었다는 말도 곁들 였다. 의사는 시기 등을 물은 다음 그때라도 병원에 왔어 야 했다며 딱하다는 표정을 지었다. 그 당시 현은 얼굴 때 문에 어디 나가는 게 내키지 않아 내가 약국에서 사다 준

인공 눈물이나 안약을 넣곤 했었다.

"눈 말고 다른 데 불편한 곳은 없어요?"

현은 나를 흘긋 쳐다보고 나서 1년쯤 전부터 간혹 구역질이 나고 어지럽기도 했다고 대답했다. 기억을 더듬어 가면서 말하고 있는 현의 얼굴을 모처럼 꼼꼼히 살펴봤다. 결혼 초보다 얼굴도 야위고 안색도 좋지 않았다. 나의 소홀했음을 뼈저리게 자책하고 있는데 의사의 차분한 목소리가 들렸다.

"맥락막흑색종입니다."

의사는 책상 위에 놓인 눈 모형을 돌려가며 방금 말한 병에 관해 설명했다. 흑색종이라는 피부암인데 눈동자를 감싸고 있는 망막 다음 층의 맥락막이라는 곳에 생기는 악성종양이라는 것이다. 수술 여부는 좀 더 검사를 해 봐야 알 수 있다고 했다.

"저 같은 환자가 많아요?"

현의 목소리가 떨리고 있었다. 의사는 동양인의 경우 백만 명 당 두세 명 정도로 드물게 생기는 병이라고 대답했다. 견디다 못한 내가, 치료하면 낫는 거죠? 하고 한발 앞서 물었다.

"시기를 너무 놓쳤어요."

나는 그런 말을 함부로 해대는 의사에게 화가 치밀었다. 현의 손을 꽉 잡으면서, 치료를 못 하는 건 아니죠? 하고 다시 물었다. 현이 의사 대신 나를 물끄러미 쳐다봤다. 의사는 검사결과를 봐야 치료방법을 정할 수 있다고 난처해하다가 전이가 되지 않았다면 지금 상태로는 안구 적출이 가장 좋은 방법이라고 했다. 어느덧 수위가 높아진, 전이니 적출이니 하는 단어의 뜻을 모르는 바는 아니지만 현의 경우와 어떻게 연결되는지 선뜻 이해되지 않았다.

"적출이라면 눈을 제거한다는 뜻입니까?"

"대신 의안을 삽입하죠."

의사는 멈칫거리다가 자신이 해야 하는 말을 했다. 나는 그 순간 야구공만 한 돌멩이가 눈으로 날아드는 것 같은 착각을 했다. 벌게진 현의 얼굴이 옆으로 보였다. 의사는 우리가 그제야 병의 심각성을 깨달은 것을 알고는 함께 볼 수 있도록 컴퓨터 화면을 비스듬히 돌렸다. 그런 다음 사진을 가리키면서 종양의 크기가 3~4mm 정도면 방사선이나 레이저로 치료해 볼 수도 있으나 현의 경우는 지름이 16mm가 넘는다고 했다. 그런데도 종양의 두께가 두껍지 않아 이제껏 느끼지 못한 것 같다는 것이다. 꽉 잡은 현의 손에 땀이 촉촉하게 배어났다. 눈앞이 캄캄한 상황에서 의사의 말이 어렴풋이 귀에 들어왔다.

"안경을 착용하면 크게 표시 나지는 않아요."

의안을 삽입한 후 안경을 쓰고 있는 이미지 사진도 보여줬다. 나는 도저히 의사의 말을 받아들일 수가 없었다. 잠시 우리와 무관한 딴 세상에 와 있는 것 같은 착각을 하기도 했다.

"다른 방법은 없을까요?"

잡고 있던 현의 손을 제자리에 놓으며 물었다.

"다른 방법이 있으면 누가 눈을 없애겠습니까."

의사는 난감한 표정을 짓다가 그나마 다른 장기로 전이가 되지 않았어야 하고, 정밀검사 후 여러 의사와 상의를 해 치료방법을 결정한다고 했다. 붉게 상기되었던 현의 얼굴이 하얗게 변한 채 오돌오돌 소름이 돋아 있었다.

"제가 눈을 기증하면요?"

내가 턱에 힘을 줘 떨리는 걸 막으면서 말했다. 의사는 눈 이식은 각막 이식을 말하는 건데 현재 그런 말을 할 단계가 아닐뿐더러 살아 있는 사람은 기증이 안 된다고 분명하게 말했다. 그러고 나서 생각할 시간이라도 주는 것처럼 잠시 기다렸다가 슬며시 눈을 닦는 현을 향해 현재 하는 일이 따로 있냐고 물었다.

"그림을 그립니다."

현이 기어들어 가는 목소리로 대답했다.

"아아, 설악산 야생화를 그리시는 그 화가시군요."

의사는 이름을 보고 어디서 들은 이름인데 싶었다며 새삼 안타까워했다. 나는 삐져나오는 눈물을 밀어 넣느라 뭐라 말할 겨를이 없었다. 의사는 어찌 되었든 검사결과를 기다려 보자고 거듭 말하면서도 전이 여부를 걱정했다. 짧은 시간 입을 꼭 다물고 있던 현이 결국 제거로 끝나는 쪽이 오히려 다행인 셈이냐고 묻자 그렇게 볼 수도 있다는, 다소 어정쩡한 대답을 했다.

"병이라는 건 누구에게나 찾아올 수 있는 불행한 일이에요."

그러고는 받아들이기 힘들겠지만 할 수 있는 한 최선을 다해야지 어쩌겠냐며 오늘 바로 검사하고 일주일 후에 다시 얘기하자고 했다. 우리는 아무 말도 하지 못하고 진료실을 나와 의뢰서대로 온갖 종류의 추가검사를 마친 후 병원을 나섰다.

아침과는 너무나도 다른 하늘, 햇빛, 구름, 거리의 풍경, 온갖 소음들이 우리를 맞이했다. 현을 이 늪 속에서 어떻게 구해 내야 할지 눈앞이 캄캄했다. 당장에 무슨 말로 격려해야 할지도 막막했다. 현은 아무 말도 하지 않고 운전만 하는 나를 빤히 바라보곤 했다. 차는 깊은 바닷속 같은 무거운 침묵에 갇힌 채 시내를 빠져나와 한강변을 달렸다. 현이 말없이 팔을 뻗어 내 오른쪽 무릎을 토닥였다.

나는 강일IC를 지나 한참을 더 갈 때까지 이를 악물고 있다가 잡초가 무성한 공터에 차를 세우고 혼자서 차 밖으로 뛰쳐나갔다. 어떻게든 내 감정을 폭발시키지 않고서는 도저히 핸들을 잡고 있을 수가 없었다. 무릎 사이에 고개를 처박고 신음하고 있는데 앞으로 다가온 현이 쭈그리고 앉아 양손으로 내 얼굴을 감싸 잡았다. 그러고는 눈을 마주치게 한 다음 손바닥으로 눈물을 닦아 주었다.

"나 좀 봐."

현은 스쳐 가는 표정 하나 없이 차분한 얼굴로 나를 지켜보면서 말을 이었다.

"지난번에 자기 여행 간다고 나갔을 때 오 일 동안 깨달은 게 하나 있어."

"내가 왔다 가는 걸 봤다면서요."

"그럼 삼 일이라고 해야 하나? 그렇지만 외로웠던 건 오일이었어."

현은 자세를 바꿔 내 옆에 나란히 앉아 몸을 기대고 예전 크리스마스이브에 내가 현이 없으면 살아갈 수가 없다며 그건 숨을 쉬지 않고 있는 것보다 더 고통스럽다고 말했던 거 기억나느냐고 물었다. 나는 대답 대신 고개를 돌려 현을 응시했다. 현은 내 등 뒤로 팔을 돌려 잡으면서 애기를 이어 갔다.

"나는 그때 속으로 자기가 과도하게 감상에 도취되는 성격이라고 생각했었어. 그런데 내가 바로 그렇더라고. 그 말이 얼마나 이해되었는지 몰라. 혼자 있어 보니까 세상 그 무엇보다도 자기가 소중하고 나 혼자서는 살고 싶지도 숨을 쉬고 싶지도 않았어. 우리는 같은 거야."

그런 와중에서도 나는 기쁨을 숨길 수 없었다. 현은 들여다보듯 나를 빤히 쳐다보다가 다시 말을 이었다.

"나, 병원에서 여기까지 오는 동안 내린 결론이 있어."

현은 잠시 호흡을 가다듬고 내가 곁에 있기만 한다면 한쪽 눈이 아니라 장님이 되거나 설혹 죽게 된다고 하더라도 견딜 수 있다고 담담하게 말했다.

"현 혼자 있는 일은 절대로, 우리가 죽은 다음에도 벌어지지 않아요."

나는 있는 힘껏 현을 끌어안은 채 소리쳤다. 현의 말은 내게 큰 위로가 되었으며 당장에 죽어도 여한이 없을 만큼 커다란 감동을 안겨 주었다. 우리는 서로의 등을 한참이나 더 다독였다. 현이 웃는 얼굴을 보여 주며 텀블러에 남아 있는 커피를 따라 주었다. 병원에서 막 나왔을 때보다 기분이 한결 가벼워졌으나, 한편으로는 도려내듯 가슴이 더욱 아팠다. 저녁 어스름이 짙어갈 무렵 무거운 마음으로 라클라쎄 주차장에 들어섰다.

정선당으로 돌아온 후 우리는 약속이나 한 것처럼 병원에서 있었던 일에 대해 일절 언급하지 않았다. 현은 다음 날 아침에도 여느 때처럼 야생화를 그리러 집을 나섰다. 나는 평소처럼 현의 작업준비를 도운 후 옆자리에 한참을 앉아 있다가 라클라쎄로 돌아왔다. 병원에 가기 전까지 보내왔던 그간의 일상이 그토록 행복했었음을 새삼 느끼면서 지금의 불행은 한바탕 겁을 주고 사라진 악몽이었기를 기대해 보기도 했다. 그렇다고 해서 독가시처럼 폐부를 찌르고 있는 아픔이 한순간이나마 사라질 리는 없었다.

현 모르게 인터넷을 검색해 맥락막흑색종에 관한 정보도 찾아봤다. 의사 말대로 종양의 크기가 16mm라면 말기에 해당했으며 다른 장기에 전이가 되었을 때는 치료를 받는다 해도 생존해 있는 시간 대부분을 죽지 않기 위해 발버둥 치는 일에 소비한다는 글뿐 완쾌되었다는 후기는 없었다. 항암치료에 따른 극심한 고통과 부작용에 대해서도 적나라하게 표현되어 있었다. 나는 두 눈을 빤히 뜨고 현에게 그런 고통을 안겨 줄 수는 없었다. 그러나 아무리 생각해 보고 또 생각해 봐도 왜 우리에게 이런 일이 벌어졌는지 억울하기만 할 뿐 속수무책이었다. 정밀검사 결과 또한 좋아 봤자 안구 적출이고 그나마 기대하기 힘들어 보였다.

우리는 감당하기 힘든 마음을 아무 변화도 없는 일과로 포장해 하루하루를 보냈다. 예전과 다른 게 있다면 나도 모르게 현의 눈과 얼굴빛을 살펴보게 되었다는 것이다. 현은 내 눈길이 달라 보였는지 그때마다 손바닥을 펼쳐 얼굴을 가렸다.

"뭘 그렇게 봐. 그래 봤자 그 선녀가 그 선녀야."

애써 태연함으로 무장하는 현을 보면서 가슴이 더욱 시리고 아팠다. 현의 얼굴과 눈 색깔이 하루가 다르게 노랗게 변하고 있는 건 물론이고 간혹 가슴을 부여잡으면서 기침을 한다는 사실을 깨달았다. 내가 무심했을 뿐이지 전에도 그랬을 것이다. 병원에서 말했던 대로 증상이 시작되었다는 1년 전이면 한창 신혼생활에 빠져 있을 때다. 현도 증세를 심각하게 받아들이지 않았겠지만 그보다도 행복에 취해 있는 내 감정에 찬물을 끼얹고 싶지 않았을 것이다. 지금의 상황에서 나를 더 고통스럽게 만드는 것은 앞으로 들이닥칠 일에 대해 현이 느끼고 있을 공포였다. 삶과 죽음의 섭리가 참으로 비정하다는 생각도 들었다.

시간은 우리의 불행에 개입하지 않고 지나갔다. 선녀골에 그림 그릴 준비를 해 주고 등 떠밀려 라클라쎄로 돌아왔으나 일이 손에 잡힐 리 없다. 멍한 눈으로 창밖을 바라보는데 주차장 둘레에 쳐 놓은 울타리 아래에 하얀 민들레 씨방이 흔들거리고 있었다. 꼬마솜사탕 같은 씨방은 아무 저항도 없이 불어오는 바람에 홀씨를 실어 떠나보냈다. 별

생각 없이 홀씨가 줄기를 떠나 사라진 쪽을 바라보고 있는데 문득, 꽁꽁 언 땅속에서 초록 새순이 세상을 향해 머리를 내미는 것처럼 머릿속에 떠오르는 것이 있었다. 세상에서 가장 두려운 건 내가 곁에 없는 거라고 했던 현의 말이다. 죽음이라고 한들 함께 자연으로 돌아간다면 나도 현도 두려울 것이 없다. 나는 벌떡 일어나 시야가 뽀얗게 흐려질 때까지 홀씨가 날아간 허공을 응시했다.

6

병원에 다시 가기로 한 날을 이틀 앞두고 라클라쎄는 장기휴업에 들어갔다. 현의 입맛에 맞는 싱싱한 푸성귀로 차린 아침을 먹으면서 근처의 '금강산화암사'에 한번 가보자고 제안했더니 이제 다시 그럴 기회가 없지 않겠냐며 흔쾌히 수락했다. 나대로 생각해 둔 말도 할 겸 꺼낸 제안인데 얼떨결에 튀어나온 현의 말에 가슴이 먹먹해졌다.

간단한 준비를 마치고 금강산화암사로 향했다. 무리가 가지 않기 위해 차를 타고 사찰 주차장까지 올라가 가파르지 않은 산책길만 한 바퀴 돈 후 경내를 구경하고 돌아올 예정이다. 현은 힘들게 올라가면서도 마냥 즐거워했다.

"자기는 여태껏 왜 이런 생각을 하지 못했어?"

"멍청한 고릴라는 선녀랑 함께 있기만 하면 행복했으니까요."

현은 내가 내민 손을 잡고 올라서면서 선녀도 마찬가지였다고 깔깔거렸다. 산책길이라지만 경사가 있어 생각했던 것보다 걷기가 만만치 않았다.

"저 위에 보이는 게 신선들이 놀고 갔다는 신선대예요."

"신선들은 참 좋겠다. 몇백 년이나 살아서."

"우리는 영혼이 되어서라도 그 이상 함께 있을 건데요, 뭐."

내 말에 현이 고개를 갸우뚱하며 쳐다보다가 맞는다면서 웃음으로 매듭지었다.

"어머나, 울산바위가 바로 앞이네."

현이 손을 들어 가리키는 바로 앞으로 정선당 마당에서 매일 올려다보던 울산바위가 성큼 다가와 있었다. 거리가 먼데도 가까워 보인다고 하자 현은 그림을 설명하듯 말을 이었다.

"중간에 보이는 게 없는 각도라 거리감을 못 느끼는 거야."

"내가 귀여운 고릴라로 보이는 것처럼요?"

"선녀도 마찬가지지."

"이제부터 우리 별명을 바꿔야겠어요. 현은 '곰', 나는 '까막눈'으로."

"곰은 싫어. 그런데 왜?"

"아무리 신혼 때라지만 어쩌면 몸이 그렇게 되도록 참을 수가 있었어요? 그리고 이 까막눈도 졸졸 따라다닐 줄만 알았지 전혀 느끼지 못했고요."

"내가 미련했던 건 인정할게."

그렇게 말하면서 나를 쳐다보던 현이 얼굴을 가까이 들이대고는 아까부터 무슨 생각을 그렇게 골똘히 하느냐고 물었다. 엊그제 결심한 말을 어떻게 꺼낼까 생각하느라 나도 모르게 표정이 굳어 있었던 모양이었다.

"검사결과가 좋지 않아도 살려 달라고 매달리지 않기로 해요."

"죽는 일만 남았다고 하면?"

"어디가 됐건 함께 가면 되잖아요."

현은 뻣뻣해진 내 등을 토닥이다가 손바닥을 펴 부드럽게 어루만졌다.

"걱정 마. 눈을 뽑아내는 한이 있어도 죽지는 않을 테니까."

"더 나쁠 수도 있다고 의사가 말했잖아요. 차라리 하늘을 향해, '마음대로 해라. 나도 내 마음대로 할 것이다.' 소리치자고요. 우리는 어떤 일이 벌어져도 헤어지지 않을 테니까 겁먹을 필요가 없어요."

말없이 쳐다보는 현에게 라클라쎄 주차장에서 본 민들레 얘기를 곁들여 내 심정과 계획을 차분하게 설명했다.

"그렇게 정하고 나니까 마음도 편해지고 용기가 생겨나더라고요."

현은 흉터로 얼룩진 내 얼굴 구석구석을 어루만지다가 와락 끌어안으면서 복받치는 마음을 토해내기라도 하듯 울어 젖혔다.

"자기는 어쩌자고 이런 운명에 뛰어들었어? 지금쯤 한창 인생을 즐길 나이에."

"나처럼 행복한 사람 있으면 나와 보라고 해요."

"그래, 알았어. 나, 살려고 아등바등 매달리지도, 죽을까 겁나서 부들부들 떨지도 않을게. 자기 말을 들으니까 정말 힘이 솟구치는 것 같아."

현의 목소리가 한껏 차분해졌다. 내 기분인지 몰라도 그때 현의 얼굴은 병원에 다녀온 이후 가장 환했다. 두 눈도 맑게 반짝였다. 나는 그런 결정을 하기 잘했다는 생각에 가슴이 뿌듯했다. 우리는 다시 손을 잡고 금강산화암사로 향했다. 현은 소나무 향이 참 좋다며 내 팔을 끌고 앞서 내려갔다. 내리막길을 벗어나 발걸음이 편안해지면서 동시에 서로를 쳐다보고 소리 내어 웃었다. 판도라의 상자 같은 금기의 보따리를 풀어헤치고 할 말을 다 해선지 마음이 한결 여유로워졌다. 현은 울어 젖혔던 감정을 털어내듯 씩씩하게 걸었다. 오래지 않아 묵묵히 슬픈 중생을 맞이한 대웅전 처마 끝에서 풍경소리가 아련하게 울려왔다.

"입원 준비를 하고 오셨나요?"

지난번에 그런 말은 하지 않았다고 대답하자 의사는 별일 아닌 듯 입원은 내일 해도 상관없다고 하더니 바로 우리를 좀 더 가까이 앉도록 했다. 그러고는 함께 볼 수 있도록 컴퓨터 화면을 돌리면서 이 정도로 심한 경우도 흔치 않다고 결론부터 말했다. 곧이어 입원하면 내과에서 상세한 설명을 해 주겠지만 간과 폐에 이미 전이가 되어 있고 왼쪽 눈에서도 예후가 보인다고 설명해 줬다. 항암치료를 하게 되면 안구 적출을 할 필요는 없다는 말도 덧붙였다. 전에 안구 적출 얘기를 한 것에 대한 변명인 듯했다. 정밀검사 결과에 대한 설명은 우리가 지난 일주일간 그토록 고민했던 것에 비해 너무나 간단히 끝났다. 더 궁금할 것도 없었다.

간호사가 건네주는 입원서류를 받아 들고 진료실을 나서면서 서로의 표정을 살폈다. 현은 여전히 무덤덤한 표정 그대로였다. 말없이 복도를 따라가다가 이런 판국에 숨길 일도 아니다 싶어 내가 먼저 입을 열었다.

"인터넷에 체험수기가 올라와 있더라고요."

"나도 봤어."

곁눈을 마주친 우리의 입에서 풋! 하고 웃음이 새어 나왔다. 내가 손에 든 입원서류를 흔들어 보이면서 의향을 물었다. 현은 살길을 열어 주는 것도 아닌데 서둘러 입원할 필요는 없지 않겠냐며 동의를 구했다. 나는 현이 보여주는 담담함과 여유에 일단 한시름 놓았다.

서류를 뒷좌석에 던지고 그동안 걸었던 일말의 기대를 찢어발겨 창밖으로 날리면서 다시 집으로 향했다. 가는 중간중간 서로를 바라봤으나 별다른 말은 하지 않았다. 현과 함께한 행복했던 추억 속에 시간을 매어 둔 채 한참을 가다 보니 어느덧 낯익은 산 풍경이 우리를 맞이했다. 산길을 돌아 방향이 바뀔 때마다 뜨거운 햇볕이 사라졌다 나타나기를 반복했다. 아무리 각오는 했다지만 검사결과는 너무 가혹했다. 오죽하면 의사가 이 정도로 심한 경우도 흔치 않다고 말했을까. 가증스러운 운명에 아무런 저항도 할 수 없다는 사실이 억울하고 허망했다.

'까짓것, 이러면 어떻고 저러면 어때? 우리는 함께 떠날 건데.'

"이제 어떻게 하지?"

각오를 새로이 하고 있는데 현이 창밖에 시선을 고정한 채 물었다. 대답이 없자 고개를 돌리더니 턱을 받치고 나를 말끄러미 쳐다봤다.

"우리는 이미 계획이 서 있잖아요."

"민들레?"

새삼스럽게 확인하는 듯한 현의 반응에 다소 부아가 나

기도 했지만 모른 척 운전만 했다. 현은 한참 만에 입을 열었다.

"평생 걱정만 끼쳐 드린 아버님께는 뭐라고 하지?"

"편지를 써요."

"사실대로?"

"여행 간다고요."

"언제 그런 생각까지 해 두었어?"

"현과 합의가 끝나고부터 쭉요."

"누가 써?"

"나는 글솜씨가 엉망이잖아요."

현이 깔깔거리며 웃었다.

"세상에 유서 쓰면서 글솜씨 걱정하는 사람도 다 있네. 그럼 내가 안 써 주면 못 죽겠네?"

그 바람에 잠시나마 무거웠던 분위기가 사라졌다. 잠시 후 현은 차분한 목소리로 운전해야 하니 그냥 듣기만 하라며 다시 말을 시작했다. 나는 차를 3차선으로 빼고 속도를 늦추면서 귀를 기울였다. 그늘 길에 접어들자 뜨거운 태양빛과 함께 이 세상의 모든 소음이 사라진 듯 조용해졌다.

"민들레 제안을 듣기 전까지 무척 괴로웠어. 무엇보다

도 자기 때문에 말이야."

현은 목이 멘 소리로 말하고 나서 등받이에 몸을 바싹 붙여 고개를 젖혔다. 예상치 않았던 서러움이 복받쳐 올라왔으나 꾹 눌러 참으면서 다음 말을 기다렸다.

"그런데 뜻밖에 자기가 달콤한 제안을 하더라고. 충격이었지만 그 말은 내게 전에 없던 용기를 주었어."

"나는 왜 진작 이런 생각을 못 했을까 아쉬웠어요."

현은 몸을 바로 하고 나를 바라봤다.

"자기는 이 세상 누구보다 멋진 남자야."

"그럼 이제껏 내가 맹물인 줄 알았다는 말이에요?"

"절대 아니야. 이제야 말할 뿐이지, 자기는 어떤 경우에도 최고였어."

현의 분명한 말에 가슴이 뭉클해졌다. 모퉁이를 돌자 자취를 감췄던 햇빛이 재빨리 쫓아와 얼굴을 간질이며 끼어들었다. 현은 손으로 부신 눈을 가리면서 잠시 간격을 두었다.

"그런데 자기 말대로 하되 방법을 조금 달리하는, 꽤 괜찮은 아이디어가 떠올랐어."

"누가 들으면 무슨 사업 얘기라도 하는 줄 알겠어요. 그게 뭔데요?"

"내 몸은 다른 사람과는 다르잖아."

현은 내가 듣고 싶은 말이 아닌, 하고 싶은 말을 하고 있는 것이 분명했다.

"나, 또다시 온몸의 혈관을 찾아가며 생살에 바늘을 꽂고 치렁치렁 링거를 매단 채 바동대다가 죽고 싶진 않아."

나는 슬프다는 감정도 느끼지 못한 채 양볼에 주르륵 눈물을 흘려보내고 귀를 기울였다.

"그리고 어떤 일이 있어도 그런 내 모습을 자기에게 보여 주지는 않을 거야. 절대로!"

"어차피 우리 계획 속에 그런 일은 없잖아요."

"아무리 그렇다 해도 실제로 그렇게 할 수는 없어."

나는 에움길을 돌아 한적한 길가에 차를 세우고 밖으로 뛰쳐나갔다. 모든 것이 와르르 무너지는 것 같았다. 비켜선 설악산이 허락한 햇살이 눈부시게 쏟아져 내렸다. 화살촉처럼 달려들어 두 눈에 꽂힌 햇빛은 곧바로 나의 결단을 촉구했다.

"차라리 우리 지금 이 자리에서 함께 이 세상을 떠나요."

손바닥으로 뜨거운 해를 가리면서 다가오는 현을 향해

퉁명스럽게 말했다. 현은 내 말을 알아듣지 못한 사람처럼 아무런 반응을 보이지 않았다. 나를 쳐다보고 있지도 않았다. 이마에 대고 있던 손을 내려 엉성한 차렷 자세를 한 채 서 있기만 했다.

"편지를 꼭 써야 하는 것도 아니잖아요."

"지금 죽자고?"

현이 날카롭게 물었다.

"그러고 싶어요."

"어떻게? 자기가 나를 죽여 주고 따라 죽을 거야? 그럴 수 있어?"

현의 목소리가 커졌다가 이내 잦아들었다. 내 양손이 부들부들 떨려 왔다. 말 그대로 지금 현을 보내고 내가 뒤따라가는 편이 고통을 없애 주는 가장 좋은 방법일 것 같았다. 부르르 떨고 있는 내 손에 현의 시선이 머물렀다.

"그렇게 해."

그러고는 조용히 그 자리에 누워 눈을 감았다. 나는 현 앞에 무릎을 꿇고 앉았다. 그런 다음 눈을 감고 누워 있는 현을 향해 몸을 숙이고 양손을 펼쳐 목 위에 올려놓았다. 현의 눈가에 햇빛을 담은 눈물이 반짝였다. 두 손에 전신의 힘을 담아 현의 목을 눌렀다. 현의 표정은 점점 더 평화롭고 행복해 보이기까지 했다. 멈추지 말라고 속삭이는 것 같기도 했다. 그러나 제아무리 누르고 눌러도 팔에 힘이 전해지지 않았다. 내 이마에서 떨어진 땀방울이 현의 얼굴 위로 퍼졌다. 벌떡 일어나 몇 발자국 달려가다가 주저앉아 소리쳤다.

"그럼 어떻게 하자는 거예요?"

현이 다가와 나를 끌어안더니 부드럽게 볼을 어루만졌다.

"우리의 사랑이 서로를 지켜 주는 용도로 사용되어야지, 죽음으로 끌고 가는 저승사자가 되면 안 되잖아. 그러니까 내 말을 마저 들어 봐."

현의 꽤 괜찮은 아이디어라는 것은 내 예상을 벗어나지 않았다. 마지막으로 혼자서 세상 구경을 하겠다는 것이다. 일주일 간격으로 꼬박꼬박 편지도 보내겠다고 했다. 그러다가 견딜 수 없을 지경이 되면 찾아올 테니 그때 자신을 먼저 편한 세상으로 보내 주고 내가 늙어 죽게 되는 날까지 1년에 한 번씩만 자신이 묻혀 있는 곳으로 찾아와 달라고 했다. 잊지 않는 것은 함께하는 것과 같으므로 그 또한 헤어지지 않는 방법이라는 것이다. 나는 힘들게 끝까지 들은 다음 자리에서 일어섰다.

"아직도 정호를 그렇게 몰라요? 병든 현이 어디론가 없어지면 내가 어떨 것 같아요?"

악을 쓰는 동안 현은 눈을 지그시 감고 듣기만 했다.

"자기는 아직도 앞길이 구만린데 그럼 어떻게 하라는 거야. 자기가 나를 죽이지 못하듯이 나도 절대로 자기를 데리고 저승으로 갈 수는 없어. 그리고 자기를 그토록 사랑하시는 아버님 생각은 안 해?"

"어렸을 적 냇가에서 죽은 물고기를 본 적이 있어요. 물이 없으니까 말라비틀어져 죽고 만 거예요. 얼마나 고통스러웠겠어요. 제발 정호를 그렇게 만들지 말아요. 부탁이에요."

말을 마치고 나는 끝내 울어 버리고 말았다.

"나는 그런 사람이니까 어쩔 수 없다고만 주장하는 건 옳지 않아. 다른 사람을 생각해서 싫어도 그냥 사는 사람 많아. 제발 내 말대로 해."

한참을 티격태격하다가 현이 다시 조용히 입을 열었다.

"정호야, 내 평생에 처음이자 마지막으로 한 번만 더 부탁할 테니까 꼭 들어줘. 제발 죽을 수 있는 용기로 살아남아 줘. 그러기만 하면 나는 정말 편안하게 갈 수 있을 거 같아."

"나는 절대로, 절대로, 그럴 수 없어요. 그리고 그건 너무 가혹한 요구예요. 제발 나 혼자 남아 있게 하지 말아 주세요."

무릎을 붙잡고 애원하자 나를 내려다보고 있던 현이 내 앞에 쭈그려 앉았다.

"자기는 죽는 게 정말로 무섭지 않아?"

"무서워요. 그렇지만 현 없이 혼자 사는 것만큼은 아니에요."

"더 말해 뭐하겠어. 그렇다 해도 당장에 서둘러 죽을 일은 아니잖아."

이도 저도 아닌 말이었지만 나는 그 말마저 틀렸다고 대들지는 못했다.

"저 산들 좀 봐. 머지않아 곧 멋진 단풍으로 물들겠지?"

우리는 결국 아무 일 없었다는 듯이 다시 차에 올라 일상으로 들어갔다.

집으로 돌아와서는 누가 먼저랄 것 없이 밤을 꼬박 새워 처음 만나서 이제까지 있었던, 크고 작은 일들에 관해 이야기꽃을 피웠다. 그토록 절실한 마음으로 함께 보낸 시간들이었지만 프리즘을 통과한 빛처럼 각기 다른 빛깔의 아름다움과 추억들이 머릿속에 자리 잡고 있었다. 텐트 화재 사건 당일의 이야기도 소상하게 나누었다. 현은 그런 줄이야 알았지만 그 일은 너무 심했다면서 새삼스럽게 정색을 하고 핀잔을 주었다.

가을을 거쳐 겨울이 지나는 동안 우리는 그림도 그리고 맛있는 음식도 만들어 먹으면서 행복한 시간을 보냈다. 현의 제안으로 결혼식을 올렸던 성당도 들르고 예전 약속을 지키자며 별마로천문대도 가 봤다. 망원경으로 보이는 무수한 별들은 나의 슬픔을 달래 주는, 적지 않은 위안이 되었다. 현이 인물화는 처음이지만 마지막 작품으로 내 초상화를 그려 보겠다고 했다. 그 말을 듣고, 나는 현의 얼굴을 수백 장이나 그렸다고 하자 아버지한테 들어 알고 있다며 배꼽을 잡고 웃어댔다. 초췌해진 얼굴로 초상화를 그리는 동안도 때론 웃고, 아파하고, 서글퍼하면서 지난 12년간 그토록 사랑했던 아름다운 날들을 되새겼다.

현은 세밀화 풍으로 내 초상화를 다 그린 다음, 수염만 있으면 영락없이 박물관에 걸려 있는 '인도의 귀공자'라면서 만족스러워했다. 이후 현은 더는 그림을 그리지 못했다. 그러나 침대에 누워서도 나를 향해서는 언제나 미소를 보내주었다. 나 또한 웃음을 잃지 않았다. 통증이 들이닥칠 때는 온 힘을 다해 끌어안고 사랑을 속삭이며 아픔을 나누었다.

"현을 만난 후부터가 내 삶의 시작이었어요. 현만 사랑했고요."

"나는 어땠을 것 같아?"

그러고는 내가 바로 대답을 못 하자 눈을 흘겼다.

"바보!"

통증의 간격이 급격히 짧아지고 담담하게 마음의 준비를 하고 있던 어느 날이었다. 눈을 떠보니 현이 보이지 않았다. 걷기는커녕 움직이기조차 힘든 몸으로 흔적도 없이 사라진 것이다. 사방을 미친 듯 뛰어다니며 현을 찾다가 정선당으로 돌아와 다시 이곳저곳을 살폈다.

목이 터져라 현을 부르는데 내 초상화 옆에 나란히 세워둔, 현이 그린 금낭화가 마당 한가운데로 자리를 옮겨 활짝 피어 있었다. 휘어진 긴 줄기에 대롱대롱 매달린 담홍색 꽃들은 저마다 은은한 향기를 뿜어냈다. 신기한 눈으로 들여다보던 나는 마침내 한 꽃 속에 웅크리고 앉아 있는 현을 찾아냈다. 현은 나를 보더니 폴짝 뛰어내려 미끄러지듯 밖으로 나갔다. 함께 가자고 소리치며 뒤를 쫓자 팔을 번쩍 들어 돌아가라는 손짓을 하고 덩실덩실 미얄할미춤을 추며 산으로 올라갔다. 내가 아무리 달려도 거리는 점점 더 멀어지기만 했다.

"같이 가요!"

현의 춤사위에 장단을 맞추는 북소리, 피리 소리, 방울 소리, 꽹과리 소리는 산 정상이 가까워질수록 점점 더 크게 하늘로, 하늘로 울려 퍼졌다.

아직도 청청한, 우리 시대의 순애보

- 박종휘 소설

김종회(문학평론가, 전 경희대학교 교수)

1. 새 작가와의 만남과 『태양의 그늘』

작가 박종휘는 충남 공주에서 출생했고 서울시립대학교와 연세대학교 대학원에서 수학했다. 그는 문학 전공자가 아니다. 학창 시절부터 문학을 좋아하고 문학에의 꿈을 키워 왔지만, 오래도록 글쓰기와는 거리가 먼 세월을 살았다. 그가 처음으로 쓴 소설은 3권 분량의 장편소설 『태양의 그늘』이다. 서구에서는 원래 이와 같은 전작 소설 형식으로 작품이 발표되지만, 한국에서 늦깎이 신인이 이렇게 만만치 않은 분량의 소설을 출간하며 그 얼굴을 선보이는 것은 흔치 않은 사례다. 문학과는 전혀 다른 길에 있던 이 작가는 그렇게 해서 작가로서의 오랜 꿈을 현실화하고 우리 문단에 이름 석 자를 내걸었다. 당연히 우리의 관심은 상재

된 소설의 수준과 성과에 있다.

『태양의 그늘』은 3부작으로 구성되어 있다. 일제강점기와 한국전쟁이라는 근대사의 파고(波高)를 배경으로, 평범한 두 가족이 대를 이어 가며 경험하고 감당한 시련과 아픔 그리고 사랑의 이야기를 그렸다. 소설이 기본적으로 가상의 현실을 통해 실제보다 더 핍진한 삶의 진실을 보여 주는 문학 장르이지만, 이 소설은 역사적 사실들을 한층 가까이 이야기의 흐름 가운데 매설함으로써 긴장감과 사실성과 설득력을 높였다. 이 소설의 서사가 작용하는 범주는 과거 역사의 시간에서 현재 일상의 삶에까지 유장(悠長)하게 펼쳐져 있다. 다양하고 다채로운 담화의 파노라마를 전개하면서, 용서와 화해 그리고 희망의 새길을 발굴한 것이 이 작가의 돋보이는 역량이다.

필자는 이 글을 쓰기 위하여 박종휘의 최근작 「어느 화요일 오후」와 2020년에서 2022년 사이에 발표한 4편의 단편소설을 모두 찾아서 읽었다. 그의 소설은 전체적으로 보아 대체로 두 가지의 특징적 성격을 갖고 있다. 우선 그가 동시대에까지 이른 우리 삶의 전사(前史)로서 역사적 사실에 대한 관심이 깊다는 점이다. 한국문학에 있어서 일제강점기나 한국전쟁은, 어느 작가도 도외시하기 어려운 하나의 굴레와 같은 것이다. 그렇기에 자칫 이 대목의 사실성에 너무 강세를 두다 보면, 인간의 이야기는 간 곳이 묘연하고 역사의 질곡이나 비극성만 생경하게 드러나는 경우가 있다. 이문열의 『영웅시대』나 임철우의 『봄날』이 보다 더 큰 성취에 이르지 못한 이유가 그것이다.

박종휘는 신진 작가이지만, 이 대목을 소설적으로 활용하는 데 있어 사뭇 유연한 대응력을 보인다. 그의 소설 속 역사는 딱딱하고 앙상한 줄기로만 남아 있지 않고, 그 가지에 풍성한 잎새를 일구어 내는 근거요 바탕이 된다. 역사의 물결과 사람의 유영(遊泳)이 조화롭게 대응하며, 소설적 담화를 밀고 나가는 힘이 느껴진다. 이러한 경향은 이야기의 발현을 위주로 하는 작가에게는 소중한 자산이 되기도 한다. 그렇게 보면 박종휘는 우리 문학에 역사소설의 주요한 계보를 이루고 있는 박종화, 유주현, 이병주, 박경리, 황석영, 조정래 등 거장들의 소설적 노적가리를 눈여겨보면서 그 말석에서 소설 창작을 이어 가겠다는 결의를 다지는 것이 합당하겠다.

다음으로는 박종휘의 소설에서 한결같이 집중적인 서사

구조를 현현(顯現)하는 사랑의 순수성과 치열함과 희망적 미래에 관한 것이다. 우리는 1938년에서 1939년 사이에 박계주가 《매일신보》에 연재한 『순애보』라는 장편소설을 기억한다. 이 소설은 1941년 극단 〈성군(星群)〉에서 극화되어 상연되었고, 1958년에 영화화되기도 했으며, 오랜 기간에 걸쳐 지속적으로 대중적인 인기를 모았다. 두말할 것도 없이 그 주제는 순수하고 희생적인 사랑의 이야기를 표방한다. 이 소설이 발표된 지 무려 80여 년의 세월이 흘렀고, 우리가 사는 사회의 세태는 상전벽해로 달라졌지만, 오늘에 와서 박종휘가 담아내는 순애보의 사랑 이야기는 그러한 원형의 표본을 그대로 닮아 있다. 이는 좋은 본보기의 효율적인 수용이 값을 얻은 경우에 해당한다.

2. 「어느 화요일 오후」와 4편의 소설

박종휘의 최근 단편소설 「어느 화요일 오후」는, 한 평범한 시민의 기상천외한 체험담을 소설의 구조에 담았다. 중심인물은 성재라는 이름, 다니던 회사를 퇴사하고 새로 사업을 차린 장삼이사(張三李四)의 한 사람이다. 단골로 가던 사우나에서 얼토당토않은 일을 당하게 되는데, 한 험상궂은 남자가 성재의 손을 끌어다 그 손에 있는 면도기로 자기 목에 자해를 한다. 엄연한 법치국가에서 성재는 '증거 인멸 및 살인미수 특수상해'라는 죄목으로 경찰 조사를 받게 되고 자칫 범인으로 몰릴 뻔한 상황에 당착한다. 결국 거액의 합의금을 주기로 하고 사건에서 헤어나게 되는데 아닌 밤중에 홍두깨 격으로 그야말로 기가 막힐 노릇이다.

사태의 진실은 간단했다. 자해를 한 나웅백이란 인물이 벗어나기 어려운 생활의 곤경을 당한 데다가 그의 아이가 사경을 헤매고 있었던 것이다. 이 사실을 실토한 나 씨의 형은 '죽지 못해 버티고 있었다'고 저간의 사정을 말했다. 이러한 국면이면 문제 제기를 다시 할 수도 있는 상황이지만, 성재는 더 문제 삼지 않고 돈을 줄 작정이다. 험악한 세상에 험악하지 않게 살기가 얼마나 어려운 것인가를 손에 잡힐 듯이 보여 주는 소설이다. 이렇게 진상을 확인하고 나면 성재의 경우에 직접적인 동질감과 연민을 느끼지 않을 수 없고, 더 나아가 나웅백의 경우에도 일방적으로 도덕적인 비난만을 부가할 수가 없다. 이 어지러운 외나무다리의 균형감각을 발굴한 것이 이 소설의 공로다.

필자가 다시 읽은 4편의 단편소설 가운데, 「해후」는 생명에 대한 경외와 사랑을 담담하고 따뜻하게 담아낸 작품이다. 주인공 은수는 결혼 8년 차에 이르도록 남편과의 사이에 아이가 없자, 온갖 노력을 다해 인공수정을 시도한다. 그리고 마침내 성공하여 딸을 얻는다. 문제는 이처럼 외형적이고 객관적인 사실이 아니라, 그 지점에 이르도록 은수의 내면과 그 조바심 및 고통을 선연하게 그려 보이는 작가의 소설적 행보다. 그런데 여기에 또 하나 중층적 생명 사랑의 의미 구조가 있다. 애완견 '우주'의 문제다. 가족처럼 아끼며 돌보다 딸아이 때문에 시동생네로 보냈는데, 우여곡절 끝에 처참한 몰골로 돌아온다. 은수 가족은 우주와의 사랑을 회복한다. 두 사랑의 행로가 서로 조응하면서, 독자의 눈시울을 뜨겁게 한다.

 소설 제목으로서는 좀 딱딱하게 느껴지는 「편견과 정의」는, 그러나 매우 여리고 부드러운 인간애를 보여 주는 작품이다. 화자인 '나'는 학교 교사이며 1학년 반 담임이자 국제교류 업무를 맡고 있다. 화자의 남편은 사업이 잘 안되어 목공 일을 하고 있고 딸 민정은 사춘기의 반항을 시작했다. 겉으로 큰 무리가 없어 보이지만, 화자의 일상적인 삶은 힘겹고 불만에 차 있다. 그런데 여기에 대비되어 장애인 아들 재영을 혼자 키우고 있는 동료 교사 강민주가 등장한다. 상황이 각박한 듯한데, 언제나 자기 정돈이 되어 있는 캐릭터다. 그 강 선생이 새 남자를 잘 만나 부러운 결혼을 하게 되고, 화자는 그를 타산지석으로 자신의 가족 사랑을 되찾는다. 이 따뜻한 사랑의 테마 또한 앞의 소설과 일맥상통한다.

「물수제비 사랑」은 앞의 두 편 소설에서 보여 준 정론적이고 가지런한 사랑의 모습과 구도가 좀 다르다. 좀 달리 말하자면 인간관계의 갈등이 보다 선명하게 소설의 중심을 점유하고 있다. 언뜻 두 남녀의 이름이 바뀐 것 아닌가 싶지만 경영 컨설턴트로 일하고 있는 '민희'는 아내와 두 아이가 있는 가장(家長)이다. 그가 오랜 시간을 두고 마음을 기울여 연모하고 있는 여자는 친구 또는 오누이처럼 지내는 '영수'다. 두 사람 사이에는 얽힌 사연이 많기도 하고 별반 없기도 하다. 한두 마디의 언어로 요약될 수 없는 관계라는 뜻이다. 그러기에 민희는 영수가 왜 청주에 가다가 교통사고가 났는지 알지 못한다. 그녀에게로 향하려는 순간, 아내로부터 아들 '지훈'의 응급실행을 듣는다. 사랑의 진실과 그로 인한 길항(拮抗)의 서사가 군더더기 없이 강렬하다.

「두 남자」는 한결 재미있는 소설이다. 시골에 살고 있는 한 집안의 출가한 세 딸 가운데 막내가 '선화'다. 그 선화가 세 아이의 아버지와 사별한 후 새롭게 만난 남자가 윤 씨, 그리고 소설의 서두에 데리고 나타난 '버스'라고 불리는 인물이다. 어머니와 자매들은 도통 '버스'가 마음에 차지 않고, 전(前) 남자인 윤 씨가 선화와 다시 이어지도록 여러 계책을 꾸민다. 이 모든 과정이 우울하거나 칙칙하지 않고 오히려 김유정의 농촌 소재 소설을 보는 듯 경쾌하고 때로는 해학이 넘친다. 선화의 변심을 대하고도 윤 씨는 부정적 반응이나 행동을 보이지 않는다. 결국 깊은 배수로에 빠진 선화를 구하기 위해 몸을 던진 이는 '버스'이고, 가족들은 새삼스럽게 웃음기 넘치는 모습으로 그를 받아들인다.

이제껏 살펴본 4편의 소설 중에서 「두 남자」는, 그 제목의 의미에 견주어 볼 때 사랑을 사이에 두고 맞서는 경쟁자의 포맷으로 드러날 듯하다. 그러나 실상은 전혀 다르다. 비교 대상자마저도 상대방에 대한 배려를 버리지 않는, 풋

풋하고 인간적인 인물들이 소설의 표면으로 떠오르는 것
이다. 이 작품은 「물수제비 사랑」과 더불어 우리 삶의 주변
에서 흔히 관찰되는 삼각관계의 원형을 작성하고 있고, 그
것이 나중의 『주먹 망원경』에 이른다는 창작 문법을 발견
할 수 있다. 「해후」 및 「편견과 정의」는 이와는 좀 결이 달
라서, 박종휘 사랑론의 진면목을 하나의 기초(基礎)처럼 굳
건하게 지킨다. 이 다채로운 사랑 논의의 소설들은, 그의
연작소설 『주먹 망원경』이 더욱 견고하고 의미 있는 작품
이 되도록 추동하는 전(前) 단계에 해당한다고 할 수 있다.

3. 운명론적 삼각 사랑, 『주먹 망원경』

박종휘가 상재하는 두 번째 출간작 『주먹 망원경』은, 세
가지 빛깔의 운명론적 사랑, 곧 엄혹한 삼각관계의 소설
문법과 그로 인한 희비의 엇갈림을 그리고 있다. 이 소설
은 세 편의 중편을 묶어 하나의 연작소설이 되도록 한 구
조적 짜임새를 갖고 있으며, 각기의 소설은 주요 등장인
물인 현서영·백준규·한정호를 화자로 하여 그 화자의 시
각으로 서사적 스토리를 전개해 나간다. 이와 같은 소설적

구조, 다시 말하면 스토리텔러를 교체해 가며 소설을 완성하는 방식은 한국문학에서 낯설지 않은 것이다. 김원일의 『노을』이나 「도요새에 관한 명상」, 전상국의 「아베의 가족」이나 「여름의 껍질」 등이 그러한 패턴으로 일정한 성과를 이룬 바 있다.

1부 「오목눈이의 눈물」은 이 소설의 여성 주인공 현서영이 화자다. 그는 고등학교 미술 교사이며, 남편은 K 대 강사 백준규다. 현서영 반의 학생으로 고등학교 1학년인 한정호가 있다. 이들 세 사람이 이 운명적 사랑의 당사자들이다. 현서영은 노숙자를 돌보는 한정호를 보고 놀라며 그에 대한 관심을 키워 가게 되는데, 한정호는 출생과 성장 과정에서 남달리 많은 상처를 가진 인물이다. 현서영과 한정호가 격한 감정을 가진 채, 한정호의 미국행 그리고 귀국 등 여러 우여곡절을 거친다. 이들의 관계에 분노한 백준규가 공사장 사고를 당한다. 이 일이 계기가 되어 현서영은 백준규와 결혼한다. 1부의 말미에서 현서영은 그림을 그리러 나갔다가 화재로 심한 부상을 입는다.

여기까지가 현서영이 화자로 이끌어 가는 소설의 줄거리다. 그 뒤를 이어받은 2부 「주먹 망원경」은 남편 백준규의 서사다. 아내 현서영은 화재로 중화상을 입었을 때 임신 중이었다. 사고로 유산이 된 것은 물론 그 사실이 상징하는 바와 같이 아내의 삶은 처참하게 무너져 내린다. 아내는 거울로 자신의 얼굴을 보고 자살 시도까지 하지만, 점차 안정을 되찾아 치료에 전념하고 장애우를 위한 강연을 하는 등 삶의 의욕을 되찾기 시작한다. 백준규는 한정호가 화재의 범인이 아닐까 의심하지만, 이는 사실과 다르다. 백준규가 자신을 떠나 한정호와 애처롭게 살고 있는 아내에게서 발길을 돌리는 이유는 그들 사랑의 진정성 때문이다. 한정호는 아내를 위해 자신의 삶 전체를 내어놓은 것이다.

소설이 마무리 국면을 향해 진행되는 3부 「금낭화」는 한정호의 발화에 의거해 있다. 한정호는 화상을 입고 삶의 의욕을 잃어 버린 '선생님' 현서영, 곧 자신의 영원한 사랑을 위해 자기 얼굴을 태워 같은 처지가 된다. 오늘날 우리 시대에 가능한 사랑의 모습이 아니다. 이들은 서로를 의지하며 '꿋꿋이 살아가는 본보기'가 되려 한다. 한정호는 현서영의 강연과 탈춤을 도우며 일상을 같이 하다가 마침내 결혼한다. 이들은 설악산 인근에서 레스토랑을 운영하고 현서영은 그림을 그린다. 이들을 찾아왔던 백준규는 잘 살라는 말을 해 주고 떠난 뒤, 눈 속에 묻혀 숨진 채 발견된다. 대단원에 이르러 현서영이 말기암 판정을 받고, 이들은 함께 춤을 추면서 산 정상으로 올라가는 장면으로 긴 사연을 끝맺는다.

이 마지막 장면은 소설적 사실성을 도외시한 채 매우 상징적인 의미를 발현한다. 그것은 삶과 죽음을 함께 하기로 한 약속을 구체적인 장면으로 현시화한 것이다. 이 소설에 등장하는 세 사람의 등장인물은 저마다 모양과 빛깔이 다른 사랑의 형용을 가졌다. 현서영의 사랑은 자신의 본성에 충실한 어느 누구도 속이지 않는 정직한 것이었다. 그러기에 그는 두 남자 사이에서 오히려 제 위상을 지킬 수 있었다. 백준규의 사랑은 아내를 깊이 사랑하기에 고통과 번뇌로부터 벗어날 수 없었지만, 궁극에 있어서는 두 사람을 축복하는 아량과 배려를 보인 대국적인 것이었다. 문제는 한정호다. 그는 자신의 순수하고 열정적인 사랑을 위해, 모든 것을 던져 헌신하고 희생했다.

미상불 오늘날의 시대에 이와 같은 전투적이고 전폭적인 사랑의 소재는 찾아보기 어려울 뿐 아니라, 자칫 그 담론 자체가 고색창연한 옛 시대의 유물로 치부될 가능성이 있다. 그러한 연유로 근자의 소설에서 전인격적인 총체성을 걸고 사랑에 육박하는 스토리를 목도하기가 쉽지 않은 것이 사실이다. 그러나 박종휘의 이 소설은; 그러한 정황이 불균형한 맨얼굴로 드러나지 않도록 매우 질서 있는 이야기의 배경을 꾸려 내고 있다. 그것은 역사 소재의 글감이나 사회사적인 장치들의 활용에 용의주도한 이 작가의 기량이기도 하다. 이 소설을 통해 우리는, 이 삭막하고 각박한 시대에 혼신의 열정을 다하여 생명 같은 사랑을 불태운, 맑고 청정한 순애보의 목격자가 되었다. 그러기에 이 글을 마감하면서 필자는 작가에게 몇 가지 권유를 하려고 한다.

앞으로도 사랑 이야기의 선택에서 물러설 이유가 없다. 예컨대 대학생과 창부의 사랑이라는 삼류 통속소설의 주제를 가지고도 도스토옙스키는 『죄와 벌』의 한 부분, 그리고 알렉산드르 뒤마는 『춘희』를 썼다. 다만 소설 내부에서 역사 또는 현실의 서술에 있어 기막힌 병풍처럼 펼쳐 둘 소재가 필요하다. 이를 발굴하고 활용하는 일이 주제 못지 않게 중요하다. 그러한 사례와 효용성은 한국 또는 세계

문학사에 지천으로 널려 있다. 더불어 간략하고 속도감 있는 문장에 예술적 정취가 깃든 묘사의 표현을 도입할 수 있도록 유의했으면 좋겠다. 비록 낙양의 지가를 올린 베스트셀러 소설이라 할지라도 이 대목이 허약하면 예술적 가치를 인정받기 어렵다. 이러한 권고가 마침내 주제넘은 것이 되도록, 장차 박종휘 소설의 더 큰 발전과 성과를 기대해 마지않는다.

주먹 망원경

1판 1쇄 인쇄 2023년 4월 20일
1판 1쇄 발행 2023년 4월 28일

지은이 박종휘
펴낸이 김영곤
펴낸곳 (주)북이십일 아르테

TF팀 이사 신승철
TF팀 이종배
출판마케팅영업본부장 민안기
마케팅1팀 배상현 한경화 김신우 강효원
출판영업팀 최명열 김다운
제작팀 이영민 권경민
진행·디자인 다함미디어 | 함성주 유예지

출판등록 2000년 5월 6일 제406-2003-061호
주소 (10881) 경기도 파주시 회동길 201(문발동)
대표전화 031-955-2100 **팩스** 031-955-2151 **이메일** book21@book21.co.kr

© 박종휘, 2023

ISBN 978-89-509-4971-6 03810